HOLZMARKT

Krause & Winckelkopf

HOLZMARKT

Ein Friedrichshain Krimi

berlin.krimi.verlag
be.bra verlag

Bibliografische Information der Deutschen Nationalbibliothek

Die Deutsche Nationalbibliothek verzeichnet diese Publikation in der Deutschen Nationalbibliografie; detaillierte bibliografische Daten sind im Internet über http://dnb.d-nb.de abrufbar.

KulturBrauerei Haus 2
Schönhauser Allee 37
10435 Berlin
post@bebraverlag.de
Lektorat: Gabriele Dietz, Berlin
Umschlag: Ansichtssache, Berlin,
unter Verwendung eines Fotos von fotolia
Satzbild: Friedrich, Berlin
Schrift: Stempel Garamond 10/13,5 pt
Druck und Bindung: Finidr, Český Těšín
ISBN 978-3-89809-541-9

www.bebraverlag.de

I.

Wie betäubt laufe ich weg, fassungslos und blind vor Schreck. Lange Zeit spüre ich nichts und denke nichts, renne nur wie im Traum im unwirklichen Licht der Straßenbeleuchtung, bis die Bilder mich einholen und ich nichts anderes mehr sehe als die immer gleichen furchtbaren Szenen. Sie laufen vor meinen Augen ab wie ein Film, weit entfernt und der Realität entrückt. Ich projiziere sie aus der Erinnerung, während ich ungeduldig darauf warte, aufzuwachen. Mit der Zeit nimmt die Unruhe zu und das Bewusstsein kehrt langsam zurück. Die dramatischen Szenen rücken immer näher, wie Wände in einem engen, dunklen Raum. Ich habe nicht geträumt, es ist die Realität. Mein Herz und meine Gedanken beginnen zu rasen. Ich laufe eilig die Straße entlang, ohne zu wissen, wohin, spüre Stiche im Körper, Angst und Scham. Die Erinnerungen überlagern sich, kurze, zerrissene Szenen, ein Puzzle, das ich mühsam zusammensetze. Ich sehe sein Gesicht im Profil. Er dreht den Kopf und schaut mich mit ernstem Blick an. Ich sehe ihn streiten, seinen aufgerissenen Mund, höre seine scharfe Stimme. Aber schon im nächsten Bild liegt er reglos am Boden und scheint an die Decke zu starren.

Sind diese Augen wirklich tot? Kam es mir vielleicht nur so vor? Wie lange habe ich da gestanden und ihn angesehen? Die Zeit vergeht langsamer in solchen Situationen. Kann es sein, dass es zu kurz war, um beurteilen zu können, ob er tatsächlich tot ist? Vielleicht war er nur ohnmächtig, schwer verletzt und hat sich nach einer Weile wieder geregt. Vielleicht ist er gar nicht tot.

Hoffnung durchströmt mich. Ja, es könnte doch so sein? Ich gehe noch schneller und denke, dass ich eigentlich zurück müsste, um mich zu vergewissern, ob er tatsächlich noch lebt. Ich hebe den Blick vom Pflaster des Gehwegs, blicke zu den Fassaden der Häuser auf und bemerke plötzlich, wo ich bin. Ich kenne die Straße, sie ist mir gut vertraut.

Die Modersohnstraße. Kindheitserinnerungen schießen mir durch den Kopf. Die gute alte Zeit. Aber schon kehrt der Alptraum zurück und ich bin wieder konfrontiert mit dem, was sich gerade ereignet hat. Was ist da eben passiert? Wie konnte das geschehen?

Du hättest einen Krankenwagen rufen müssen, denke ich. Wie lange ist es her? Ich greife in die Jackentasche und hole mein Smartphone hervor. Vielleicht kann ich ihm jetzt noch helfen. Ich muss den Notruf wählen ... Aber nicht auf meinem Smartphone. Ich werde panisch. Er darf nicht tot sein! Nein, sage ich immer wieder, nein, nein. Nein! Gibt es denn nirgendwo mehr eine Telefonzelle? Es muss doch irgendwo eine Telefonzelle geben!

Aber was ist mit dem Blut? Bleib ruhig und erinnere dich: das Blut, das aus seinem zuckenden Körper pulsierte. Die Lache, in der er danach lag? Du hast doch an ihm gerüttelt, du hast doch gespürt, dass in diesem Körper kein Leben mehr war. Er ist tot. Tot.

Ich laufe um den Rudolfplatz, grübelnd und aufgewühlt. Oder hast du das alles überzeichnet wahrgenommen? War da wirklich so viel Blut? Versuch dich zu erinnern, vielleicht hast du etwas übersehen. Wieder drehe und wende ich die Bilder in meinem Kopf, aber da ist nichts, was mich entlasten könnte, nichts, was mir Ruhe schenkt. Ich spüre die Wucht der Messerstiche. Er ist tot. Er muss tot sein. Was habe ich getan?

Ich höre den Laut, den er von sich gab, als er zusammensackte, spüre das Zucken der Muskeln, das seinen Körper durchfuhr, bevor er schlaff wurde und schwer wie Blei. Trotzdem suche ich in meiner Erinnerung noch immer nach den Anzeichen einer Illusion, nach einer Bestätigung, dass es nicht wahr ist. Aber die Bilder sind real. Eine Erinnerung, die jede Hoffnung und jeden Trost auslöscht. Minuten, die ich nicht zurückdrehen kann und die alles verändern. Eine Szene, die ich nicht fassen kann und doch akzeptieren muss. Es gibt keinen Zweifel, es ist geschehen. Es gibt kein Zurück mehr. Mit grimmiger Entschlossenheit verlasse ich den Platz und laufe wieder auf die Straße.

Auf der Brücke bleibe ich stehen. Im dunklen Gleisbett nähert sich eine S-Bahn. Erst sehe ich nur ihre runden Lichter, dann höre ich sie kommen. Ich umfasse den metallenen Lauf des Brückengeländers so fest, als würde ich mich gleich mit einem Ruck hinüberhieven, da rattern schon die Wagons unter mir hindurch.

Du hast keine Zukunft mehr, denke ich. Tu es, mach ein Ende. Du wirst mit dieser Schuld nicht leben können. Er ist tot.

Auf den Gleisen links zieht dröhnend ein Güterzug vorbei. Ich beobachte die unzähligen Waggons und fühle mich abwesend, als hätten sie mich mitgenommen. Aber das Dröhnen und Rattern verstummt und ich stehe immer noch auf der Brücke. Mein Blick wandert über die hell erleuchtete neue Glashalle des Bahnhofs Ostkreuz zu den Sternen, die funkelnd am klaren Himmel stehen, und einen kurzen Moment lang atme ich die kühle Luft einer ganz normalen Nacht im späten Winter, auf den in Kürze ein Frühling folgen wird. Doch schon im nächsten Augenblick weiß ich, dass nichts mehr vor mir liegt, auf das ich mich freuen kann. Für mich wird es keinen Frühling und keine lauen Sommernächte mehr geben, in denen man sich erwartungsvoll fragt, was wohl noch kommen mag. Es wird nie wieder sein wie vorher. Ich hab es selbst versaut. Wie soll ich je wieder meinen Eltern und Freunden begegnen? Ich hasse mich. Warum kann ich nicht an seiner Stelle sein?

Die grellen Scheinwerfer eines Autos erleuchten die Modersohnbrücke. Ich drehe mich um und gehe ein paar Schritte, um nicht auf mich aufmerksam zu machen. Unter den Laternen zwischen den kahlen Bäumen hinter der Brücke kommen mir Fußgänger entgegen. Ich gehe auf sie zu, drei Männer, in ein Gespräch vertieft, eingepackt in dicke Jacken, Mützen und Schals. Ich schnappe ein paar italienische Wortfetzen auf, aber die Männer nehmen keine Notiz von mir.

Ich laufe weiter die Straße hinunter, dann drehe ich wieder um und gehe zurück auf die Brücke, warte auf die nächste S-Bahn.

Als ich die Lichter sehe, schließe ich für einen Moment die Augen. Ich öffne sie wieder, die Lichter rücken näher. Jetzt, denke ich, bevor sie unter der Brücke verschwinden, und habe es wieder nicht getan.

Meine Beine geben nach, der Wind schlägt mir ins Gesicht. Denk nicht, denke ich, hör auf zu denken, tu es einfach. Ich atme schnell und flach, beobachte die Gleise, aber es ist keine Bahn in Sicht. Du wirst nichts davon merken, es geht ganz schnell und all deine Gedanken sind wie weggefegt. Lösch sie aus, denke ich und höre die Luft beim Atmen in meinen Nasenflügeln. Ein Blick über die Schulter, dem nächsten Scheinwerferlicht hinterher, das mir greller erscheint als das zuvor, und durch die Stäbe des Stahlbogens der Brücke sehe ich die S-Bahn aus der anderen Richtung kommen. Ich laufe los, über die Straße, auf das gegenüberliegende Brückengeländer zu, schnell und gedankenlos. Die Lichter der S-Bahn sind ganz nah. Meine Hände berühren das Geländer, umgreifen es ... aber ich bleibe kerzengerade stehen, bis die Bahn verschwunden ist.

Mit der Faust schlage ich auf den Lauf des Geländers. Wieder huscht ein Scheinwerferlicht an mir vorbei, und ich stecke die Hände in die Jackentaschen, gehe ein paar Schritte. Lösch sie aus, denke ich, lösch diese Gedanken endlich aus. Ich blicke mich nach links und rechts um, sehe niemanden. Ich hebe ein Bein über das Geländer. Halte mich am Lauf fest und blicke hinab auf die Gleise, sehe schon die nächste S-Bahn kommen. Ich versuche mich ganz vom Boden zu lösen, um auf dem Brückengeländer zu sitzen wie auf einem Barren. Mehr ist es nicht, du musst nur den zweiten Fuß vom Boden heben und hinabschauen. Mach es, jetzt! Schon schwebt mein Fuß über dem Asphalt. Die S-Bahn rollt heran. Ich hole tief Luft, senke den Blick. Mir wird schwindelig, ich erschrecke und springe zurück auf die Brücke, zittrig vor

Angst. Das schaffst du nicht, denke ich, du bist zu schwach und zu feige, um es zu tun.

II.

Die beiden Hochhausblöcke stehen dicht beieinander, fast so, als lehnte sich der eine gegen den anderen. Ich drehe mich um und bemerke hoch oben auf dem gegenüberliegenden kahlen Plattenbau, der offenbar leer steht, einen Schriftzug. Unbeleuchtet kann man die Buchstaben auch für Menschen halten, die bewegungslos da oben verharren. Ich weiß, dass der Schriftzug der Name einer Zeitung ist. »Neues Deutschland«.

Früh um halb vier ist es still. So still wie zu keiner anderen Zeit des Tages hier im Friedrichshain. Obwohl wir erst März haben, weht ein zwar frischer, aber schon deutlich milderer Wind. Gerade so, als hätte der Frühling schon Besitz ergriffen von der Stadt, die so lange in Kälte, Regen und Nebel gefangen schien.

Ich brauche etwas Zeit, um den richtigen Eingang zu Haus 2 zu finden. Im Gebäude selbst treffe ich auf eine verwaiste gläserne Empfangsloge und kühle blaue und graue Farben. Keine Hinweise auf den Weg hinauf in die achte Etage. Ein verspiegelter Gang, der durch einen gleichfalls verspiegelten Vorbau halb verdeckt ist und mir mein Spiegelbild zeigt, führt mich an verschlossenen Türen vorbei bis zu einer Nische mit zwei Fahrstuhltüren. Der Aufzug bringt mich nach oben. Noch weiß ich nicht, was mich erwartet. Ich habe eine Polizeistreife angefordert und mich gewundert, dass ich scheinbar doch der Erste sein werde. Ich tippe noch eine SMS in mein Handy ein. Sie sollen mir gefälligst Verstärkung schicken.

Als die Fahrstuhltür sich leise rauschend öffnet, herrscht auch hier oben unerwartete Stille. Die Leuchtstoffröhren werfen ihr kaltes Licht auf die gelb und orangefarben angestrichenen Wände. Links und rechts gehen Gänge ab. Unzählige Türen. Manche mit großen Ziffern versehen, manche mit Aufschriften oder Piktogrammen. Ich gehe einen Gang entlang und stoße ganz am Ende auf eine winzige Küche. Licht flackert auf. Hier ist alles clean und der matte Glanz von Metall vermittelt ein Gefühl von Kühle. Nur eine grüngelbe Tüte mit der Aufschrift »Porreecremesuppe« auf dem Tisch zeugt davon, dass hier irgendwer gewesen sein muss. Die Küche erinnert mich an den Kellerraum einer Bank mit diversen Schließfächern. Jede noch so kleine Tür hat ein glänzendes Schloss. Und es gibt unzählige Türen, quadratische und rechteckige, winzige und größere.

Ich laufe den Gang zurück in die andere Richtung. Plötzlich geht das Licht aus, und das erweist sich als glücklicher Umstand. Eine der Türen hier ist nur angelehnt und das Licht aus dem Zimmer fällt durch einen schmalen Spalt auf den Boden. Ich gehe langsam auf den Lichtkegel zu, schiebe die Tür auf und höre eine ruhige Stimme und leises Weinen. Vor mir liegt ein enger Korridor, so wie man ihn von den typischen Neubauwohnungen der Siebzigerjahre kennt. Durch die niedrige Decke wirkt er beinahe wie ein Tunnel. Er führt direkt in das Zimmer.

Auf dem Boden liegt ein Mensch. Ein Mann, noch sehr jung, schmal und groß. Man sieht sofort, dass er tot ist. Schräg neben dem Toten an einem Tisch sitzt ein Mann mit roter Warnweste und der Aufschrift ARZT. An seiner Seite eine Kollegin, sie scheint im gleichen Alter zu sein wie der Tote. Sie schaut mich an, als wüsste sie schon, wer ich bin. Weiter hinten steht ein Mann und hält eine Frau mit seinen Armen umfangen. Die Frau weint leise.

Ich stelle mich vor. Ruhig, fast flüsternd, als würde diese bedrückende Szene auch mich bekümmern, als könnte auch ich gegen die Stille nicht an.

»Max Martaler, Kriminaloberkommissar, Mordkommission.«

Der Arzt dreht sich um. »Das ging schnell.« Er erklärt, dass er selbst erst vor fünfzehn Minuten eingetroffen sei. Die beiden da hätten zuerst die Feuerwehr gerufen, dann die Polizei. Sie haben den Mann gefunden, er war bereits tot. Wahrscheinlich ist er vor drei oder vier Stunden gestorben. Es gibt sieben Einstiche im Oberbauch. Die Stiche wurden von unten nach oben ausgeführt, die inneren Verletzungen müssen erheblich sein.

Ich gebe zu bedenken, dass noch zu klären wäre, ob der Fundort des Toten auch der Tatort ist. Der Arzt nickt. Natürlich. Aber es gibt keine Schleifspuren. Nun ja. Ich beuge mich hinunter, um unter die Möbelstücke im Raum zu schauen, blicke rasch in die Schränke. Der Arzt sieht mir mit wachsendem Interesse zu. »Suchen Sie etwas?«

»Die Tatwaffe«, sage ich.

»Natürlich! Die Stichverletzungen, ein Messer.« Er schüttelt den Kopf. »Ich habe nicht darauf geachtet, aber jetzt, wo Sie es sagen – hier ist kein Messer. Aber die Verletzungen sind eindeutig.«

Er gibt mir einen Durchschlag des Arztberichts. Ich falte ihn zusammen und stecke ihn in meine Jacke. Der Mann steht auf. Ist schon an der Tür, wendet sich noch einmal um und sagt: »Schon seltsam, ich hab hier auch gewohnt, in diesem Studentenwohnheim, sogar in diesem Block. Dritte Etage. Und nun bin ich zum ersten Mal wieder hier und dann das. Tja.« Dann geht er, gefolgt von seiner jungen Assistentin.

Ich wende mich an die anderen beiden im Raum. Ganz für sich stehen sie, als hätten sie keine Verbindung zu dem Geschehen im Zimmer, als hingen sie in der Luft wie Figuren auf den Gemälden von Chagall. Die Frau löst sich aus den Armen des Mannes. Erst jetzt sehe ich, dass sie trotz ihrer verweinten Augen ein wunderschönes Gesicht hat.

»Sie haben den Toten gefunden? Haben Sie uns angerufen?«

Der junge Mann nickt. »Ja. Ich habe ihn gefunden. Johanna kam dazu. Ich habe gleich gesehen, dass Jakub tot ist.«

Wenig später weiß ich, dass es sich bei der Frau um die Freundin des Ermordeten handelt. Sie heißt Johanna Bäumer und wohnt wie der Tote, Jakub Lelek, und Niklas Grossarth, der andere junge Mann, hier im Studentenheim. Sie fünf Etagen höher, Niklas Grossarth auf derselben. Sie ist groß gewachsen, schlank und hat mittellanges, welliges, schwarzes Haar. Niklas Grossarth, ein durchtrainierter, kräftiger Kerl mit dann doch eher weichen Gesichtszügen, hellem, längerem Haar und klaren, graugrünen Augen, sagt, dass er ein Freund des Toten war. Ein enger Freund, sein Kommilitone an der Hochschule für Schauspielkunst. Frau Bäumer studiert Philosophie an der Humboldtuni.

»Sind Sie Schauspieler?«, frage ich. Ich will mit den beiden reden, sie nicht zum Weinen bringen.

»Ja, auch. Aber wir studieren Puppenspiel, Jakub und ich. Ich bin zwei Semester unter ihm.«

»Puppenspiel?« Das überrascht mich nun doch. »Man kann Puppenspiel studieren?«

»Ja, natürlich. Es ist ... eine Kunst. Und Jakub ... er war ein Künstler ... ein Zauberer.«

Über sein Gesicht laufen nun doch Tränen. Johanna Bäumer versucht, ihn zu trösten, indem sie seinen Oberarm streichelt. Von draußen sind Schritte zu hören. Wenige Sekunden später wird die Tür weit geöffnet. Der Kollege von der Spurensicherung kommt herein, gefolgt von zwei Polizisten in Uniform, die eigentlich als Erste am Tatort hätten sein müssen. Der eine will etwas sagen, aber ich winke ab.

»Sichern Sie den Ausgang. Keiner darf hier raus, ohne dass ich ihn befragt habe! Und fordern Sie noch mindestens zwölf Leute an, kann sein, dass wir alle hier in dem Block befragen müssen. Ach, und besorgen Sie mir unbedingt einen Verantwortlichen. Einen Verwalter oder Betreiber oder so«, sage ich rasch, und die beiden in Uniform verschwinden wieder.

Der Kollege von der Spurensicherung gibt mir wortlos die Hand. Wahrscheinlich misst er schon mit Blicken ab, wie weit wir von dem Toten entfernt stehen und wie groß die

Wahrscheinlichkeit ist, dass mögliche Spuren durch mich oder die Kollegen unbrauchbar gemacht worden sind. Schon packt er die entsprechenden Utensilien aus. Der Kreidestrich, den er jetzt zieht, trennt sein Untersuchungsgebiet von dem ab, in dem wir uns noch bewegen dürfen. Eine Grenzmarkierung, über die er mit Sicherheit nicht mehr bereit ist zu diskutieren.

»Können wir in einen anderen Raum gehen«, frage ich die beiden.

Grossarth nickt. »Ich hab das Zimmer am anderen Ende des Flurs.«

In Niklas Grossarths Bude sieht es so aus, wie ich mir die Unterkunft eines Studenten vorstelle. Vollgestellt mit nützlichen und unnützen Sachen, ein Rennrad, Berge von Trainingsklamotten, an der Wand ein Saxophon, Fotos, Plakate, Bücherstapel, zwei vor sich hin summende Computer, beide mit eingeschalteten Monitoren mit grell aufblinkenden Fotos als Bildschirmschoner: auf dem einen bizarre Landschaften, auf dem anderen Puppenspielszenen. Drei grasgrüne Wollknäuel mit Gesichtern, zwei bizarr geformte hellgelbe Plastiktüten mit großen blauen Augen. Ein Mann, der mit einer Krokodilpuppe auf seinem Arm spricht.

Ich versuche die beiden dazu zu drängen, sich hinzusetzen. Aber sie wollen nicht. Fast scheint es, als würden sie angespannt darauf warten, dass ich sie endlich befrage. Als ich die erste Frage stelle, fängt Johanna Bäumer an zu reden. Sie sagt, dass Jakub mit ihr auf einer Party war. Einer der Hochschulprofessoren lädt einmal im Monat zu einem sogenannten Kreativgespräch ein, mehr ein geselliges Beisammensein, Musik, etwas zu trinken. Jedenfalls waren sie und Jakub da. Jakub ist studentische Hilfskraft bei Professor Panzlaff, deshalb ist er immer ein bisschen verantwortlich für den Abend, für Getränke und so weiter. Gegen halb elf sei es zu einem Streit gekommen. Jakub ist eigentlich ein Geduldsmensch, aber wenn jemand eine Grenze übertritt, wird er rasch wütend und kompromisslos.

»Und was war das gestern für eine Grenze?«, frage ich rasch.

»Es ging um einen Auftritt, den Jakub vorziehen sollte. Aber er sagt immer, er sei noch nicht so weit, er arbeite noch an der Aufführung. In solchen Fragen ist er sehr eigen. Darüber hat sich jemand lustig gemacht. So nach dem Motto, wahrscheinlich habe er gar kein Stück.«

»Und mit wem hat sich Herr Lelek gestritten?«

»Mit Randolf Kramp. Er ist im gleichen Semester. Aber sie haben nie zusammengearbeitet, immer gegeneinander. Es war so was wie ein Wettbewerb.«

»Und wo wohnt dieser Herr Kramp?«

»Er hat eine kleine Bude irgendwo im Friedrichshain. Aber ich weiß nicht, wo.«

Jakub habe plötzlich gehen wollen, erzählt Johanna Bäumer, und sie sollte mit. Aber sie wollte noch nicht. Zunächst dachte sie, Jakub hätte sich doch noch beruhigt und wäre irgendwo unter den Leuten in der großen Wohnung von Panzlaff, aber als sie ihn dann suchte, war er verschwunden. Einfach weg. Das war gegen zwölf. Sie sei dann noch mit einigen Studenten in eine Bar gegangen. Sie wollte nicht einfach klein beigeben, zumal sie sich ja gar nicht mit Jakub gestritten und er sie einfach sitzen gelassen hatte. Gegen halb drei habe Niklas sie dann angerufen, sie solle schnell herkommen.

Niklas Grossarth erzählt, dass er auch auf der Party gewesen sei, aber schon kurz nach zehn gegangen wäre, zunächst mit zwei Kommilitonen noch in einen Club. Um kurz nach eins sei er hier gewesen. Hätte dann in seinem Zimmer gesessen und Musik gehört. Etwas an den Texten gearbeitet, die als Hausarbeit in einer Woche abzugeben wären. Dann habe er sich einen Kaffee machen wollen und sei in die Küche gegangen. Na ja, er habe auch vorgehabt, nach Jakub zu schauen. Und da habe er gesehen, dass die Tür zu dessen Zimmer einen winzigen Spalt offen stand. Er habe die Tür aufgeschoben und Jakub auf dem Boden liegen sehen. Das war so um halb drei.

Er schaut auf sein Telefon. »Um zwei Uhr achtunddreißig hab ich dann Johanna erreicht. Sie war fünfzehn Minuten später hier.«

»Und warum nicht als Erstes einen Arzt?«

»Jakub war tot. Ich habe ein soziales Jahr in einem Pflegeheim gemacht. Sehr alte, sehr kranke Leute. Da weiß man, wie der Tod aussieht. Außerdem konnte ich es absolut nicht fassen. Ich sitze da keine fünfzehn Meter entfernt, und hier liegt mein Freund und ist tot! Oder er lebte vielleicht sogar noch und ich habe nichts gehört! Nichts gesehen und nichts gehört! Verstehen Sie?!«

»Schon gut«, versuche ich ihn zu beruhigen. Der junge Mann tut mir leid. Weder bei ihm noch bei dieser Johanna Bäumer scheint angekommen zu sein, was hier passiert ist. Sie wissen noch nicht wirklich, dass ihr Freund tot ist. Sie nehmen das alles wahr wie in einem dicken Nebel, der ihnen vorgaukelt, es könnte auch anders sein. Ich nicke Grossarth zu. »Das heißt, Sie haben nichts wahrgenommen?«

»Ich habe ja nicht mal ihn wahrgenommen, nicht mal Jakub.«

»Wahrscheinlich, weil er schon tot war, als Sie zurückkamen. Deshalb ist es wichtig, herauszufinden, ob sonst irgendwer hier im Haus Jakub oder andere Personen hat kommen sehen. Wenn er wirklich von dieser Party direkt hierher gegangen ist, müsste das so zwischen, sagen wir, Viertel nach elf und zwölf gewesen sein. Wir werden also alle Bewohner befragen müssen.«

Die beiden nicken nur. Zucken mit den Schultern und nicken.

»Und natürlich brauche ich die Namen der beiden Freunde, mit denen Sie nach der Party noch in diesem Club waren.«

Niklas Grossarth schaut kurz zu Johanna Bäumer, als würde er von ihr eine Reaktion erwarten, und sagt dann: »Carlo Neff und Gottlieb Jakobsen.«

»Noch etwas. Es ist sehr wahrscheinlich, dass Ihr Freund mit einem Messer umgebracht wurde. Aber wir haben die

Tatwaffe nicht gefunden. Können Sie sich erinnern, ob hier ein Messer gelegen hat? Oder haben Sie sich aus dem Zimmer entfernt, sodass jemand das Messer hätte wegnehmen können?«

»Ein Messer?« Der junge Mann wirkt ratlos, er ringt die Hände. »Nein, ich habe … Ich weiß nicht. Ich habe nicht darauf geachtet. Ein Messer … Nein, ich hab kein Messer gesehen.«

»Und haben Sie das Zimmer noch einmal verlassen?«

»Ja. Ja, ich bin rausgegangen, ich bin in mein Zimmer, ich … ich weiß nicht, es ist alles so furchtbar!«

Plötzlich hören wir laute Stimmen. Hohles Blech poltert gegen Wände. Jemand flucht. Der Kollege von der Spurensicherung ruft meinen Namen. Ich bitte die beiden, hier im Zimmer von Grossarth zu warten. Sie müssen nicht dabei sein, wenn ihr Freund in diesen Blechtrog gehievt wird. Unwillkürlich stelle ich mir die Frage, wie in aller Welt die Leiche in dem Blechding transportiert werden soll. Es wird mühsam sein, um die Ecken zu kommen. Ganz zu schweigen von dem viel zu engen Aufzug.

Als ich das Zimmer betrete, erwartet mich der Kollege von der Spurensicherung. »Ich bin so weit«, sagt er. »Hier ist nicht viel. Weißt du, was ich glaube? Hier hat jemand nach der Tat aufgeräumt. Hier sind Spuren verwischt worden. Na, jedenfalls könnte die Leiche jetzt zur Obduktion gebracht werden. Ich schaue mir dann noch die Küche an, denn der junge Mann muss sich wohl vor dem Geschehen einen Kaffee gemacht haben. Da, die Tasse. Ach, und das hier …« Er hebt eine obligate Plastiktüte hoch. »Dieser kleine Schlüssel, den hab ich unter dem Toten gefunden. Er lag direkt unter seinem Oberkörper, als habe er ihn verstecken wollen.«

Ich nicke den beiden Männern zu, die blass und verschwitzt neben dem Blechsarg stehen und nur auf das Zeichen gewartet haben. Der Sarg wird abgestellt und geöffnet. Plastikfolie wird ausgebreitet. Mit einem Ruck wird der Leichnam angehoben und dann vorsichtig in den Sarg gelegt.

Der Deckel wird mit wenigen Handgriffen aufgesetzt und verriegelt. Dann verlassen die beiden Männer mit ihrer Last den Raum.

Und plötzlich ist das Zimmer ein völlig anderes. Es wirkt kahl. Ein dunkler Schrank, ein Bett, Stuhl und Tisch. An den Wänden hängen große Papiere, sämtlich bemalt mit Gesichtern und Figuren, mit Skizzen von Räumen, die wie Theater aussehen. Bühnen, Vorhänge, Scheinwerfer, Umrisse menschlicher Figuren. Die Zeichnungen sind in Blei- und Buntstift ausgeführt, rasche Striche, deutlich und dann doch wieder skizzenhaft, als wäre alles noch in unruhiger Bewegung. Mein Blick fällt auf eine große dunkelgrüne Holztruhe. Sie steht an der Wand, direkt neben dem Bett. Aus irgendeinem Grund zieht sie mein Interesse auf sich. Ich mache fünf Schritte auf den großen Holzkasten zu. Nun kann ich erkennen, dass die Truhe zwar grün ist, aber dass auch andere Farben zu sehen sind, Farben und Muster. Winzige Ketten von hellerem Grün, die den Deckel überziehen, beige- und rosafarbene zarte Blumen und dunkelblaue Sterne. Drei grau-weiße Pferde, winzig klein, und Monde. Naive Malerei oder Abbildungen, die vor hunderten von Jahren aufgebracht wurden. Ich versuche, den wuchtigen Deckel anzuheben, aber er lässt sich nicht bewegen. Die Truhe ist verschlossen.

»Sie ist immer zugeschlossen«, höre ich hinter mir Johanna Bäumer. Ich schaue mich um. Sie und Grossarth stehen im Türrahmen. Ich überlege, ob es pietätvoll ist, den Schlüssel aus der Plastiktüte zu nehmen und einfach aufzuschließen. »Und den Schlüssel trägt er immer bei sich«, fügt die junge Frau hinzu, während sie noch immer halb im Flur steht, als wage sie es nicht, den Raum zu betreten. Hinter ihr lehnt Grossarth an der Wand, sein Blick geht in die andere Richtung. Hat es noch Zeit, in die Truhe zu schauen? Ich frage mich, woher mein Interesse kommt, jetzt gerade diese Truhe in Augenschein zu nehmen. Vielleicht weil das Zimmer so einen kühlen, aufgeräumten, geradezu cleanen Eindruck macht und nur diese riesige Kiste einen Hinweis beinhalten könnte.

»Wissen Sie, was Herr Lelek in der Truhe aufbewahrt?«, frage ich die beiden.

»Seine Puppen, sein Heiligtum. Da darf niemand ran. Keiner«, erwidert Johanna Bäumer.

Ich versuche mir vorzustellen, wie diese Puppen aussehen mögen, verwerfe aber den Gedanken, sofort nachzusehen. »Also gut«, sage ich, »dann fangen wir mal ganz von vorne an. Ich brauche alle Namen der Menschen, die mit Jakub Lelek enger in Beziehung standen. Und ich brauche vor allem Informationen über Zusammenhänge ... also, mit wem hatte er Streit, mit wem gab es Konflikte, hatte Lelek Schulden, was ist mit Ihnen, Frau Bäumer, entschuldigen Sie, dass ich das frage, aber gab es einen Rivalen? Oder hat ihm jemand gedroht? Gab es eine offene Rechnung, eine Feindschaft?«

Grossarth und Bäumer schweigen. Ich setze mich auf die Truhe. Ziehe mein Notizbuch aus der Tasche, hake nach: »Fühlen Sie sich in der Lage, mir auf meine Fragen zu antworten?«

Johanna Bäumer tritt nun doch einen Schritt in das Zimmer. Niklas Grossarth schaut mich an. »Es ist eh alles sinnlos«, sagt er, »alles sinnlos. Nichts macht Jakub wieder lebendig. Er ist tot, und wir reden hier herum, als könnten wir die Zeit zurückdrehen. Wenn ich das könnte, ich würde alles dafür geben, verstehen Sie! Ich würde Jakub keinen Augenblick aus den Augen lassen, würde ihm sagen, dass er sich verstecken, dass er sich verkriechen soll. Aber ... es geht nicht.« Er atmet tief ein und lässt sich dann mit dem Rücken am Türpfosten hinuntergleiten. »Jakub hat sich mit vielen angelegt. Der war nicht einfach. Streit war etwas, das zu ihm gehörte wie das Puppenspiel. Und doch war er sehr beliebt, nein, nicht beliebt, er war anerkannt, alle achteten ihn, viele wollten sein Freund sein, aber er wählte sehr genau aus, wer in seiner Nähe sein durfte und wer nicht. Und es durften nicht viele. Und wer bei ihm in Ungnade fiel, verlor das Privileg, von ihm beachtet zu werden. So war Jakub. Deshalb ist es schwer, irgendwelche Namen zu nennen. Zumal es ja um jemanden gehen muss, der ihn so sehr hasst, dass er ihn ermordet. Ich weiß es nicht. Ich weiß es nicht!« Niklas Grossarth schüttelt noch einmal den Kopf.

»Ich verstehe«, sage ich, um den Gesprächsfaden nicht abreißen zu lassen, »aber es muss sein. Wir fangen mit den Wohnheimbewohnern an. Zu wem unterhielt Jakub Lelek engere Beziehungen?«

Johanna nennt ein paar Namen. Ich notiere sie. Stefan Große, Sybille Brachmann, Heide Betting, Matthias Krüger. Alle wohnen auf dieser Etage. Dann noch drei, vier weitere, die auf unterschiedlichen Stockwerken leben. Hier gibt es einige hundert Mieter, sagt sie, aber man kennt nur wenige. Es sei nicht unbedingt das große Glück, in solch einem Hochhaus zu wohnen, fügt sie hinzu, aber die Studentenbuden sind knapp, und hier bekommt man ein Zimmer noch für gut hundertfünfzig. Draußen legt man schnell das Doppelte hin.

Ich habe das Gefühl, dass meine Fragerei jetzt nichts bringt. Offenbar können die beiden derzeit keine Zusammenhänge zwischen der Tat und irgendwelchen Konflikten herstellen. Sie sehen müde aus und blass und völlig fertig. Ich verabschiede mich von ihnen, sage, dass ich mich im Laufe des Tages bei ihnen melden werde, und schicke sie nach Hause. Auf ihre Zimmer in diesem Wohnklotz. Ich werde die Polizeipsychologen bitten, sich um die jungen Leute zu kümmern.

Ich stehe auf und gehe zum Fenster hinüber. Ich schaue auf den Franz-Mehring-Platz hinunter. Der Werktagsverkehr hat schon begonnen. Wenn ich den Blick nach rechts wende, sehe ich ein Kaufhaus und den Ostbahnhof. Die Züge, die von hier fahren, sind weniger geworden, seit der Hauptbahnhof auch die Nord-Südtrasse bedient. Der Bahnhof ist eigentlich zu groß, ein Überbleibsel aus den Zeiten vor ’89, wie auch das Kaufhaus oder das Gebäude direkt gegenüber. Diese Zeitung, die heute kaum noch Bedeutung hat.

Ich kann nicht sagen, was mich drängt, in die Truhe zu schauen. Ich erwarte weder eine Spur noch irgendeinen Hinweis, der etwas mit dem Tod des Besitzers zu tun hat. Vielleicht erhoffe ich mir, etwas über den Toten selbst zu erfahren.

Der Schlüssel passt ohne Probleme ins Schloss. Dennoch ist er schwer zu bewegen, es muss sich um eine massive, schlecht gewartete Schließmechanik handeln. Mit einigem Kraftaufwand gelingt es jedoch, den Mechanismus zu betätigen. Ein lautes Knirschen, dann ein harter, metallener Ton. Das Schloss ist geöffnet. Ich hebe den schweren Deckel hoch und erschrecke. Aus der Truhe schauen mich drei Augenpaare an. Klar und leuchtend und angespannt. Und diese Augen sitzen in Gesichtern wie einem Traum entstiegen. Kantige, aggressive Gesichter, weiß und rosa, umrahmt von schwarzem, lockigem Haar. Gesichter von Puppen. Hölzerne Köpfe mit starrendem Blick. Aber wie können diese Augen so viel Energie ausstrahlen? Woher nehmen sie die Kraft, in mir das Gefühl auszulösen, dass da wirklich drei Wesen sind, die mich anstarren? Wie ist es möglich, dass ich den Eindruck habe, sie könnten aufspringen, heraussteigen aus der Truhe, sich mir nähern, mir etwas antun?

Vorsichtig greife ich hinein, berühre eine Puppe. Fühle den kühlen, derben Stoff. Ich nehme sie vorsichtig auf. Es ist eine Marionette. Die Fäden sind geradezu kunstvoll um einen dunkelbraunen Holzstab gewickelt. Unter der Puppe liegt eine weitere, nur teilweise verdeckt von hellem Seidenstoff. Ich schiebe den Stoff mit der freien Hand beiseite und erschrecke erneut. Ein ausgesprochen hässliches Frauengesicht. Und auch dieses Gesicht starrt mich an, als hätte ich es eben zum Leben erweckt.

Vorsichtig lege ich die Marionette zurück und schließe sorgsam den Deckel. Ich frage mich, wie die Persönlichkeit eines Menschen beschaffen sein mag, der solche Puppen besitzt, der mit ihnen Stücke aufführt, mit ihnen lebt. Sind diese Puppen so etwas wie eine Geige für einen Musiker, wie eine Gitarre, ein Schlagzeug? Ein Instrument, ein Werkzeug? Oder haben sie für ihren Besitzer eine Seele? Ein Eigenleben?

Mein Blick fällt auf das Fenster. Draußen wird es langsam hell. Ich reiße mich los von der Truhe und wische mir mit den Händen über das Gesicht. Was soll das mit diesen Puppen. Vielleicht ist der Mörder dieses Jakub Lelek noch in diesem Haus. Was, wenn man ihn eben doch überrascht hat? Wenn er nicht hinausgelangen konnte, warum auch immer. Außerdem muss geklärt werden, ob jemand etwas Verdächtiges bemerkt hat.

Ich fahre mit dem Aufzug nach unten. Ein Kollege in Uniform berichtet mir, dass sich soeben einer der Verwalter des Heims eingefunden habe. Er sei in seinem Büro. Und die ersten Bewohner, die das Haus verlassen, habe man in eine Art Cafeteria geschickt. Die jungen Leute hätten sich ziemlich unkooperativ gezeigt, weil sie irgendwelche Jobs neben dem Studium hätten und los müssten.

Ich rufe in der Dienststelle an. Ich kann den ganzen Laden hier unmöglich alleine schmeißen. Aber noch bevor ich jemanden erreiche, taucht plötzlich mein Kollege Franz auf. Franz sieht mal wieder völlig übernächtigt aus. Kein Wunder, er ist vor drei Monaten Vater geworden und hat, wie er sagt, ein sehr unruhiges Baby. Angeblich schreit es jede Nacht und er trägt es dann in der Wohnung herum. Das muss so sein, erklärt er gern und ausführlich. Er hat sich breit belesen und weiß alles, was die prägeburtliche Phase, die Geburt und die postgeburtliche Phase anbetrifft. So redet er, er strengt sich dabei nicht einmal an. Er ist überzeugt davon, dass man so reden muss, wenn es um Kinder geht. Keine Ahnung, warum. Jedenfalls meint er, dass dieses Herumtragen und leichte Schuckeln damit zu tun hat, dass das Kind im Mutterleib ja auch herumgetragen und geschuckelt wurde. Jedenfalls tagsüber. Das leuchtet sogar mir ein. Obwohl mir Franz' Gerede über sein Kind und vor allem über sich als

Vater bisweilen auf die Nerven geht. Andererseits kann ich auch verstehen, dass er so viel redet. Seine Frau hatte zuvor eine Fehlgeburt, und das hatte ihn sehr betroffen gemacht. Damals konnte er nicht reden. Da hat er geschwiegen und das war viel schlimmer. Jetzt jedenfalls bin ich froh, dass er hier ist.

Franz erklärt sich sofort bereit, die Befragung der Bewohner des Hauses zu übernehmen. Ich sage ihm, dass er gern damit beginnen kann, aber es werden schnell immer mehr Personen sein, die das Haus verlassen wollen, vielleicht hundert oder mehr. Noch wissen wir ja nicht einmal, wie viele Leute hier wohnen beziehungsweise hier übernachtet haben. Vielleicht ist es doch sinnvoller, wenn wir Kollegen an die Ausgänge stellen, die die Studenten einfach befragen, ob sie irgendetwas Besonderes bemerkt haben am Abend oder in der Nacht. Und sie sollen natürlich die Personalien aufnehmen, damit wir wissen, wer wirklich im Haus gewesen ist. Kollegen von der Hundestaffel müssen angefordert werden und versuchen, von der Küche aus eine Spur aufzunehmen und zu verfolgen.

Wir rufen die Kollegen zusammen und teilen uns auf. Vier Kollegen werden von Tür zu Tür gehen und die Bewohner befragen. Als Erstes die auf der gleichen Etage und die, die mir Johanna Bäumer genannt hat. Die anderen sollen sich am Eingang postieren. Die Beamten machen sich auf den Weg. Ich telefoniere und fordere einen Kollegen mit seinem Hund an. Er verspricht mir, in spätestens dreißig Minuten da zu sein.

Er trifft nach nicht mal einer Viertelstunde ein. Ich kenne den Mann, er heißt Hagen, Benno Hagen. Ein drahtiger, großer Enddreißiger mit seinem Schäferhund Betty. Betty ist ein ausgezeichneter Spürhund und hat uns schon mehrfach gute Dienste erwiesen.

Wir fahren mit dem Aufzug hoch in die achte Etage. Ich führe den Kollegen mit seinem Hund in die Küche. Erkläre ihm die Umstände. Hagen nickt. »Das ist kompliziert«, sagt er, »Gemeinschaftsräume, tausend Spuren, tausend Gerüche. Aber lass es uns probieren.«

Betty, die Schäferhündin, läuft unruhig hierhin und dorthin. Sie verlässt den Raum. Eilt zur Tür des Zimmers von Grossarth. Bleibt witternd vor einem weiteren Raum stehen. Dem des Toten. Läuft zurück und wieder zum Fahrstuhl. Dann ins Treppenhaus. Und plötzlich schlägt sie an. Sie steht vor einer schmalen Tür, die ich bislang nicht beachtet hatte. Ich schaue zu Hagen hinüber. Der zuckt mit den Schultern, was so viel heißt, wie dass er sich nicht erklären kann, um was es geht. Ich drücke die Klinke herunter. Die Tür geht auf.

Der Raum dahinter ist eine Art Abstellkammer: Reinigungsutensilien, Pappkartons, hohe Stapel Zeitschriften und Ordner, ein Staubsauger auf vielleicht zwei oder drei Quadratmetern Fläche. Kein Fenster. Es riecht nach Staub und muffigem Papier. Aber auch nach Schweiß. Nach kaltem, abgestandenem Schweiß. Der Hund betritt witternd den kleinen Raum. Kehrt dann aber wieder um und setzt sich artig vor sein Herrchen, so als würde er sagen wollen, dass er seinen Job gemacht hat.

Hat sich der, haben sich die Täter möglicherweise hier versteckt gehalten und auf ihr Opfer gewartet? Oder aber sich hier nach ihrer Tat verborgen vor jemandem, der die Wohnung betreten hat, also vor dem Freund von Jakub Lelek? Auf jeden Fall muss die Spurensicherung noch einmal her. Gut möglich, dass es sich bei dem Täter um jemanden handelt, der nicht zu den Bewohnern des Hauses gehört. Wozu hätte er sich sonst hier auf die Lauer legen müssen?

Hagen zuckt wieder mit den Schultern. »Tut mir leid, mehr können wir wahrscheinlich nicht machen. Es wäre was anderes, wenn wir irgendeinen persönlichen Gegenstand des Täters hätten, logisch, dann könnten wir seinen Weg wahrscheinlich ganz direkt verfolgen. Aber so …«

Als Hagen wieder geht, trifft der Polizeipsychologe ein. Ein junger Mann, der sich als Frank Anders vorstellt. Er fragt, um wen er sich kümmern soll, und hört mir ruhig zu.

Erklärt mir, dass sie eigentlich zu zweit arbeiten, aber die Kollegin sei kurzfristig krank geworden. Er will sich der Sache natürlich dennoch annehmen, man könne Betroffene eines Gewaltverbrechens ja nicht hängen lassen. Der Satz macht irgendwie Eindruck auf mich. Ich habe schon oft mit Psychologen zu tun gehabt und meist strahlten sie für mich eine ziemliche Überheblichkeit aus. Dieser hier aber vermittelt eher etwas von Ruhe und Sorge, vielleicht sogar von solidarischer Haltung. Wir verabreden, dass er mir Bescheid geben wird, wenn die beiden in der Verfassung sind, dass mit ihnen ein intensives Gespräch mit verwertbaren Angaben geführt werden kann. Ich begleite ihn zum Zimmer von Niklas Grossarth, in dem die beiden eng beieinander sitzen. Sage ihnen, dass es besser ist, den Beistand des Kollegen anzunehmen. Bäumer und Grossarth nicken wortlos.

Ich gehe noch einmal in das Zimmer des Toten und ziehe meinen Fotoapparat aus der Tasche. Ich habe mir angewöhnt, Fotos zu machen von den Orten, die etwas mit der Tat zu tun haben. Aber noch bevor ich das Objektiv mit dem eingestellten Weitwinkel auf den Raum richte, habe ich das Gefühl, dass sich etwas in diesem Zimmer verändert hat. Irgendetwas, das ich nicht genau zuordnen kann. Ich fotografiere und ärgere mich, dass ich das nicht schon gemacht habe, als ich das Zimmer das erste Mal betreten habe. Dann hätte ich die Fotos miteinander vergleichen können. So bleibt mir nur, mich so genau wie möglich zu erinnern. Und dann sehe ich es: Aus der Truhe ragt ein Zipfel Stoff. Stoff von einer der Puppen. War ich so unachtsam, als ich die Truhe geschlossen habe?

Unten erwartet mich Franz mit einer Neuigkeit. Mehrere Bewohner haben ausgesagt, dass es seit einiger Zeit Einbrüche im Wohnheim gibt. Zimmer wurden aufgebrochen, Geldbeträge und technische Geräte sind verschwunden. Mit einer Personenbeschreibung halten sich alle zurück. Es seien immer mal Leute im Haus, die man nicht kenne, und wenn man dann frage, sind sie eben doch der Freund von dem und die Freundin von der. Aber dass es einen oder mehrere junge Männer gibt, die hier durch die Etagen geistern, das scheint klar zu sein. Vor allem in den späten Abendstunden, wenn viele Studenten unterwegs sind.

»Es wäre also denkbar«, sage ich zu Franz, »dass dieser Mann oder mehrere Männer am späten Abend auch in dem Zimmer des Toten waren. Lelek hat sie überrascht und sich ihnen in den Weg gestellt. Die Täter stachen zu.«

»Bleibt die Frage, weshalb sich dieser Lelek so in Gefahr gebracht haben soll.«

Die Puppen fallen mir ein. Diese Gesichter, die starr auf mich gerichteten Blicke. Ging es um die Puppen? Hatte Lelek Angst, dass man die Puppen stehlen könnte? Aber warum sollten es die Täter ausgerechnet auf die Puppen abgesehen haben?

Inzwischen sind auch die Kollegen zurück, die die unmittelbaren Nachbarn des Toten befragt haben.

»Matthias Krüger«, sagt ein Polizist, »ist angeblich schon seit vierzehn Tagen nicht mehr in seinem Zimmer aufgetaucht.«

»Heide Betting und Sybille Brachmann«, erklärt ein zweiter, »haben nichts bemerkt. Kein Geschrei, keinerlei Hinweise. Über Jakub Lelek sagen sie, dass er ein netter Kerl war. Aufgeschlossen, munter, klug. Aber sie sagen auch, dass sie keine engeren Beziehungen zu ihm hatten. Hier im Wohnheim treffe man sich halt ab und zu und gehe dann wieder auseinander.«

»Stefan Große sagt, er habe geschlafen, weil er am Abend in einem Restaurant jobbe und nicht vor zwölf nach Hause komme.«

»Welches Zimmer hat dieser Große?«, frage ich, denn immerhin kommt zwölf Uhr ja der Tatzeit nahe.

»Er wohnt eine Etage tiefer, aber in einer anderen Ecke, hinten links.«

»Nehmen Sie sich Stefan Große noch einmal vor. Vielleicht kann er sich an Personen vor dem Wohnheim oder an irgendwelche anderen Details erinnern. Sollte dabei etwas herauskommen, teilen Sie mir das bitte mit.«

Als ich vor den beiden Hochhäusern stehe, ist es heller Tag. Die Straße ist voller Fahrzeuge. Menschen eilen an mir vorbei. Ich sehe mich noch einmal um. Schaue die hohe Fassade hinauf. Zähle die Etagen, bis ich in der achten angekommen bin. Ich versuche herauszufinden, welches der Fenster zur Küche gehört und welches zum Zimmer von Jakub Lelek. Und während ich schaue, habe ich plötzlich den Eindruck, als wäre da oben jemand an genau diesem Fenster. Aber wer soll das sein? Einen Augenblick lang überlege ich, ob ich meine Kamera herausholen und das Fenster heranzoomen soll. Unsinn. Ich bin einfach nur müde. Da oben sind nichts als dunkle Fenster. Und hinter einem ist heute Nacht ein Verbrechen geschehen.

III.

Die Hitze lässt mich aufwachen. Ich liege in Jeans und Pullover unter der Bettdecke und das Tageslicht dringt schwach durch die Ritzen zwischen den Lamellen der Jalousie. Der Schlaf war kurz und tief. Ein zweistündiges Gedankenloch und mit einem Wimpernschlag ist alles zurück: die Scham, die Verzweiflung, die Angst.

Das ist nicht das Übliche: Kopfschmerzen und die Frage, was man in der Nacht zuvor erzählt und getan hat. Zweifel über den Eindruck, den man hinterlassen hat. Es gibt keine Zweifel mehr. Er ist tot und wird nie wieder lebendig sein. Sie werden dich jahrelang in eine Gefängniszelle sperren, denke ich, und du wirst das nicht ertragen können. Du musst eine Lösung finden. Du musst irgendetwas tun. Ich denke angestrengt nach, aber ich weiß nicht, was ich machen soll. Die Unruhe wird größer. Ich muss raus auf die Straße.

Draußen renne ich los und versuche weiter nachzudenken. Ich laufe den Gedanken eine halbe Stunde hinterher, bis ich wieder durch die vertrauten Straßenzüge meiner Kindheit gehe. Aber auch hier finde ich keine Lösung. Bevor du dich stellst, kannst du dich gleich umbringen, denke ich. Da gibt es einfachere Arten als die Variante des Brückensturzes. Ich laufe durch die Rotherstraße auf den Rudolfplatz zu. Natürlich wäre es gut, zu den anderen zu gehen, aber je näher ich der Lehnbachstraße komme, desto näher rückt auch die Erinnerung an den vergangenen Abend an mich heran: das Wortgefecht, die Aggression in seiner Stimme, die Wucht der Messerhiebe, das Blut. Mir wird übel, als ich nur an der Lehnbachstraße vorbeigehe. Es ist unmöglich, in die Straße einzubiegen. An der Ecke laufe ich an dem kleinen Lebensmittelladen gegenüber vom Royal vorbei, wo sich die Jungs manchmal Cheeseburger holen, aber beim Gedanken an Essen dreht sich mir der Magen um. Ich habe noch gar nichts essen können. Ein Kaffee, ein paar Schlucke aus dem Wasserhahn, mehr war heute nicht drin. Ich will Mirco auf keinen Fall zufällig begegnen. Auch meinen Eltern nicht, aber da besteht keine Gefahr, obwohl sie gleich um die Ecke wohnen. Mama sitzt um diese Zeit an der Kasse bei Netto, von jetzt an noch weitere hundertfünfundneunzig Minuten. Und Papa kriegt seinen Arsch sowieso nicht aus dem Sessel hoch. Muss er ja auch nicht, weil Mama ihm alles ranschafft, was er braucht.

Auf der matschigen Wiese spielen Kinder Fußball. Ich überquere den Platz. Gegenüber in der Freizeiteinrichtung Nische kreischen kleine Mädchen um die Wette. Als ich merke, dass ich doch wieder auf die Lehnbachstraße zu laufe, bleibe ich stehen. Ich frage mich, wozu es gut sein soll, jetzt in diese Wohnung zu gehen. Was willst du überhaupt mit Mirco besprechen? Geht es nur darum, dein Gewissen zu entlasten? Das wird nicht funktionieren. Und sonst? Welchen Sinn macht es, jetzt zu ihm zu gehen? Was soll schon dabei rauskommen? Mein Blick schweift die Danneckerstraße hinunter, wo ganz am Ende ein Stückchen Osthafen sichtbar ist. Ein großes Bauschild kündet dort das Projekt Urban Living an, dessen halb fertiger Rohbau aus Beton bereits mit Stahlgerippen in den Himmel stakt.

Ich laufe in entgegengesetzter Richtung weiter, um Abstand zu gewinnen. In der Rochowstraße, die hinter der Sportklause rechts abgeht, wohnen meine Großeltern. Ich brauche nur rüberblicken auf die gelb gestrichene Hausfassade und kann das Szegediner Gulasch riechen, das Oma macht. Zum ersten Mal an diesem Tag verspüre ich ein Hungergefühl. Was tust du hier, frage ich mich. Du kannst doch diesen Menschen nie wieder unter die Augen treten. Warum bist du hierher gekommen? Wolltest du wirklich Mirco treffen oder wolltest du dich nur einlullen mit deiner triefenden Sentimentalität, dich sicher wiegen im Schoß der Familie? Du hast sie alle verraten. Diese Menschen lieben dich, sie glauben an dich, und du baust so eine Scheiße.

Ich versuche den Gedanken davonzulaufen, bis ich den Netto-Markt sehe. Da sitzt sie jetzt und kassiert, sagt danke schön und bitte schön und schiebt die Warencodes über den Scanner. Wie lange das wohl noch so gehen wird? Der Imbiss mit sudanesischen Spezialitäten wurde bereits geschlossen, ebenso das vietnamesische Blumengeschäft. Nur ein Reisebüro und eine Vollreinigung haben sich noch neben Netto als Mieter in dem maroden Kasten des ehemaligen Konsums gehalten. Vorne an der Persiusstraße steht schon länger die moderne Konkurrenz in Form der Lidl-Filiale.

Ich laufe am Zaun vor der Laskerwiese vorbei, wo die neuen, meist akademischen Bewohner des Kiezes so eine Art Urban Gardening betreiben. Zu meiner Rechten liegen die sanierten Plattenbauten, in die Oma und Opa beinahe mal wegen des Aufzugs eingezogen wären. Sie blieben dann doch in ihrem Haus, einem schmucklosen, aber halbwegs sanierten Gründerzeitaltbau, weil sie dort eine Wohnung im Parterre bekamen. Die drei Stockwerke hatten Opa zu schaffen gemacht.

Obwohl er und Oma gleich im Winter 1990/91 arbeitslos wurden, kurz bevor das Narva-Glühlampenwerk endgültig den Betrieb einstellte, da war Opa gerade mal 54 Jahre alt, sind sie nie verbittert gewesen. Sie waren immer stolz darauf, eine echte Navaristen-Familie zu sein. Opa hat in der Rohrlegerwerkstatt gearbeitet, Oma erst am Band in der Abteilung Sonderlampe und danach lange Zeit als Diamantenbohrerin in der Ziehsteinfertigung. Zum Schichtwechsel traf man sich in der Gaststätte Glühlampe, der sogenannten Außenstelle von Narva, Rudolf- Ecke Beymestraße, und am Wochenende ging's mit dem Narva-Anglerverein an den großen Zernsee, wo Opa noch viele Jahre nach der Werksschließung Mitglied war. Er hat mich oft mitgenommen. Stundenlang konnten wir zusammensitzen und die reglose Pose auf dem Wasser beobachten, ohne ein Wort zu sagen. Das Angeln mit Opa war für mich der Inbegriff von Harmonie. Ich liebte die Atmosphäre, die von dem ruhigen Wasser, dem Duft der Kiefern und der Dämmerung über dem See ausging. Wir fischten meist zuerst Rotaugen, Rotfedern und kleine Barsche, die wir dann als Köder für die Hechte benutzten. Opa fing sie mit kunstvollem Zupfen der Angelschnur.

Wie würde er urteilen, wenn er wüsste, was geschehen ist? Mach dir da keine Illusionen, denke ich. Er würde sagen, dass er kein Enkelkind mehr hat, dass ich für ihn gestorben bin. Niemand wird dir verzeihen, was du getan hast, nicht einmal dein Opa.

Ich wische die Tränen weg. Was soll das Gejammer? Du brauchst kein Mitleid mit dir selbst zu haben. Wie ein Mantra sage ich mir immer wieder: Ich hasse mich, ich hasse mich, ich hasse mich, bis ich mich inmitten der Menschen auf den Stufen vor der Bahnhofshalle wiederfinde. Wirst du dich jetzt endlich zusammenreißen und so tun, als wäre nichts gewesen?

IV.

Ich habe mir alle Daten und Namen auf Karten notiert und hefte sie an die neue Magnetwand. Franz schaut mir dabei zu. Er ist still. Franz wird immer still, wenn er müde ist. Je müder, desto stiller.

»Also«, ich versuche mich zu konzentrieren, »wir haben diesen toten Studenten. Er war in der Nacht bei einer Party. Der Ausrichter der Fete ist ein gewisser Professor Panzlaff. Dort soll es einen Streit gegeben haben. Die Hintergründe müssen wir klären. Wir können davon ausgehen, dass Jakub Lelek die Party allein verlassen hat. Und dass sein Freund Niklas Grossarth mit zwei Freunden zunächst von der Party weg in einen Club gegangen ist. Als er später ins Wohnheim kam, fand er seinen Freund ermordet auf. Das sagt er jedenfalls.«

Ich höre, dass Franz die Tastatur seines Computers bearbeitet. Wenig später sagt er: »Hier, Werner Panzlaff, Professor für Dramaturgie, lehrt unter anderem an der Kunsthochschule in Berlin, aber auch in Ludwigsburg, der Filmhochschule und in München. Hat diverse Bücher veröffentlicht. Unter anderem: ›Hitchcocks Suspense im Puppenspiel‹. Hm. Ein ziemlich gut aussehender Mann, nach den Angaben hier ist er dieses Jahr sechzig geworden. Wohnt in der Proskauer Straße.«

Ich weiß nicht, was Suspense ist, und nehme mir vor, später selber zu googlen, statt mir jetzt eine Blöße zu geben. Aber Franz ist schneller. »Und Suspense, einen Augenblick, das ist so was wie eine Erfindung von Hitchcock, jedenfalls wird er als der Meister des Suspense bezeichnet. Es geht um eine Situation, bei der der Zuschauer mit einer Gefahr konfrontiert ist, die er in sich selbst erzeugt, die aber auf der Leinwand noch nicht zu sehen ist. Interessant.«

Das klingt in der Tat interessant. Ich nehme mir vor, den Professor als Nächsten zu befragen. Und wir müssen uns um diesen Unbekannten kümmern, der Einbrüche und Diebstähle im Wohnheim begangen hat und möglicherweise von Jakub Lelek überrascht wurde.

»Es gibt zwei Personenbeschreibungen«, sagt Franz, »wir sollten die von unserem Experten zeichnen lassen.«

Ich nicke. »Und wir haben den Freund des Toten und seine Freundin. Um die kümmert sich noch der Psychologe. Vielleicht kriegt er die beiden dazu, ein wenig zu schlafen. Und dann nehme ich sie mir einzeln vor. Die standen beide völlig unter Schock.«

»Die könnten auch ein Motiv haben«, sagt Franz ruhig.

»Du meinst, eine Liebesgeschichte?«

»Ja. Grossarth räumt einen Rivalen aus dem Weg.«

»Und dann ruft er die Polizei?«

»Na, zunächst erst mal die Geliebte seines Freundes.«

»Eine Gemeinschaftstat?«

»Glaub ich nicht. Das wäre zu einfach.«

»Manchmal liegen die Dinge so nahe.«

»Wir sollten zunächst einmal herausfinden, ob Grossarth tatsächlich mit seinen zwei Bekannten in dieser Bar war und wo sich Johanna Bäumer aufhielt, nachdem Lelek die Party verlassen hat. Die Bekannten von Grossarth heißen Neff und Jakobsen. Übernimmst du das? Und wir brauchen die Tatwaffe. Dann müssen wir natürlich alle Personen, die auf der Fete bei dem Professor waren, befragen. Ich werde Panzlaff aufsuchen und ihn um eine Liste der Teilnehmer bitten.«

Franz nickt und steht auf. »Ich glaube, wir sollten uns auf jeden Fall an der Hochschule umsehen. Kommilitonen. Vielleicht gibt es irgendwelche Liebesgeschichten. Und auch in diesem Wohnheim. Ich hatte zwar den Eindruck, dass es da ziemlich anonym zugeht, aber vielleicht gibt es doch irgendwelche Verbindungen.«

»Wie lange hat Lelek eigentlich da gewohnt?«

Franz zückt sofort das Telefon und tippt eine Nummer ein. Der Wohnheimverwalter ist nicht bereit, irgendwelche Angaben zu machen. Nur persönlich, wenn wir ihm unseren

Ausweis zeigen. Franz muss seine ganze Überredungskunst einsetzen, bis er erfährt, dass Lelek fast zwei Jahre im Wohnheim gelebt hat. Zwei Jahre, das macht die Wahrscheinlichkeit, dass es da alte und neue Kontakte geben muss, sehr groß. Kontakte, Beziehungen und mögliche Konflikte.

Noch bevor Franz auflegen kann, höre ich, dass der Mann am anderen Ende mit lauter werdender Stimme eine Erklärung fordert. Franz stellt grinsend den Lautsprecher an. »Wie lange sollen die Polizeikontrollen und Befragungen denn gehen?! Ich habe hier die ersten Kündigungen auf dem Tisch! Können Sie denn wenigstens ausschließen, dass es diesen ominösen Eindringling gibt, der hier angeblich nachts durch die Etagen zieht und Zimmer aufbricht, wie jetzt überall erzählt wird? Es gibt unzählige Gerüchte!«

Franz macht mir Zeichen, ob ich mit dem Mann reden will. Will ich nicht, und er wimmelt ihn ab. Sagt, dass wir recht bald mit ihm die nächsten Schritte absprechen werden, und legt auf, ohne noch auf das Gezeter des anderen zu reagieren.

»Und wir wissen, dass der Tote angehender Puppenspieler war«, sage ich. »Was sind das für Menschen, die so einen Beruf ergreifen? Sind das naive, Kind gebliebene Erwachsene? Oder eher verborgene Schauspieler, die nicht sich selbst auf die Bühne wagen, sondern ihre Figuren vorschicken?«

»Keine Ahnung«, entgegnet Franz, »ich kenne keinen Puppenspieler.«

»Ich muss mir einfach ein Bild verschaffen«, sage ich mehr zu mir selbst und mache mich auf.

Direkt gegenüber steht unser neues Dienstfahrzeug. Kiesewetter, unser Chef, hat die Anschaffung durchgesetzt. Jahrelang hatten wir einen uralten Opel, der mehr in der Werkstatt war, als dass er gefahren ist. Wenn wir rasch unterwegs sein und weite Wege bewältigen mussten, wurden wir von Streifenwagen mitgenommen, oder Kiesewetter fuhr uns oder er gab uns den Schlüssel seines Dienstwagens, was er selten und mit gönnerhafter Geste tat. Er zog dann den

Schlüssel aus seiner Jacketttasche, warf ihn in einem weiten Bogen herüber und wir mussten ihn auffangen. Nun also gibt es diesen VW, schwarz und glänzend. Er riecht innen wie frisch aus dem Werk. Aber wie schon den Opel nutze ich ihn nur, wenn es besonders schnell gehen muss.

Einen Augenblick lang überlege ich noch, ob ich den Wagen nehmen soll, aber dann entscheide ich mich, doch zu Fuß zu gehen. Als ich auf die Straße trete, weht mir kühler, nasser Wind ins Gesicht. Einen Augenblick lang genieße ich diese Kühle. Atme tief ein, blinzele in den grauen Himmel. Beobachte zwei Tauben, die sich in auf- und absinkenden Bögen zwischen den Häusern in Richtung Warschauer schwingen. Plötzlich bemerke ich die Müdigkeit. Ich überlege noch, wie es möglich ist, dass ich trotz der Frische, die mir entgegenweht, so müde sein kann, aber dann wird mir bewusst, dass ich den ganzen Tag und die lange Nacht unterwegs gewesen bin und dass der Tod, zumal, wenn es sich um den Mord an einem so jungen Menschen handelt, seine eigene Kraft hat, einem Energie zu entziehen, ohne dass man das wirklich bemerkt. Energie, die sozusagen im Nichts verschwindet, so wie die Seele des sterbenden Menschen im Nichts verloren geht. Es bleibt mir nichts anderes übrig, als wenigstens ein, zwei Stunden zu schlafen. Oder zu duschen. Oder beides.

Kerstin ist in der Schule. Ihr langer Tag, wie sie immer sagt. Die Wohnung ist ganz still. Wenn ich sie betrete, habe ich noch immer das Gefühl, hier fremd zu sein. Die vergangenen fünf Monate, seit wir hier eingezogen sind, haben die Wohnung noch nicht zu einem Zuhause werden lassen. Auch der Blick aus dem Fenster, der wirklich etwas ganz Besonderes ist, trägt dazu bei, dass ich mich frage, ob ich hier wirklich richtig bin. Da unten ist der Platz. Die hohen, alten Bäume, die dichten Büsche, die bunten Spielgeräte. Jeden Samstag findet hier der berühmteste Markt im Osten Berlins statt. Jetzt liegt der Platz ruhig da. Ein paar Kinder spielen, eine

Kindergartengruppe wahrscheinlich. Aber der Lärm dringt nicht bis zu mir herauf. Der März hat einen Hauch Grün über das Ganze gelegt, obwohl keine einzige Knospe aufgegangen ist. Vor zwei Wochen haben noch Schneereste und dreckiger Matsch das Bild bestimmt. Jetzt glänzen die Pflastersteine.

Ich weiß, dass es eine Ausrede ist. Dass ich mich in dieser Wohnung noch immer fremd fühle, hat weniger etwas mit der Zeit als mit dem Umstand zu tun, dass Kerstin und ich uns noch nicht wirklich nähergekommen sind. Unsere Trennung vor Jahren, ihr Auszug aus unserer gemeinsamen Wohnung, die unendlich lange Zeit, in der wir uns nicht mehr sahen und in der ich immer stärker davon überzeugt war, dass ich sie wirklich verloren hatte; die Zeit harscher Vorwürfe gegen mich selbst – all das hatte viel tiefere Wunden geschlagen, als ich es für möglich gehalten hätte. Und der Entschluss, dass wir gemeinsam in diese Wohnung ziehen wollten, die uns Kerstins Vater vererbt hat, dieser Entschluss, der mich in einen schieren Taumel des Glücks versetzte, erwies sich nicht als Beginn einer schnellen Heilung, sondern brachte die endgültige Gewissheit, dass unsere Beziehung nie wieder so werden würde, wie sie vor unserer Trennung gewesen war. Und doch war ich froh, hier zu sein, genoss ich Kerstins Anwesenheit, atmete den Duft ihres Parfüms, ihres Körpers, als wäre das die einzige Luft, die mir mein Leben sicherte.

Jetzt gehe ich langsam durch die Zimmer, die hell und still sind und die, obwohl fremd, so doch warm scheinen, weil die einzige Frau, die ich wirklich zu lieben imstande war, in ihnen lebt.

Die Armaturen der Dusche sind alt und es dauert ewig, ehe das kalte Wasser sich mit wärmerem vermischt. Das liegt ganz einfach daran, dass der Achtzigliterboiler ganz hinten im schmalen, lang gezogenen Bad hängt und die Rohre wahrscheinlich von Kalk und Rost fast verstopft sind. Wir müssen uns entscheiden, denke ich, wir müssen uns klar darüber werden, ob wir hier wirklich gemeinsam leben wollen oder nicht. Ja, auch dieses Umstands wegen, dass wir hier alles Mögliche machen müssen. Ein neues Bad, die ganze Wohnung.

Als mein Handy klingelt und ich auf die Uhr schaue, habe ich zwei Stunden lang auf dem Sofa geschlafen. Dennoch fühle ich mich ausgeruht. Am anderen Ende ist mein Chef. Mich wundert, dass Kiesewetter anruft, denn eigentlich hat er einen Tag frei genommen, um seinen Hund abzuholen, wie er mir hinter vorgehaltener Hand gesagt hat. Einen jungen Hund, den man nirgends so reinrassig und billig bekommen kann wie in Krakow in Polen. Als er mir das zum ersten Mal unter dem Mantel der Verschwiegenheit gesagt hat, ist es mir noch egal gewesen. Aber dann erzählte mir ein Kollege, dass er gemeinsam mit Mitarbeiterinnen des Veterinäramtes erst kürzlich einen illegalen Händlerring ausgehoben hat, bei dem es um junge Hunde ging, die nicht nur mit gefälschten Stammbäumen, sondern auch viel zu jung von ihrer Mutter getrennt im Friedrichshain verkauft worden waren. Zufällig stammten die Händler auch aus Südpolen, was natürlich nichts bedeuten muss. Kiesewetter ließ sich von dieser Information ganz und gar nicht beeindrucken. Sein Verkäufer in Krakow sei ein anerkannter Züchter, der im entsprechenden Register stehe und der ganz besonderen Wert darauf lege, dass alles mit rechten Dingen zugeht. Nein, Kiesewetter geht konsequent davon aus, dass ihm im richtigen Leben niemand etwas anhaben kann, weil er nicht nur Polizist, sondern sogar Dienststellenleiter der Polizei ist, und zwar der Mordkommission. Das, so sein Credo, hat noch jeden abgeschreckt.

»Wie weit seid ihr mit dem Vorfall in diesem Studentenwohnheim?«, fragt Kiesewetter ohne Umschweife.

Ich verstehe nicht. »Wie weit wir sind? Die Tat ist keine zwölf Stunden her!«

»Ja, ja, schon gut. Es ist ja nur, weil der Tote kein deutscher Staatsbürger ist und wir die Sache weitermelden müssen.« Das gefällt Kiesewetter nicht. Er kann es nicht leiden, wenn er Informationen an andere weitergeben muss. Vielleicht befürchtet er, dass ihm jemand auf die Finger schaut. Aber vielleicht mag er auch ganz einfach nur den damit verbundenen Papierkram nicht. Bisweilen habe ich den Eindruck, dass Kiesewetter vor allem eins ist: Er ist faul.

»Tja, das wird wohl nicht zu umgehen sein«, sage ich und warte noch einen Augenblick, füge dann aber an: »Wollten Sie nicht nach Polen?«

»Na, Sie machen mir Spaß«, sagt Kiesewetter wichtig, »ich kann doch jetzt nicht freimachen, wenn wir einen Mord an einem Ausländer aufzuklären haben! Halten Sie mich auf dem Laufenden, ja.« Er legt auf. Auch das ist Kiesewetter: Er ist eitel. Er kann jetzt den Hund nicht holen, weil es einen Mord gibt und er dabei sein muss, wenn wir ihn aufklären, auch wenn er für diese Aufklärung keinen Finger krumm legt.

Ich mache mich auf den Weg zur Frankfurter Allee. Es ist fast Mittagszeit. Dieser Teil von Friedrichshain ist um diese Zeit schon fest in der Hand von Touristen, die jetzt vor allem nach Restaurants Ausschau halten. Die Vielfalt ist groß, vor allem aber sind es vietnamesische Gaststätten, die in ihrer Zahl immer noch zuzunehmen scheinen, gefolgt von den Indern, leicht abgeschlagen dann Chinesen und Mexikaner. Für mich kann es gar nicht genug Vietnamesen geben; ich mag das frische Gemüse, das sie nur so lange garen, dass es knackig bleibt, und Ente kross, ich mag den Tee, Minze und Ingwer. Und mir gefallen die Preise, die mich jedes Mal auf Neue wundern. Man kann hier ein gutes Mittagessen und einen Tee für sieben oder acht Euro bekommen.

Von der Frankfurter wechsele ich in die Proskauer Straße und stehe bald vor einem jener Gebäude, die mir fast ein wenig Ehrfurcht einflößen. Hoch gebaut, mit einem turmartigen Giebel, ausladenden Balkonen, unzähligen, sich nach oben immer mehr verändernden, riesigen Fenstern. Protzig steht das Haus in der eigentlich engen Straße. Ein Kunsthandel hat im Erdgeschoss große antike Schilder angebracht. Die breiten Ladenfenster sind blank geputzt. Hier wird kein Ramsch verkauft, hier gibt es edle Möbel, Lampen, Gemälde, Nippes, Geschirr, hier wird man beim Betreten noch mit »Guten Morgen, der Herr!« angesprochen.

Am Klingelschild lese ich den Namen des Professors, vor dem auch sein Titel steht. Ich drücke auf den Knopf und muss eine ganze Weile warten. Plötzlich geht so etwas wie ein Scheinwerfer an und von einer eben noch dunkel blinkenden Halbkugel schiebt sich die metallene Kappe. Eine Kamera starrt mich an. »Ja bitte«, sagt eine knarrige Stimme, »was wünschen Sie?« Das ist genau der Ton, der mir so gar nicht gefällt. Er sagt mir, dass man mich für einen Werbezeitungsausträger hält und dass dieses bunte Zeug hier unerwünscht ist. Ich soll mich wie ein Bettler fühlen, der hier nichts zu suchen hat.

»Sind Sie Professor Panzlaff?«, frage ich mit betont fester Stimme.

»Was wollen Sie?«, fragt der Mann zurück.

»Mein Name ist Martaler, Hauptkommissar, Mordkommission. Ich würde Sie gerne sprechen.«

Der Türsummer geht. Der Hausflur entspricht den Erwartungen. Dunkles Holz, roter Sisalteppich, schwere, alte Lampen, die ihr Licht offenbar noch immer durch Glühbirnen mit Glühdraht erzeugen.

Als ich oben ankomme, stehe ich vor einer riesigen Tür aus gleichfalls dunklem, massivem Holz, in die oben kleine grüne und weiße Glasscheiben eingelassen sind, durch die ein matter Lichtschein dringt. Ich muss erneut klingeln. Doch diesmal dauert es weniger lang, ehe sich die Tür öffnet. Eine Frau steht mir gegenüber, eine junge Frau. »Sie sind der Kommissar?«, fragt sie mit einer weichen, zurückhaltenden Stimme, die mir verrät, dass die Frau mit hoher Wahrscheinlichkeit aus Tschechien oder der Slowakei stammt. Ich nicke, reiße mich dann aber doch zusammen und grüße freundlich. Die Frau lässt mich ein.

Als ich die Diele betrete, fällt mein Blick auf eine riesige Figur, die mich mit großen, grünen Augen geradezu anstarrt. Es ist eine Katze, eine beinahe drei Meter große Katze, die drohend und böse aus einer Ecke heraus, hoch aufgerichtet, den gesamten Raum zu überwachen scheint, jederzeit auf dem Sprung, um zu verschlingen, was sich da bewegt. Sekundenlang fühle ich den Schreck in mir. Dann frage ich mich, wie eine solche Figur so viel Angst erzeugen kann.

Als ich mich umdrehe, ist die junge Frau verschwunden. Ich stehe allein in der großen Diele, vor mir lauert die Katze. Ich trete näher an die Figur heran. Berühre sie mit der Hand. Ich fühle weichen Stoff. Und dann höre ich ein leises Sirren, ein metallenes Geräusch wie ein Ineinandergreifen von Zahnrädern. Kommt dieser anhaltende Ton aus dem Innern der Katze? Langsam trete ich noch näher. Beuge mich vor und lege schließlich ein Ohr an den Leib der Figur. Das Sirren kommt tatsächlich aus ihrem Körper. Kann sich diese Puppe bewegen? Kann sie nicht nur mit ihren starren Augen und der imposanten, zum Sprung bereiten Erscheinung Angst verbreiten, sondern vielleicht tatsächlich springen, sich auf den Eindringling stürzen, ihn unter sich begraben?

»Seien Sie bitte vorsichtig«, sagt eine raue Stimme hinter mir. Ich fahre herum. Der Mann hat einen weiten hellblauen Mantel an, einen Hausmantel. Ich wundere mich, weil ich es nicht für möglich gehalten hätte, dass solch ein Kleidungsstück überhaupt noch benutzt wird. Der Mann trägt darunter ein weißes Hemd, schwarze Hosen und ein buntes, eng geknotetes Tuch um den Hals. Sein Haar ist zerzaust und hellgrau. Sechzig ist er, hat Franz gesagt. Er wirkt älter. Männer in dem Alter kann man schlecht schätzen.

»Es ist ein Spielzeug«, sagt Panzlaff und betrachtet die Katze, als staune er selbst über die Größe und die Ausdruckskraft der Figur. »Aber jetzt passen Sie auf, dreimal am Tag macht sie so etwas wie ein Kunststück.« Er blickt auf seine Armbanduhr und tritt einen Schritt zurück. Ich tue es ihm gleich und sehe, dass es Punkt dreizehn Uhr ist. Kaum bin auch ich etwas zurückgetreten, da rasselt es im Körper der Figur, und plötzlich beginnt sich die Katze aufzurichten. Mit lautem Knirschen und metallischem Schaben hebt sich ihr Oberkörper samt Kopf, der nun fast die Decke berührt. Die rechte Pfote schnellt nach vorne, als wollte sie nach uns greifen, als wollten uns die scharfen Krallen erfassen und verletzen. Ein lautes Fauchen und ein helles Blitzen der Augen folgen, bevor der Körper zusammensinkt und wieder seine ursprüngliche Position einnimmt. Der ganze Vorgang hat vielleicht zwanzig Sekunden gedauert, aber er war eindrucksvoll. Eindrucksvoll, beängstigend und zugleich belustigend. Wer in aller Welt baut solch ein Monstrum? Und wer ist der Mann, der sich eine solche Figur in die Wohnung stellt und damit seine Besucher in Angst und Schrecken versetzen, auf jeden Fall aber beeindrucken will?

»Da sind Sie genau zur rechten Zeit erschienen, Herr Martaler, das ist doch ihr Name, oder? Sie kommen sicher wegen des Todes von Jakub Lelek? Unter den Studierenden verbreitet es sich wie ein Lauffeuer. Kommen Sie!«

Der Mann reicht mir mit einer angedeuteten Verbeugung die Hand und geht dann ruhig auf eine halb geöffnete Tür zu. Wir betreten einen hellen Raum, in dem zwei riesige Fenster fast zum Boden reichen. Von der Decke hängt ein großer Leuchter aus geschliffenem Glas, dessen Prismen buntes Licht auf die Wände werfen. Im Zimmer stehen alte, stilvolle Möbel. Ein heller Tisch mit geschwungenen Beinen, eine hell gebeizte Anrichte mit geschliffenem Glas in einer der Türen. Drei gepolsterte weiße Stühle, zwei hellbraune Sessel, eine blaue Vase mit großen weißen Lilien. Über der Vase hängen zwei Köpfe. Puppenköpfe, als hätte man sie mit einem Beil von ihren Körpern getrennt. Einer ist der eines Mannes mit einem dicken Schnurrbart und zerzaustem rotem Haar. Daneben hängt der Kopf einer Frau. Schwarzes langes Haar, ein anmutiges und zugleich kühles Gesicht. Helle grüne Augen, wie die der Katze draußen im Flur.

»Nehmen Sie doch Platz. Wünschen Sie einen Kaffee? Wasser, Tee?«

»Wasser«, sage ich, beeindruckt von der Pracht dieses Raumes und den zu mir herüberblickenden Köpfen über den Lilien.

Kaum habe ich mich auf einen der Stühle gesetzt, lässt der Professor sich in einem der Sessel nieder. »Also, womit kann ich Ihnen dienen?«

»Jakub Lelek war gestern Abend bei Ihnen. Hier, in diesen Räumen. Wann ist er aufgebrochen und was ist zuvor geschehen?«

Eine zweite Tür öffnet sich und die Frau, die mich empfangen hat, bringt ein Tablett mit einer Kanne und zwei Kaffeetassen sowie einer schmalen Karaffe mit Wasser, in der drei dünne Scheiben Zitronen schwimmen. »Kaffee?«, fragt sie. Ich bitte um Wasser und sie stellt ein kristallenes, schweres Glas auf den Tisch und gießt ein. »Ich hoffe, Sie mögen es so?«, fragt sie noch und schaut mir ins Gesicht, als erwarte sie tatsächlich eine Bestätigung. Ich habe einen Augenblick lang das Gefühl, als würde ich sie kennen. Aber ich nicke nur. Lächele. Die Frau verlässt den Raum.

»Jakub, lassen Sie mich überlegen«, fängt Panzlaff an. »Ich würde sagen, er ist so gegen dreiundzwanzig Uhr gegangen. Vielleicht etwas eher. Es ist einfach schrecklich. Eben war er noch da. Er ist doch so ein begabter junger Mann! Wer in aller Welt sollte ihn umbringen?!«

»Das muss ich herausfinden, Herr Professor. Ich habe einige Fragen an Sie.«

»Ich bin, wie man so sagt, fassungslos.« Der Mann wirkt ehrlich betroffen. Aber nur, wenn ich jetzt die Spannung halte, kann ich herausfinden, ob die Erschütterung echt ist oder gespielt. »Was hatten Sie für ein Verhältnis zu Jakub Lelek?«

»Mein Verhältnis? Nun, ich glaube, wir hatten ein sehr gutes Verhältnis. Er war ein außerordentlich begabter Student. Und er hat, nun sagen wir, für mich gearbeitet. Die Studierenden sind froh, wenn sie einen studentischen Hilfsjob bekommen. Fünfunddreißig Stunden im Monat, das sind ganze vierhundertfünfzig Euro. Nicht viel, aber immerhin. Jedenfalls hat er das Treffen hier mit mir vorbereitet. Ich lade alle Studierenden einmal im Monat zu einer Art Jour fix ein. Diskutieren, zwei, drei kleine Vorträge, dazu etwas trinken, essen. Das macht gute Stimmung und ich kann hören, woran die einzelnen arbeiten, was sie beschäftigt, wo der Schuh drückt.«

»Und was war gestern Abend?«

»Was soll ich sagen … Eigentlich war alles in Ordnung. Es waren gut dreißig der jungen Leute hier und zwei meiner Kolleginnen. Das Thema lautete: Die Bedeutung des Unerwarteten im Puppenspiel. Wie viel kann, wie viel muss man dem geneigten Publikum zumuten … Das Unerwartete und der Schreck. So wie die Katze vorhin für sie. Unerwartet und doch nur ein Spielzeug. Stammt übrigens aus Tschechien. Ein Konstrukteur mechanischen Spielzeugs hat die Figur vor über hundert Jahren hergestellt. Jakub hat sie zufällig in einer Art Museum in einer winzigen Stadt in seiner Heimat gefunden. Die Mechanik war defekt. Ich habe die Katze gekauft. Es gibt hier im Friedrichshain einen Mann, der sich mit solchem Spielzeug beschäftigt, er hat die Mechanik wieder hergestellt. Er arbeitet in der Eldenaer Straße. Aber zurück zu gestern. Jakub hat sich gestritten mit einem seiner Kommilitonen. Er streitet nicht oft, aber wenn, dann heftig. Gegen elf ist er gegangen.«

»Und mit wem hat er gestritten?«

»Mit Randolf Kramp. Die beiden studieren von Anfang an zusammen. Und sie sind die schärfsten Rivalen. Gleich zu Beginn des Studiums hat Jakub eine Szene geschrieben und vorgeführt. Randolf hat sie verrissen, sie tauge nichts. Und als Randolf dann mit einem Text dran war, stürzte sich Lelek auf ihn. Also, verbal. Der letzte Dreck sei das. Die haben sich wirklich nichts gegeben!«

»Worum ging es gestern?«

»Ich weiß es nicht. Mich erreichte lediglich der Hinweis, dass es eben einen Streit gab. Jedenfalls verließ Lelek meine

Wohnung und ließ mich hier mit dem Aufräumen sitzen. Übrigens auch seine Freundin Johanna.«

»Und wann ist Johanna Bäumer gegangen?«

»Kurz vor zwölf. Es hieß, dass sie Lelek zu beruhigen versucht hat, und als ihr das misslang, ließ sie ihn einfach links liegen. Ja, die Studenten sind bisweilen wie Kinder. Wie Kinder.«

»Jakub Lelek ist tot. Haben Sie irgendeine Erklärung, gibt es einen Hinweis, eine Drohung? Kann der Streit mit diesem Randolf Kramp damit im Zusammenhang stehen? Wann ist der gegangen?«

»Ehrlich gesagt habe ich das Verschwinden von Randolf nicht bemerkt. Er war plötzlich weg. Aber ich kann mir absolut nicht vorstellen, dass der dem Lelek nach ist, um ihn zu töten. Nein, das ist Unsinn. Die beiden haben sich ja auch irgendwie gebraucht. Als Kampfhähne ... nein, nicht als Kampfhähne, sie haben sich mit ihrer heftigen gegenseitigen Kritik auch gefördert. Wirklich, sie brauchten sich regelrecht, einer konnte nicht ohne den anderen. Also, um es ganz klar zu sagen: Ich habe absolut keine Ahnung, wer Jakub hätte ermorden wollen.«

Ich stehe auf und will gehen. Auch der Professor hat sich erhoben, dann aber sinkt er wieder in seinen Sessel zurück. »Tut mir leid, dass ich Ihnen nicht weiterhelfen kann. Aber ich muss das jetzt erst mal ... Ich kann es absolut nicht begreifen. Jakub tot. Es tut mir so leid!«

Ich reiche ihm meine Karte, murmele meinen üblichen Satz, dass er sich melden möge, wenn ihm etwas zu der Sache einfallen sollte. Schon an der Tür, fällt mein Blick noch einmal auf die beiden Puppenköpfe. »Das sieht ziemlich martialisch aus. Bedeuten die Köpfe etwas?«

Der Mann schaut nach oben. In seinem Gesicht zeichnen sich Zorn und Trauer ab. »Die beiden Köpfe ... die hat meine Frau gemacht. Sie war eigentlich Malerin. Sie wollte mir eine Freude bereiten. Leider ist sie ... vor drei Jahren. Gestorben. Das heißt, sie hat sich selbst getötet.« Panzlaff schweigt. Schaut hoch zu den Gesichtern und schweigt. Ich frage nicht, was damals passiert ist. Vielleicht, weil ich Mitleid habe. Vielleicht, weil ich die Verwandlung des Mannes vom starken, sicher auftretenden Hochschulprofessor in einen vom Leid gezeichneten Menschen so beeindruckend finde. Oder auch, weil eine Sekunde lang die Idee in mir auftaucht, dass der Tod seiner Frau etwas mit dem Tod von Jakub Lelek zu tun haben könnte. Ich nicke nur und sage, dass ich eine Liste aller Gäste des Vorabends benötige. Lückenlos. Der Professor schaut mich fragend an.

Ich wiederhole: »Eine Liste aller Personen, die am Abend anwesend waren.«

»Ja. Ja, natürlich. Ich schreibe Ihnen die Namen auf. Und lasse sie Ihnen zukommen.«

Ich trete hinaus in den Flur und die Zimmertür fällt hinter mir ins Schloss. Hinter der Tür höre ich ein Schluchzen.

Ich bin allein. Allein mit der Katze und der Stille in diesem Raum. Nur das metallische Sirren ist ganz leise zu hören. Ich bleibe stehen, um mich zu orientieren. Fünf Türen. Hohe, dunkel gebeizte, in dicke, mit verschiedenen Mustern gefräste Zargen gefasste Türblätter, jede mit unterschiedlich farbigen Glasausschnitten. Welche war die Wohnungstür? Und warum lässt man mich hier allein den Weg suchen? Plötzlich beginnt mein Handy zu vibrieren, ich spüre es direkt an der linken Brust, weil es an dieser Stelle in meiner Hemdtasche steckt. Ich brauche eine Sekunde, um mir überhaupt klar darüber zu werden, was diese Vibration bedeutet, und ich merke, wie angespannt ich bin. Die ganze Zeit über war.

Es ist Franz. Er sagt mir, dass sich Johanna Bäumer in der Dienststelle befinde. Er würde schon mal mit der Zeugenbefragung beginnen, wenn ich nichts dagegen habe. Die Frau, so sagt Franz, mache einen erstaunlich ruhigen Eindruck. Traurig zwar, aber gefasst. Ich sage ihm, dass ich in spätestens zehn Minuten da sein werde und er schon beginnen soll. Und drücke die Ausstaste.

Ich habe die junge Frau nicht bemerkt. Sie steht plötzlich neben mir, ein kühles Lächeln auf den Lippen. »Entschuldigen Sie«, sagt sie beinahe flüsternd, »ich habe nicht gewusst, dass Sie schon gehen. Der Herr Professor gibt mir eigentlich Bescheid. Darf ich Sie hinaus begleiten?« Sie geht voran und öffnet eine der Türen.

»Ich möchte Sie kurz zum vergangenen Abend befragen«, wende ich mich an sie. »Ist Ihnen etwas aufgefallen? Gab es Konflikte zwischen den Gästen?«

Die Frau wirkt auf einmal seltsam unbeholfen, so als rätsele sie, ob sie überhaupt mit mir über Angelegenheiten sprechen dürfe, die sie vermeintlich nichts angehen. Aber sie merkt sicher auch, dass es keinen Sinn hat, jetzt zu schweigen.

»Nun, was soll ich sagen, es ist immer eine muntere Runde, wenn der Herr Professor einlädt. Und es gibt auch Konflikte.«

»Insbesondere mit Jakub Lelek?«

»Mit Herrn Lelek? Nun, ich weiß nicht, wie ich es sagen soll … Er ist ein sehr kritischer junger Mann.«

»War. War ein kritischer junger Mann.«

Die Frau schaut mich verständnislos an.

»Er ist ermordet worden.«

»Das ist ja furchtbar!«

»Mit wem hat er sich gestritten?«

»O Gott! Ich weiß es nicht. Er hat diskutiert. Er hat immer sehr heftig diskutiert.«

»Mit wem?«

»Mit vielen. Es ging um Kunst, um Licht, um Farben, um Musik.«

»Und gab es irgendjemanden, mit dem er gestern Abend heftig aneinandergeraten ist?«

»Mit Herrn Kramp vielleicht … Aber wie gesagt …«

»Wann sind Herr Lelek und Herr Kramp gegangen?«

»Oh, da bin ich unsicher. Ich habe nicht auf die Uhr gesehen. Herr Lelek war auf jeden Fall einer der Ersten. Und Herr Kramp ging später.«

»Ist Lelek allein gegangen oder hat ihn jemand begleitet?«

»Ich glaube, allein.«

»Und Herr Kramp?«

»Ich erinnere mich nicht mehr.«

Wenig später stehe ich wieder in dem imposanten Treppenhaus und habe das Gefühl, dass der Besuch hier mehr Fragen aufwirft, als es Antworten gab. Offenbar hatte meine Frage nach den Puppenköpfen, die Erinnerung an seine Frau und deren Tod den Professor so irritiert, dass er weder die Zeit gefunden hat, mich zur Tür zu begleiten, noch seiner Haushaltshilfe Bescheid zu geben. Oder ist da doch ein Zusammenhang zwischen dem Geschehen am Abend und dem Tod Leleks?

V.

Ich kann nicht fernsehen, nicht arbeiten, nichts essen und nicht schlafen. Die Jalousie ist zugezogen, nur die Schreibtischlampe erhellt den Raum. Ich sitze auf dem Bett und kratze nervös mit den Fingern am Handballen. Das Smartphone liegt schwer in meiner Hand. Wieder läuft eine Hitzewelle über meinen Körper. Schweiß dringt aus den Poren meiner Stirn, während ich versuche, mir eine bestimmte Zahlenfolge zu merken. Ich sage sie auf: vier – sechs – sechs – vier ... Was kommt dann? Fünf? War es die Fünf? Ich springe auf und laufe zum Schreibtisch, um auf den Zettel zu schauen, auf dem ich die Nummer notiert habe. Ich lese sie ab und blicke dann direkt ins Licht der Schreibtischlampe, um sie aus dem Gedächtnis aufzusagen. Gib sie doch einfach ein, denke ich, wähl die Nummer einfach. Aber meine Hände zittern so stark, dass ich mich sofort vertippe. Ich stelle mich vor den langen Spiegel neben der Tür. Sieh dich an, sage ich mir. Du bist am Ende. Du wirst das hier nicht durchstehen. Ruf die Nummer an, mach schon.

Gerade als ich wieder versuche, die Zahlen einzugeben, schießt mir siedendheiß die Frage durch den Kopf, ob ich mein Leben wirklich wegwerfen will. Mein schönes Leben, das ich mir selbst so schön gemacht habe. Mein Vater war mir jedenfalls keine Unterstützung. Wo du jetzt bist, denke ich, bist du ganz allein hingekommen, auch wenn es noch immer ein weiter Weg ist bis dahin, wo du hin willst. Kannst du das aufgeben? Und wäre es gerecht, wenn du es aufgeben müsstest? Du bist nicht stecken geblieben im Kiezsumpf, wie so viele andere, und hast dir nie etwas zuschulden kommen lassen. Du hast eine Idee gehabt und hast sie verfolgt, auch wenn das oft schwierig war, du hast dich nicht davon abbringen lassen. Ein einziger Abend. Wenige Minuten. Ein einziger Fehler. Und alles soll vorbei sein?

Ich setze mich wieder auf die Bettkante und versuche mich zu konzentrieren. Wenn du angerufen hast, kannst du es nicht mehr rückgängig machen, denke ich. Dann läuft in kürzester Zeit eine Maschinerie ab und du hast vielleicht noch eine halbe Stunde lang die Wahl, dich aus dem Fenster zu stürzen, um der Verhaftung zu entgehen. Du könntest natürlich auch versuchen zu fliehen, weil es bestimmt einfacher ist, auf der Flucht erschossen zu werden, als aus dem Fenster zu springen. Oder du setzt auf Kooperation und Reue, machst alles, was sie von dir verlangen, und hoffst darauf, dass das Gericht dir mildernde Umstände zurechnet und das Urteil gering ausfällt. Oder aber du rufst nicht an und hältst auch sonst den Mund und lebst mit der ständigen Furcht, dass sie dir eines Tages doch noch auf die Schliche kommen. Aber hältst du das durch, ganz allein zu bleiben mit deinem Gewissen? Wirst du dich nicht doch früher oder später irgendwo verraten, weil du es nicht ertragen kannst, ausgerechnet über das Ereignis, das dich am meisten bewegt, mit niemandem reden zu können? Kannst du diesem Ereignis wirklich davonlaufen?

Tränen stürzen aus meinen Augen. Nein, denke ich, es wird dich immer wieder einholen und du wirst in diesem

Leben kein Glück mehr finden. Dein Leben, wie du es kanntest, ist vorbei. Du kannst dich genauso gut stellen und deine Zeit im Gefängnis absitzen, es macht keinen Unterschied.

Ich spanne alle Muskeln an und gehe mit dem Smartphone in der Hand zum Schreibtisch. Ich tippe die Nummer mit schweißnassen, zittrigen Fingern ein. Da steht sie auf dem Display. Ich gleiche sie noch einmal mit den Ziffern ab, die ich aufgeschrieben habe. Es ist die richtige Zahlenfolge. Ich weiß nicht, wie lange ich die Nummer auf dem Display betrachte, auf einmal wieder völlig mutlos. Dann stelle ich mich vor den Spiegel, reiße Mund und Augen auf, als würde ich mich selbst anschreien, und wähle die Nummer an. Das Freizeichen ertönt, einmal, zweimal, mein Atem geht tief und schwer. Ein drittes Freizeichen und ich überlege, ob ich wieder auflegen soll. Mit dem vierten bricht die Panik aus. Explosionen in meinem Kopf. Dann macht es klick und eine ruhige Stimme meldet sich.

»Ja, hallo. Franz Werfel, Mordkommission.«

Die Worte hallen in mir wider wie der plötzliche Einbruch der Realität nach einem tiefen Narkoseschlaf. Mir fehlt die Orientierung. Ich habe keine Ahnung, was ich sagen soll, und mir scheint, als wäre meine Zunge noch gelähmt.

»Hallo. Wer ist denn da?«

Im Bruchteil einer Sekunde kehrt das volle Bewusstsein zurück. Du hast dich nicht unter Kontrolle, denke ich. Mein nasser Zeigefinger rutscht über die Oberfläche des Displays und ich lege auf. Das Smartphone in meiner Hand ist heiß. Ich lasse es fallen wie ein glühendes Brikett. Du bist ein feiner Gangster, denke ich. Lieferst dich noch selbst ans Messer.

VI.

Als ich im Dienstgebäude ankomme, winkt mich unser Chef in sein Dienstzimmer. Kiesewetter ist, wie immer, wenn wir einen Mord aufzuklären haben und es noch keinen nennenswerten Hinweis gibt, nervös und leicht unwirsch, auch ängstlich, weil er es absolut nicht ertragen kann, wenn er wegen vermeintlicher Fehlschläge vor seinen Dienstherrn geladen und befragt wird. So wie er Pressekonferenzen hasst, auf denen er Stellung nehmen soll. Manchmal frage ich mich wirklich, weshalb er Polizist geworden ist.

»Aus Ihrem Kollegen ist ja nichts Vernünftiges herauszubekommen«, sagt er und schließt die Tür hinter mir. Er meint Franz, und in diesem Punkt hat er in gewissem Sinne sogar recht. Das liegt aber an beiden. Wenn man Franz und ihm bei einem Gespräch zuhört, kann man geradezu exemplarisch beobachten, wie der eine etwas fragt, der andere die Frage nicht richtig versteht und irritiert antwortet, was dazu führt, dass der andere die nächste unverständliche Frage stellt und so weiter. Das geht in der Regel so lange, bis Kiesewetter aufgibt oder wütend wird.

»Gibt es irgendwas Verwertbares, das ich in den ersten Lagebericht schreiben kann? Kann man von einer Tat im Affekt ausgehen, geht es um eine Beziehungstat?«

»Völlig offen«, sage ich rasch, denn ich habe absolut keine Lust, mich jetzt auf ein Gespräch einzulassen, das nichts bringen wird. »Aber ich denke, wenn wir uns mit der Freundin des Toten und dem Freund und den Kommilitonen genauer unterhalten haben, wissen wir mehr.«

»Gut, aber halten Sie mich auf dem Laufenden. Wissen Sie, was ich vermute? Unter den hunderten Studenten gibt es mit Sicherheit einige, die einflussreiche Eltern haben, und es wird nicht lange dauern, bis man Druck auf uns machen wird. Und dann noch diese Verstrickung mit dem Auswärtigen Amt. Dieser Lelek ist Tscheche, wie gesagt. Ich habe übrigens veranlasst, dass die Kollegen in Pilsen den Eltern die Nachricht vom Tod ihres Sohnes überbringen.« Kiesewetter schaut mich ernst an, und ich bin mir sicher, dass er erwartet, dass ich ihn für diese Umsicht lobe oder mich wenigstens bedanke.

»Wir geben uns Mühe«, sage ich.

Er klopft mir vertrauensvoll auf die Schulter. »Sie sind wie immer der richtige Mann!«, erwidert er, und ich frage mich, wie er einen solchen Satz über die Lippen bringen kann. Bei Kiesewetter ist die Zeit stehen geblieben, oder er schaut alte Kriminalfilme, in denen man so gesprochen hat.

Johanna Bäumer sitzt in unserem Büro. Franz hat es offenbar vorgezogen, sie nicht im Vernehmungszimmer zu befragen. Das Büro hat, bei aller Unaufgeräumtheit, doch auch etwas Warmes.

Die junge Frau schaut nicht auf, als ich den Raum betrete. Andres, der Polizeipsychologe, hockt auf der Fensterbank. Er lächelt mir zu, sagt dann, dass er den Eindruck habe, dass es Frau Bäumer einigermaßen gehe und dass sie den Wunsch hatte, diese Befragung hinter sich zu bringen. Was man ja verstehen kann. Er geht auf Johanna Bäumer zu, schaut ihr ins Gesicht. »Ich warte draußen. Sie können sich jederzeit bei mir melden.« Dann verlässt er den Raum.

»Guten Tag. Danke, dass Sie so rasch gekommen sind.«

Ich reiche Johanna Bäumer die Hand. Ihre fühlt sich warm und weich an, wobei der Griff fest ist. Kein Mensch, der sich vor Aufgaben und Herausforderungen drückt, denke ich.

»Ich weiß aber nicht, was ich sagen soll. Jakub ist tot. Jemand hat ihn ermordet. Vielleicht ist es dieser Mann gewesen, der sich im Wohnheim herumtreibt. Er hat in mehreren Zimmern Sachen geklaut, Brieftaschen, elektronische Geräte, Wertsachen eben. Es kann ja einfach jeder da rein. Am Tag sind zwar meistens Studenten unten in dieser Pförtnerloge, auch mal jemand von der Hausverwaltung. Aber wer jemanden besuchen will … der geht einfach rein. Und wenn er erst mal im Gebäude ist, dann ist er drin. Vielleicht war dieser Typ in seinem Zimmer, als Jakub nach Hause kam. Jakub hat ihn überrascht und wollte ihn festhalten …«

Franz räuspert sich. »Wir haben inzwischen drei Phantombilder anfertigen lassen. Leider sehen die Porträts einander nicht sehr ähnlich. Es geht um einen Mann um die dreißig, groß, schlank. Aber mal heißt es, dunkles, mal helles Haar. Mal schmale Augen, dann wieder nicht, mal ovales Gesicht, dann wieder ein rundes.«

»Und was hätte der Mann in Jakubs Zimmer stehlen wollen? Die Puppen?«

Die junge Frau schaut mich mit ernstem Gesicht an. »Ja, die Puppen sind viel wert. Sehr viel sogar. Ein Vermögen. Man muss nur wissen, an wen man sie verkaufen will. Drei sind über hundertfünfzig Jahre alt. Das sind Kunstwerke, wie Gemälde. Das weiß nur kaum jemand.«

»Ja«, sage ich nachdenklich. Das wäre tatsächlich ein Tatmotiv. »Ich war eben bei Professor Panzlaff. Er hat gesagt, dass es einen heftigen Streit gab zwischen Jakub und einem anderen Studenten.«

»Randolf Kramp«, sagt sie tonlos.

»Ja. Um was ging es bei dem Streit?«

»Die beiden haben oft diskutiert. Es ging eigentlich immer um Theater. Kramp ist gut, das ist völlig klar. Aber Jakub hat das nicht akzeptieren können. Und er konnte nicht ertragen, dass ihn dieser Randolf kritisiert.«

»Wie stehen Sie zu Randolf Kramp?«

»Ich? Ach, Sie meinen ... Ja, da ist leider sogar etwas dran. Vor zwei Jahren, da hatten wir mal beide was miteinander. Ein paar Wochen. Nichts wirklich Ernstes. Es war so schnell vorbei, wie es angefangen hatte.

»Und Jakub? Hatte er vielleicht doch das Gefühl, er hätte mit ihm eine Art Nebenbuhler?«

»Nein. Na, keine Ahnung. Wir haben nicht darüber gesprochen. Es ging ja, wie gesagt, eher um das Theater.«

»Dieser Randolf ist auch früher gegangen. Hatten Sie den Eindruck, da war noch eine Rechnung offen zwischen den beiden?«

»Randolf ist kein Gewalttäter. Die beiden kannten sich ja gut. Sie waren Rivalen im Studium. Ein Mord, das würde Randolf nicht tun.« Johanna Bäumer stockt und wirkt plötzlich wie abwesend, als würde sie ihren Gedanken nachlauschen. Das ist der Moment, an dem ich aggressiver werden muss.

»Frau Bäumer, ich habe keine Ahnung vom Puppenspiel, aber geht es in den Stücken nicht immer auch um Hass, Kampf, um Verrat und auch um Tod? Wieso trauen Sie einem Mann wie diesem Randolf Kramp eine solche Tat nicht zu?! Nehmen wir an, er liebt Sie noch immer oder sogar noch mehr. Jakub ist sein Rivale und zwar in jeder Hinsicht. Auf der Party kommt es zu einem verbalen Zweikampf. Randolf unterliegt oder glaubt zu unterliegen, und er folgt Jakub, will ihn erneut zur Rede stellen. Es kommt zu einem offenen Kampf. Und am Ende ist Jakub tot.«

Johanna Bäumer schaut zu mir hoch. Unsere Blicke treffen sich. »Nein«, sagt sie dann ruhig, »das glaube ich nicht. Aber vielleicht will ich es auch einfach nicht glauben. Denn …« Sie zögert. »In einem haben Sie recht, das Theater ist immer auch Liebe, unerwiderte Liebe und Hass. Und das Puppenspiel ist es auch, vielleicht sogar noch mehr als andere Theater.«

»Wir müssen jetzt alles noch mal in Ruhe durchgehen«, sage ich und setze mich an den Computer, um keine Zeit zu verlieren und gleich mitzuschreiben. »Zu wem hatte Jakub in der letzten Zeit Kontakt? Was fällt Ihnen dazu ein?«

»Zu mir. Zu Niklas Grossarth. Und zu seinem Professor.«

»Das ist klar. Ziehen Sie bitte den Kreis weiter.«

»Na ja, Randolf eben. Und Mario Ramtun.«

»Wer ist das?«

»Hm, ich würde sagen, er ist so was wie ein befreundeter Geschäftspartner. Die beiden, also Jakub und er, wollten zusammen eine eigene Puppenbühne eröffnen. Ich kenne Mario einigermaßen, von der Humboldtuni, ich habe die beiden sogar miteinander bekannt gemacht. Er studiert nicht Puppenspiel, sondern BWL und soll eigentlich mal die Firma seines Vaters übernehmen. Im Spreewald. Aber die beiden haben sich in den Kopf gesetzt, erst die Puppenbühne.«

»Ein eigenes Theater. Gibt es denn keine Bühnen in Berlin? Wie weit ist diese Sache gediehen?«

»Es gibt eine Puppenbühne in der Parkaue, direkt hinter dem U- und S-Bahnhof Frankfurter Allee, und es gibt auch eine im Friedrichshain. In der Gubener Straße. Und eine Multibühne am Ostkreuz. Also, da werden auch Puppenstücke gezeigt.«

»Warum dann, ich meine, das lohnt sich doch gar nicht?«

»Jakub hat nicht gefragt, ob sich das lohnt, er war überzeugt davon, dass er Theater spielen muss und dass er es besonders gut kann. Er glaubte, dass es die beste Bühne in Berlin werden würde. Zauberhaft, besonders, ein ganz besonderes Theater. Sodass die Leute von überall kommen würden, um hier das wirkliche Puppentheater zu sehen, das es sonst nirgendwo gibt.«

»Das klingt, als sei er besessen gewesen von dieser Vorstellung.«

»Ja. Vielleicht ist besessen das richtige Wort.«

»Und wo sollte das sein, dieses Theater?«

»Es gibt da ein Gebäude, ziemlich heruntergekommen, in der Nähe vom Ostbahnhof. Ein Stück neben der S-Bahn. Sie haben lange gesucht. Aber obwohl es in der Gegend ja geradezu wimmelt von ungenutzten, brach liegenden Gebäuden, war niemand bereit, ihnen etwas auf lange Sicht zu verpachten oder zu verkaufen. Aber dieses Gebäude hatte es Jakub von Anfang an angetan.«

»Und warum?«

»Die Akustik. Der Ort. Ich weiß es nicht. Er meinte nur immer, diese Gegend und die Umgebung eben, das alles sei magisch.«

»Magisch?«

»Tja, wie soll man das erklären ... Jakub war der Meinung, dass unter der Oberfläche, die wir sehen, immer noch eine andere Schicht liegt und darunter noch eine. Wer kennt schon die Geschichte vom Holzmarkt Berlin? Es gibt die Holzmarktstraße, über die jeden Tag zehntausende Autos fahren, und niemand denkt mehr darüber nach, was früher hier los war. Was die Menschen hier getan haben. Wie es ihnen erging. Und wissen Sie, was da noch war, unweit dieser Stelle, wo sie das Puppentheater aufmachen wollten? Keine hundert Meter entfernt ist die Singerstraße. Jetzt stehen da Plattenbauten, aber in den Sechzigern, da war das eine Straße mit Bürgerhäusern. Viele noch kaputt, Lücken in den Häuserreihen. Sagt Ihnen das was, Singerstraße?« Sie schaut mich erwartungsvoll an, als müsste mir sofort einfallen, was sie meint. Und dann fällt es mir tatsächlich ein.

»Paul und Paula?«

Johanna Bäumer nickt. »Richtig. Da in der Gegend haben die beiden gewohnt. Später sind alle Häuser in der Straße abgerissen worden. Und Jakub glaubte, dass alles noch da sei. Nur eben nicht sichtbar. Nicht unmittelbar zu erkennen, aber zu erfühlen. Zu erträumen, verstehen Sie?«

Wir schweigen einige Sekunden. »Gut. Wer fällt Ihnen noch ein?«, nehme ich den Faden wieder auf.

»Professorin Restein. Die hat Jakub an die Hochschule geholt und unterstützt. Sie ist von seinem Talent überzeugt.«

»Ich dachte, Professor Panzlaff wäre sein Mentor?«

Johanna Bäumer schüttelt den Kopf. »Panzlaff, das ist etwas anderes. Der umgibt sich einfach gerne mit jungen, gut aussehenden Männern.«

»Ich verstehe nicht. Aber er war doch verheiratet.«

»Das war er. Jedenfalls hat Jakub die Zulassung zum Studium vor allem Frau Restein zu verdanken. Seine Noten am Gymnasium waren nicht berauschend und Referenzen hatte er auch nicht. Nur seine Puppen und dass sein Großvater Puppenspieler in Pilsen war. Und seinen Ehrgeiz, sich ganz und gar dem Puppenspiel zu widmen.«

»Verstehe. Und gab es noch Freunde oder gute Bekannte im Wohnheim?«

»Jakub ist nicht der Typ, der mit allen gleich Freund ist. Natürlich gab es Bekannte. Auf der Etage. Man begegnet sich in der Küche, klar, man hilft sich aus. Aber die Bewohner wechseln auch schnell. Erasmusstudenten bleiben ein oder zwei Semester. Man studiert heute mal da und dann mal dort. Und manche können es sich auch leisten und ziehen in eine eigene Wohnung.«

»Außer Ihnen und Jakub Lelek und seinem Freund Niklas Grossarth«

»Ja, wir sind schon lange dort. Wir haben uns mal umgetan wegen einer gemeinsamen WG. Aber es gibt ja kaum noch Wohnungen und die Mieten waren uns zu hoch. Jakubs Eltern leben in Pilsen, die sind froh, dass sie ihm das Zimmer finanzieren können. Für alles andere muss er sowieso selbst sorgen.«

»Und wie sorgt er dafür?«

»Na zum Beispiel, indem er den Hilfsjob bei Panzlaff macht und Getränke für dessen Partys ranschleppt, sich in die Küche stellt, um Salate zu machen. Aber das hat ihm nichts ausgemacht. Da sind ihm die anzüglichen Bemerkungen viel mehr auf die Nerven gegangen. Aber er hat sich nie etwas anmerken lassen.«

»Anzügliche Bemerkungen?«

»Nun, Herr Panzlaff ist schwul. Das meinte ich doch vorhin. Und da dachten manche, Jakub wäre es auch. Aber das ist Blödsinn.«

»Dieser Ramtun, wohnt der auch im Studentenwohnheim?«

»Der? Nein, der hat ein nettes kleines Studio. Vierzig Quadratmeter mit Küche und Bad, Altbau. Und das im Friedrichshain. Bezahlt alles der Vater.«

»Die Adresse? Haben Sie die?« Ich schiebe ihr einen Notizblock hinüber. Johanna Bäumer schreibt. Ich frage mich, wie sie so ruhig bleiben kann. Ihr Freund ist tot und sie beantwortet meine Fragen, als wäre er für vier Wochen auf Reisen gegangen. Ich würde sie das gerne fragen: Warum können sie so gelassen antworten, angesichts dessen, was geschehen ist? Ich will es schon tun, als unsere Blicke sich erneut berühren.

»Sie fragen sich sicher, warum ich Ihnen so ruhig antworte. Ich weiß es selbst nicht. Ich kann es mir nicht erklären. Mir ist, als würde Jakub leben. Ganz normal weiterleben. Ich glaube einfach nicht, dass er tot ist. Obwohl ich ihn gesehen habe. Ich glaube es einfach nicht.«

»Ich verstehe, was Sie meinen. Ich habe immer wieder mit Personen zu tun, die den Verlust eines Menschen betrauern, und da ist die Realität, dieses ganze furchtbare Geschehen, oft nur wie durch eine Wand aus Watte und Stille wahrzunehmen.«

»Aus Stille. Ja. Aber da ist noch etwas anderes. Jakub hat an einem Stück geschrieben, in dem es um den Tod geht. Der Tod kommt wie der Schnee über das Leben. Leise und still. Aber er deckt das Leben nur zu. Unter dem Schnee geht alles weiter. Da hält sich das Leben irgendwie. Und da ist Jakub immer noch. Ich kann ihn atmen hören und höre auch seine Stimme. Und die Musik.«

»Musik?«

»Ja, Musik. Musik hatte eine wichtige Funktion in seiner Kunst. Weil alle Figuren in seinem Theater auch Bestandteil eines Konzerts sind. Teile von unterschiedlichen Melodien, die zusammengenommen eine Sinfonie ergeben. Er hat immer gesagt, dass er und ich und andere Menschen auch zusammengehören. Egal, ob sie nun leben oder nicht. Egal, ob sie sich kennen oder nicht. Egal, ob sie sich schon begegnet sind oder nicht.«

»Das klingt irgendwie versöhnlich. Ich würde gerne daran glauben. Aber ich habe die Aufgabe, Jakubs Mörder zu finden. Bitte schreiben Sie mir die Telefonnummer von diesem Mario Ramtun auf und von allen, bei denen Sie glauben, dass es für Jakub wichtige Personen waren. Wir brauchen jeden auch noch so kleinen Hinweis. Bis jetzt wissen wir buchstäblich nichts, verstehen Sie? Deshalb muss ich Sie auch bitten, sich unbedingt zu unserer Verfügung zu halten. Und dass Sie sich umgehend melden, wenn Ihnen noch etwas einfällt. Versprechen Sie mir das?«

Sie schaut mich an und nickt. Aber ich bin mir nicht sicher, ob sie mich wirklich gehört hat.

»Frau Bäumer, ich muss Sie noch einmal konkret fragen – Ihr Verhältnis zu Niklas Grossarth … Sie sind Freunde?«

»Ja, Niklas ist Jakubs Freund, also ist Niklas auch ein Freund von mir.«

Ich hole tief Luft. »Eines der stärksten Motive für Mord ist Eifersucht, das wissen Sie sicher.«

»Sie meinen …«

»Liebt Niklas Sie?«

»Was soll das?!« Die junge Frau richtet sich auf. Sie schaut mich mit kalten Augen an. »Niklas bringt seinen Freund um?! Um mich zu erobern?! Was ist das für eine absurde Idee! So etwas mag es vielleicht in Ihrer Generation gegeben haben, aber aus meiner Sicht ist das primitiv!«

»Liebe ist sicher noch immer ein starkes Gefühl.«

»Begreifen Sie denn nicht?! Wie soll jemand mit einem Menschen zusammen sein, dessen Geliebten er getötet hat?! Außerdem setzt das voraus, dass ich überhaupt Interesse an Niklas hätte. Das habe ich nicht, und Niklas weiß das.«

»Mag sein. Aber es gibt Situationen, in denen Rationalität keine Rolle spielt.«

»Es ist einfach nur Unsinn. Solche Dinge kann sich nur jemand ausdenken, der keine Ahnung davon hat, wie Menschen miteinander umgehen.«

Ich zögere, weil ich nicht sicher bin, warum diese Frau plötzlich so aggressiv und sogar beleidigend wird. Treffen meine Äußerungen zu? Habe ich mit meinen Vermutungen die Hintergründe erkannt und die Tat ist möglicherweise sogar gemeinsam geplant gewesen? Oder hat meine Vermutung aus ihrem Blickwinkel wirklich etwas Absurdes?

Johanna Bäumer steht auf. »Sind wir fertig?«

»Vorerst ja. Aber halten Sie sich bitte zu unserer Verfügung.«

Sie geht zur Tür, dreht sich noch einmal um. »Ich weiß, dass Sie so sinnlose Fragen stellen müssen, aber ich hätte nicht gedacht, dass Sie jemandem wie mir, der eben den Menschen verloren hat, der ihm am nächsten war, so wehtun würden. Aber das wird Ihnen sicher egal sein.«

Franz sieht mich nachdenklich an und zuckt die Achseln. »Schwer einzuschätzen, die Frau, oder? Ach, und übrigens, ich habe die beiden Typen, mit denen Grossarth nach der Party in dem Club war, befragt. Sie haben seine Angaben bestätigt. Sie waren zirka zwei Stunden dort. Ich habe in der Kneipe angerufen, einer der Barleute konnte sich an die drei erinnern.«

»Das bedeutet, dass Grossarth gegen, sagen wir, null Uhr dreißig auch im Wohnheim gewesen sein kann.«

»Dann hätte er sich ziemlich beeilen müssen.«

»Aber es wäre möglich gewesen. Danke. Und sei so gut und lade diesen Randolf Kramp vor. Den müssen wir genauer ins Visier nehmen.«

»Wird gemacht. Ich schicke gleich eine Streife vorbei, dass die ihn herbringen.«

Ich habe das Gefühl, dass mit Johanna Bäumer sämtliche Energie und sämtlicher Sauerstoff aus dem Raum verschwunden sind. Ich gehe zum Fenster und öffne es. Der frische Windzug, der mir direkt ins Gesicht schlägt, ist wie kaltes Wasser, das mich sofort belebt und wach macht. Ich versuche zu verstehen, welche Erkenntnisse die Begegnung eben gebracht hat. Natürlich muss ich mich auch fragen, ob es einen Grund geben könnte, dass Johanna Bäumer die Tat verübt oder an ihr mitgewirkt hat, ob nun gemeinsam mit diesem Niklas Grossarth oder mit jemand anderem. Vielleicht hat sie sie auch beauftragt. Aber ich finde kein wirkliches Motiv. Eifersucht. Liebe. Verweigerte Liebe … Ich weiß es nicht. Außerdem mutet die Frau so ganz und gar nicht wie jemand an, der über eine solche Tat auch nur nachdenken würde.

Ich gebe in meinem Computer die Begriffe Puppenspiel und Berlin Friedrichshain ein. Sofort taucht der Name des Theaters der kleinen Form in der Gubener Straße auf. Also gar nicht weit von hier. Aber es gibt noch mehr. Eine Puppenspielerkneipe. Eine ehemalige Studentin der Hochschule Ernst Busch hat eine neue Form des Puppenspiels aus Amerika mitgebracht: »Puppetry Slam«. In der Nähe vom Ostkreuz wird neben »normalem« Theater auch Puppentheater für Erwachsene geboten. Und zwei Künstler aus Amsterdam wollen in den nächsten Tagen mit ihren menschengroßen Puppen durch die Stadt ziehen.

Mir fällt eine Aktion ein, die schon einige Zeit zurück liegt. Zwei mächtige Puppen einer französischen Künstlergruppe waren in Berlin unterwegs. Die kleine Riesin und der große Riese. Ein Puppenkind und sein Onkel. Beide wirklich riesig und nur deshalb beweglich, weil unzählige Menschen die Puppen an Stahlseilen und mittels diverser mechanischer Hilfen bedienten. Die eine Puppe kam aus Ost-Berlin, die andere aus West und beide trafen sich in Mitte. Ich weiß noch, dass mir diese Vereinigung ein wenig albern vorkam. Von den Figuren dagegen war ich beeindruckt. Kerstin hatte Fotos gemacht: die »kleine« Puppe schlafend vor dem Berliner Rathaus. Und ich erinnere mich auch daran, dass ich mich damals dabei ertappt habe, dass ich dieser schlafenden Puppe tatsächlich Gefühle entgegenbrachte, als schliefe da ein echtes Riesenkind.

Könnte es sein, dass dieses Stück, von dem Johanna Bäumer eben gesprochen hat, etwas mit dem Tod des Schreibers und Spielers zu tun hat? Und dass sie vom Zauber des Stückes verwirrt ist? Ich nehme mir vor, sie oder Niklas Grossarth noch einmal nach dem Stück zu fragen. Sicher liegt der Text irgendwo.

Ich nehme mein Handy aus der Tasche und tippe auf Kerstins Namen. Ich weiß, dass sie jetzt Unterrichtsschluss hat. Das Seltsame ist, dass ich immer das Gefühl habe, dass ich sie während eines Gesprächs erreiche, bei dem ich störe.

Damals, als wir uns getrennt hatten und ich sie immer mal wieder traf, war sie oft in Begleitung eines ihrer Kollegen. Sie hat nie darüber geredet, was diese Kontakte bedeutet haben, damals nicht und später auch nicht. Und ich habe es auch nie angesprochen – aus Angst, sie könnte mir sagen, dass sie irgendeinen dieser Männer geliebt habe. Ich weiß, dass es feige ist und dass ich kein Recht habe, sie danach zu fragen oder ihr gar so etwas wie Vorwürfe zu machen. Ganz im Gegenteil. Aber das Gefühl, das ich immer habe, wenn ich darüber nachdenke, dass Kerstin auch jetzt noch eine Liebesbeziehung haben könnte, überkommt mich, als fiele ich in endlose Tiefe.

Als es dreimal geklingelt hat, meldet sich Kerstin. »Hallo, was ist denn?« Ihre Stimme ist klar und freundlich. Ich höre ihren Atem und bemerke, dass sie offenbar mit ihrem Fahrrad fährt. Sie hat ein Headset. Ich sehe sie vor mir. Ihre sportliche Figur. Das silbern glänzende Fahrrad. Ihr langes Haar unter dem Helm.

»Was hältst du davon, wenn wir mal ins Puppentheater gehen?«

»Warum nicht. Es gibt da eins in der Nähe vom Ostkreuz. Die sollen gute Stücke bringen.«

Kerstin weiß sofort, um was es geht. Vermutlich hat sie Nachrichten gehört und weiß, dass ein Puppenspieler ermordet worden ist.

»Das heißt, es soll auch in diesem Club in der Revaler ab und zu Auftritte geben. Heute Abend? Ich hör mich mal um.«

Sie drückt mich weg, als wäre das Gespräch ein Austausch zwischen Kollegen auf dem Bau. Aber das stört mich nicht. Sie ist ganz einfach so. Und es gibt inzwischen nichts mehr an ihr, was ich nicht liebe.

Franz öffnet die Tür. Im selben Augenblick knallt das Fenster wegen des Durchzugs zu. »Ich habe diesen Randolf Kramp im Nebenraum. Willst du den kennenlernen?«

»Was denn, so schnell?«

Franz grinst und ich ahne, dass die Begegnung mit dem Mann eine der besonderen Art sein dürfte. Er hat eine dünne Mappe in der Hand. »Der Bericht der Spurensicherung«, sagt er und legt sie auf den Tisch. »Die haben das Zimmer von Jakub Lelek auf den Kopf gestellt, aber es gibt weder Fremdblut noch irgendwas anderes Verwertbares. Haarspuren von der Bäumer und Grossarth und zwanzig anderen. Ansonsten war der Raum recht sauber. Ein paar Spuren von Rauschmitteln. Gras, Koks und ein bisschen Crystal Meth. Das findet sich wahrscheinlich in jeder Studentenbude, obwohl, Crystal Meth ist schon extrem … Aber es sind eben nur Spuren, und man weiß ja nicht, wer sie hinterlassen hat.«

Als ich in das Zimmer komme, steht ein junger Mensch von vielleicht fünfundzwanzig Jahren gleich neben der Tür. Er lehnt mit der Schulter an der Wand und schaut mich mit großen, hellblauen Augen an. Er hat einen geradezu schmalen Körper, sein Gesicht ist blass, fast so, als hätte er es mit hellem Puder geschminkt, und schwarzes, lockiges Haar.

»Sind Sie der Chef?«, fragt er, stößt sich von der Wand ab und streckt mir die Hand entgegen. Er lässt mich nicht antworten, sondern setzt nach: »Mein Name ist Kramp, Randolf Kramp, und es gibt offenbar ein Problem Ihrerseits, was einen Zusammenhang zwischen meiner Person und dem Tod eines Studenten namens Jakub Lelek betrifft. Ich habe bereits darauf gewartet, dass Sie mich sprechen wollen. Ich kann Ihnen versichern, dass es diesen Zusammenhang nicht gibt. Leleks künstlerische Leistung wurde überschätzt, das ist das Problem, und alle waren zu feige, ihm zu sagen, dass er in der Regel durchschnittliche Stücke geschrieben hat und ebenso durchschnittliche Stücke aufgeführt hat. Seine Inszenierungen waren, ich sage es klar und deutlich, banal. Aber sobald ich die geringste Kritik geäußert habe, fiel eine Heerschar von Günstlingen des Herrn Panzlaff über mich her. Und Lelek selbst auch. Er konnte keine Kritik ertragen. Die Diskussionen mit ihm führten ins Nichts. Und das, Herr

Kommissar, dürfte deutlich machen, dass ich niemals eine Tat begehen würde, bei der ein Mensch getötet wird, der sich redlich müht, aber nie erfolgreich in der Kunst sein wird.«

Kramp richtet sich kerzengerade auf, legt die Hände auf den Rücken. Die Geste und sein ganzes Auftreten haben etwas Theatralisches. Etwas, das die Frage impliziert, ob er seinen Auftritt wirklich ernst meint.

»Das heißt, Sie verachteten ihn?«

»O nein! Niemals! Sehen Sie, das ist ja wieder so eine Vermutung, wie kann man jemanden verachten, der gar nicht das Format hat, sich zu messen. Nein. Ich habe Lelek sehr geschätzt. Weil er fleißig war und ehrlich und weil er gekämpft hat und gerungen. Ja, auch mit mir. Und manche seiner Ideen waren ja auch nicht übel, nur waren sie eben nicht das, für was sie gehalten wurden. Nicht genial, wenn Sie verstehen, was ich meine.«

»Aha. Nun gut. Wie war das an dem Abend bei Professor Panzlaff? Sie haben sich gestritten. Lelek ist gegangen. Sie sind geblieben, und dann?«

»Lelek ist geflohen! Weil er mal wieder glaubte, dass er in der Obhut von Panzlaff vor der Kritik anderer geschützt sei. Aber dann gab es eben doch eine Diskussion und ich habe ihm Paroli geboten. Aber gut. Ihre Frage. Ich bin gegen null Uhr dreißig aufgebrochen. Allein.«

»Wo sind Sie hingegangen?«

»Nach Hause. Dort hat mich nur mein Kater gesehen.«

»Das ist schlecht.«

»Was soll man machen. Sie können mir glauben oder nicht. Ich für meinen Teil werde jedenfalls keinen Menschen töten, der ein Puppenspieler sein will, wenn auch kein besonders begabter. Darf ich jetzt gehen?«

Ich reiche ihm die Hand. Und der junge Mann schwebt durch die Tür. Ich bin mir ziemlich sicher, dass der Typ wirklich als Täter ausfällt, und frage mich, warum das nicht auch Panzlaff, Grossarth und Johanna Bäumer von vornherein ausgeschlossen haben.

Ich mache mich daran, die Adresse der Hochschule Ernst Busch herauszufinden. Es gibt zwar eine zentrale Verwaltung, aber die Unterrichtsräume der Hochschule sind über die halbe Stadt verstreut. Ein Telefonat bringt mich weiter. Die Sekretärin in der Verwaltung erklärt mir, dass es in zwei, drei Jahren, vielleicht auch später, ein gemeinsames Gebäude geben soll, aber bislang studieren die Puppenspieler unter anderem am Theater an der Parkaue.

Der Weg dorthin ist nicht weit. Ich gehe rasch bis zur U 5, fahre die zwei Stationen bis zur Frankfurter Allee und laufe dann an den Gleisen hinauf bis zum Theatergebäude. Als Kind war ich oft hier. Pflichtbesuche mit der Schule oder gemeinsam mit meiner Großmutter, die darauf achtete, dass ich ein kulturinteressiertes Kind wurde. Hier ist Lichtenberg. Aber wenn ich mich in eine der Straßenfluchten Richtung Nordwesten stelle, sehe ich die Dächer von der Eldenaer und der Bänschstraße und den Kirchturm von der Samariter-Gemeinde in der Samariterstraße mit seinem hohen, spitzen Turm.

Das Theater gibt es noch immer. Es heißt jetzt »Karussell«. Ich weiß nicht, was besser ist, »Freundschaft« oder »Karussell«; ich weiß nur, dass ich gerne ins Theater gegangen bin, auch wenn man das natürlich unter den Jungen in meiner Klasse nicht sagen oder zeigen durfte. Ich erinnere mich auch daran, dass ich im Theater lieber neben Mädchen saß. Am liebsten neben Claudia, die regelrecht versessen war auf Theater und Kino. Sie kannte die Geschichten, die gezeigt wurden, konnte fast mitsprechen, was die Schauspieler sagten. Und sie fand es absolut daneben, wenn sich meine Klasse während der Vorstellung nicht zu benehmen wusste.

Als ich das Theatergebäude betrete, bemerke ich sofort den Geruch, der vollkommen identisch ist mit dem, den ich als Kind hier wahrgenommen habe. Und das, obwohl sich hier vieles verändert hat. Die vielen bunten Plakate, die helle Beleuchtung. Die bunten Farben.

Aber ich komme nicht weit. Ein Mann in Handwerkermontur steuert auf mich zu, hört sich an, wohin ich will, und verweist mich ins Nachbargebäude.

Der Eingang ist unscheinbar. Ich schiebe die Tür auf und betrete einen Raum, der im Halbdunkel liegt. Er ist hoch und wirkt kahl und unfreundlich. Über mir, hoch oben, schwebt etwas, das wie eine zerrissene Wolke aussieht. Weiße Tücher. Ich steige die steinerne Treppe hinauf. Meine Schritte hallen wider, als wäre ich in einer Höhle unterwegs. Oben noch eine Tür, eine Schwingtür mit zwei Flügeln. Ich schiebe die linke auf und sehe in einen ebenso hohen, grauen Raum, der allerdings über und über mit Plakaten ausstaffiert ist. Durch das kühle, beinahe nebelige Licht haben diese Bilder jedoch keine Farben, sie scheinen in Schwarz und Weiß gedruckt zu sein. Ich lese »Odysseus« und »Faust« und »Die Schneekönigin« und »Krabat«. Eine Sekunde später entdecke ich den Mann. Er steht still da. Direkt hinter mir in einer Nische vor dem Flur, der tiefer ins Gebäude führt. Steht da, als wäre er erstarrt. Der Kopf ist etwas vorgestreckt, so als versuche er wie ich, im Halbdunkel die Plakate zu lesen. Ich grüße kurz und nicke ihm zu. Aber er reagiert nicht. Noch immer keinerlei Bewegung. Mir wird plötzlich bewusst, dass es sich bei dem Mann um eine Figur handeln muss: eine menschliche Figur, die etwa so groß ist wie ich. Die Statur aber ist schmal, fast dürr, und der Mann trägt einen Frack, weißes Hemd und schwarze Hose. Sein Gesicht ist beinahe so weiß wie das Hemd. Aber sein Mund ist dunkel. Wahrscheinlich sind seine Lippen rot, sehr rot, doch bei diesem Licht sehen sie aus wie zwei dicke, schwarze Striche. Mir kommt Dracula in den Sinn. Oder Mister Hyde. Jener Mann, der sich des Nachts verwandelte und durch die Straßen der finsteren Stadt irrte. Auf der Suche nach Opfern.

In diesem Augenblick öffnet sich die Tür unten und mehrere Personen kommen die Treppe herauf. Sie reden laut miteinander. Als sie schließlich in den Innenraum treten, gehen wie auf Kommando mehrere helle Lampen über mir an. Die vier jungen Leute, zwei Männer und zwei Frauen, scheinen überrascht von meiner Anwesenheit. Sie grüßen kurz und gehen an mir vorbei in Richtung des engen Flurs hinter der Figur. Dann aber dreht sich eine der Frauen um und fragt, ob ich etwas suche. Zum Glück fällt mir der Name Panzlaff ein und sogar der von Professorin Restein. Die vier sind stehen geblieben. Schauen sich an, als wollten sie einander prüfen, ob jeder die gleiche Vermutung hat, was mich in diese Einrichtung geführt haben könnte.

»Sie kommen wegen Jakub«, sagt schließlich die andere Frau.

»Ja. Mein Name ist Martaler, ich bin von der Polizei. Mordkommission. Kannten Sie Jakub?«

Nach kurzem Zögern nicken alle. »Ja, er hat mit uns studiert.«

»Ich würde gern mit Ihnen reden«, sage ich. »Es dauert nicht lange.«

Noch einmal ein vorsichtiges Nicken. Die Gesichter zeigen Unsicherheit und Abwehr. Und doch sind die jungen Leute sofort bereit, mit mir in eines der offensichtlich als Unterrichtsräume genutzten Zimmer zu gehen.

Die vier lassen sich auf Tischen oder Stühlen nieder. Einer fragt: »Was wollen Sie wissen? Ob wir auf der Fete von Panzlaff waren? Waren wir.«

Die eine der Frauen, sie hat sehr kurze, dunkle Haare und ein schmales Gesicht mit engstehenden, schönen Augen, fällt ihm ins Wort. »In solchen Situationen redet jeder für sich, klar!«

Der Junge nickt. Über sein Gesicht huscht Unsicherheit, vielleicht sogar Schrecken. Er schiebt sich die schwarze Strickmütze in die Stirn.

»Ja, natürlich. Jeder sollte für sich reden«, sage ich. »Aber noch ist ja niemand von Ihnen irgendwie verdächtig, und von Professor Panzlaff bekomme ich ohnehin die Liste der Anwesenden. Mich interessiert auch mehr, ob mir jemand von Ihnen irgendeinen Hinweis geben kann. Hatte Jakub

Feinde? Wollte ihm jemand übel mitspielen? Hat er Ihnen gegenüber geäußert, dass er Angst hat, dass ihn jemand verfolgt? Bedroht?«

»Nein«, sagt die Kurzhaarige. Die anderen schütteln die Köpfe.

»Das hätten wir sicher gewusst«, sagt der andere junge Mann. Er hat einen offenen Blick, wie ein Kind, das noch völlig unvoreingenommen ist und mit Neugier und Tatendrang die Welt erobern will. »Wir waren in diesem Semester sogar eine Projektgruppe.«

»Jeder für sich!«, sagt die Frau wieder. Entweder ist das eine Neunmalkluge von der Sorte »Meinvateristauchbeiderpolizei« – oder auch Rechtsanwalt –, oder da ist irgendwas, was nicht ans Licht kommen soll. Oder aber sie ist so geschickt, dass sie ihr Gehabe als eine Art Abwehrstrategie einsetzt.

»Um was ging es bei Ihrem Projekt?«, versuche ich den Ball flach zu halten. Ich schaue in die Runde. Alle schweigen. Traut sich jetzt niemand mehr zu sprechen? »Hm, seltsam. Ich würde dann vielleicht sagen, wir sprechen uns in der Polizeidienststelle wieder. Wir laden Sie vor.«

»Musik«, lenkt die andere junge Frau ein. Sie ist untersetzt, der dicke dunkelrote Pullover unterstreicht das. Sie hat einen blau-weißen Schal um den Hals gewickelt. »Also das Projekt, da ging es um Musik.«

»Aha. Musik. Haben Sie gemeinsam musiziert?«

»Ja, auch. Aber es geht vor allem um Komposition. Jedes Theaterstück braucht eine eigene Komposition.«

»Sagt Jakub Lelek?«

»Das sagen wir alle. Aber Jakub ist ein besonders begabter Komponist. Er hat sehr schöne Stücke geschrieben, für Oboe, Saxophon, Flöte. Wir haben natürlich auch mit Techno experimentiert. Also, mit elektronischen Klängen.«

»Und woran hat Jakub gearbeitet? Ich meine, an welchem Stück?«

Die vier schauen sich kurz an. Zwei von ihnen zucken mit den Schultern, die Kurzhaarige sagt: »Darüber hat er nicht gesprochen. Jedenfalls nicht mit mir. Auf jeden Fall war er ein ziemlicher Einzelgänger und glaubte, der King der Puppenspielkunst zu sein.«

Klingt da eine Verletzung mit? Ist die junge Frau gekränkt, weil Jakub nicht mit ihr über sein Stück geredet hat?

»Sie haben sich nicht besonders gut verstanden?«

»Quatsch. Es geht nicht ums Verstehen.«

»Worum dann?«

»Tut nichts zu Sache!«

»Meinen Sie?«

»Wir waren öfter nicht einer Meinung. Das ist alles.«

»Ich wüsste gerne Ihren Namen!«

»Meinen? Warum?!«

»Ihren und den von allen anderen.«

Die Kurzhaarige zögert. Ja, einen Augenblick lang sieht es so aus, als würde sie aus dem Zimmer stürzen wollen. Dann greift sie plötzlich in ihren Rucksack, holt nach kurzem Suchen ihren Ausweis heraus, knallt ihn auf den Tisch und sagt: »Galina Stoffenberg, sechstes Semester, vierundzwanzig Jahre und sechs Monate!«

»Frau Stoffenberg, wo waren Sie in der letzten Nacht?«

»Wollen Sie mich verarschen?«

»Nun mal sachte! Sie können auf meine Frage ganz einfach antworten. Dazu würde ich Ihnen im Übrigen auch raten. Also?«

»Bei Panzlaffs Fete!«

»Kann das jemand bezeugen?«

Die junge Frau schaut in die Runde. Zwei der anderen nicken.

»Gut, dann hätte ich gern auch Ihre Namen und Adressen.«

»Nadja Brinkmann.«

»Björn Mollenhauer.«

»Und ich darf davon ausgehen, dass Sie ebenfalls bei Professor Panzlaff waren?«

»Was ist das Problem?«, fragt Galina Stoffenberg. »Wir waren auf der Fete oder dem Jour fix, wie es der Professur nennt. Man muss da hingehen, schon der Noten und der Connection wegen, die der alte Herr hat. Es gibt einen scharfen Wettbewerb, falls Ihnen das noch niemand gesagt haben sollte.«

»Und Jakub Lelek war ein Konkurrent?«

»Das war er. Was nicht heißt, dass man sich deshalb umbringen muss.«

»Wann haben Sie diese Fete verlassen und wohin sind Sie dann gegangen?«

Galina Stoffenberg wirkt plötzlich unruhig. Sie sucht Blickkontakt mit den anderen, aber die haben die Köpfe gesenkt. »Vergessen«, sagt die Stoffenberg, »vielleicht gegen null Uhr. Ich weiß es nicht mehr. Und dann bin ich nach Hause gegangen.«

»Sie wohnen nicht in dem Wohnheim.«

»Ich habe 'ne Bude im Friedrichshain. Richard-Sorge-Straße. War mal ein Laden. Wir wohnen da zu viert.«

»Hat Sie jemand gesehen, als Sie nach Hause kamen?«

»Ich denke nicht. Wir haben jedenfalls keine Vereinbarung, uns an- und abzumelden oder den anderen zu kontrollieren, wann er oder sie nach Hause kommt.«

»Das ist schlecht für Sie.«

»Was soll denn das?! Verdächtigen Sie mich, dass ich Jakub umgebracht habe?«

»Ich suche lediglich nach Spuren und Hinweisen. Und Sie haben kein Alibi.«

»Blödsinn. Das muss ich mir doch nicht anhören!«

»Sie haben gefragt, ich habe Ihnen geantwortet. Aber ich denke, wir sollten uns auf der Polizeidienststelle etwas genauer unterhalten. Sie melden sich bitte, damit wir Sie nicht abholen müssen.«

Ich ziehe meinen Notizblock aus der Tasche, notiere mir nacheinander die Namen und die Adressen. Einer der Studenten wohnt im Wohnheim, die beiden anderen in verschiedenen WGs. Den Namen Galina Stoffenberg unterstreiche ich.

»Gut, vielen Dank«, sage ich und versuche zu lächeln. »Und wo finde ich nun Frau Professor Restein?«

Als ich das Büro betrete, steht die geradezu schmächtig wirkende, kleine Frau von ihrem Stuhl an ihrem Schreibtisch auf und kommt mir mit kurzen Schritten entgegen. Sie hat halblanges graues, etwas struppiges Haar. Ihre Augen sind grau. Man kann sehen, dass sie geweint hat. Ich sage ihr meinen Namen und dass ich von der Polizei bin. Sie nickt nur und zeigt mit der Hand auf einen Tisch, um den vier schäbige Stühle stehen. Der weiße Lack ist an vielen Stellen abgeplatzt, der Stoff der Sitzpolster grau und fadenscheinig. Früher wird er ein Muster gehabt haben. Auf dem Tisch liegen Ausdrucke, Fotografien von Jakub Lelek. Der junge Mann beim Spiel mit einer schwarzen Handpuppe, beim Dekorieren, im Gespräch mit anderen, bei einem Vortrag.

Wir setzen uns. Noch ohne ein Wort gesagt zu haben, steht die etwa sechzigjährige Frau wieder auf, um eine große Wasserflasche und zwei Gläser zu holen, die auf einem Kühlschrank hinter ihrem Schreibtisch gestanden haben.

»Ich dachte«, sagt sie nun und gießt, ohne zu fragen, Wasser in die Gläser, »ich dachte, ich kenne Jakub gut. Aber jetzt, jetzt plötzlich habe ich das Gefühl, das ist ein Irrtum. Ich kenne ihn nur als Studenten. Als einen Menschen, der lernen wollte, was es heißt, Puppenspieler zu sein, und etwas davon zu verstehen, wenn es um die Geschichte dieses Teils der Theaterkunst geht. Oder um Regie oder Dramaturgie. Ich habe ihn immer als besonders ehrgeizig erlebt. Ehrgeizig in jeder Hinsicht. Und als begabt, wenn es ums Schreiben und Spielen ging.«

»Das dachte ich mir«, pflichte ich ihr bei. »Es heißt, Sie haben den jungen Mann trotz Problemen bei der Bewerbung an die Hochschule gebracht.«

»Ja. Er hatte Probleme mit der Zulassung. Das passte nicht zu ihm, gar nicht. Er war begabt und, wie gesagt, ehrgeizig. Was er sich vornahm, das schaffte er auch. Wissen Sie, meine Erfahrungen sagen mir, dass es gerade diejenigen sind, die sich mühen, denen es nicht von Anfang an in die Wiege gelegt ist, die besonders gut werden. Jakub stammt aus einer, nun, sagen wir, armen Familie. Der Vater ist Straßenbahnfahrer in Pilsen, die Mutter Reinigungsfrau in einem Theater. Abends half sie auch bei der Garderobe, nahm ihn ab und an mit, und so lernte Jakub das Theater kennen. Kein Puppenspiel. Theater. Früh, als Sieben-, Achtjähriger. Aber das wird Sie kaum interessieren.«

»Doch, natürlich. Wissen Sie mehr über seine Familie?«

»Nicht viel. Ich glaube, dass Jakub nicht besonders an seinen Eltern und an seiner jüngeren Schwester, die in Prag studiert, gehangen hat. Er war hier. Er wollte erfolgreich sein. Er liebte das Puppenspiel. Und die Puppen.«

»Ich habe sie gesehen. Er hat sie in einer Truhe verschlossen.«

»Das wundert mich nicht. Sie waren ihm sehr wichtig, ihm nahe, fast schon gefährlich nahe, und sie besitzen einen gewissen Wert. Eher ideell, aber auch als Liebhaberstücke.«

»Wie meinen Sie das: Sie waren ihm nahe?«

»Für ihn hatten die Figuren eine Seele. Wenn sie von allein aus der Truhe herausgestiegen wären und einen Tanz aufgeführt hätten, wäre das wahrscheinlich fast allen Menschen als Traum erschienen, aber nicht Jakub. Er hätte sich nicht einmal gewundert. Vielleicht sind die Figuren wirklich zum Leben erwacht, wenn er mit ihnen alleine war. Wer weiß.«

»Das klingt nach sehr viel Fantasie.«

»Ja. Und nein. Jakub Lelek hatte viele Vorstellungen, die für ihn nicht Fantasie waren, sondern Realität. Für ihn waren die Realisten die Fantasten.«

»Frau Professor Restein, ich muss Sie das fragen: Hatte Lelek Feinde, Rivalen? Gab es neben Johanna Bäumer noch andere Liebschaften? Und wie war sein Verhältnis zu Professor Panzlaff?«

Die schmächtige Frau steht rasch auf. »Rauchen Sie?«, fragt sie und greift schon nach einer Schachtel Zigaretten. Ich schüttle den Kopf. »Hätten Sie etwas dagegen, wenn wir hinausgehen? Hier ist es verboten, und außerdem würde es mir gut tun, ein paar Schritte zu machen.«

Wir betreten den Park, der dem Ort den Namen gibt. Um diese Zeit ist er beinahe leer. Nur da und dort bummeln Kinder vom Hort nach Hause. Die Frau hat sich einen erstaunlich rot strahlenden Mantel angezogen. Eine Farbe, die man bei ihr nicht erwartet.

»Zum einen«, sagt sie ruhig, »war Jakub Lelek von Feinden sozusagen umstellt. Sein Ehrgeiz, seine Kompromisslosigkeit, seine künstlerische Aggressivität brachte viele seiner Kommilitonen gegen ihn auf. Mit manchen stand er in einem Wettstreit, der eher an einen Kampf erinnert.«

Mir fällt das Gespräch mit den vier Studenten ein. Ich sage: »Sie meinen so jemanden wie Galina Stoffenberg?«

Die Frau bleibt kurz stehen. »Ja, Galina, ein gutes Beispiel. Erst haben sie gemeinsam ein Bühnenstück entwickelt, dann steigt Jakub aus und verkündet, dass es unter seinem Niveau sei, und überlässt das Stück Galina. Die steht also vor der Gruppe mit dem Stück, das für Jakub unter Niveau ist. Was soll sie jetzt damit machen? Weiter daran arbeiten? Sie verwirft es auch. Monatelange Arbeit umsonst und dazu diese Demütigung. Unter Niveau! Das ist für solch junge Künstler so, als hätte man einen Kübel Scheiße über ihnen ausgeschüttet. Und Galina, die erst so sehr in seiner Gunst stand, steht nun da als die Besudelte. Und solche Aktionen gab es einige.«

»Und wie fanden Sie das?«

»Was soll ich sagen ... Zwischenmenschlich war es schwierig. Aber Künstler, die für etwas brennen, die sind selten zu Kompromissen bereit. Sehen Sie sich die Malerszene um Degas an, die Komponisten, Verdi und andere haben sich auch nichts geschenkt. Leider gehören solche Auseinandersetzungen zum Prozess künstlerischen Schaffens.«

»Auch wenn einer am Ende erstochen wird?«

»Erstochen! Wie abscheulich. Ich wage mir nicht einmal vorzustellen, wie es ist, wenn man auf eine solche Weise sterben muss. Aber Sie haben mich nach Feinden gefragt. Und ich glaube, dass diese Auseinandersetzungen auch zu einer Feindschaft führen können ... ohne dass man sich töten muss. Was meinen Kollegen Panzlaff betrifft: Sie sollten ihn selber fragen, was seine Beziehung zu Jakub betrifft.«

»Das habe ich bereits.«

»Gut. Wissen Sie, ich arbeite schon sehr lange mit ihm. Das verbindet. Auch wenn wir nicht gerade Freunde sind.«

»Jakub Lelek war nicht schwul, liege ich da richtig? Ich meine, er hatte eine Freundin.«

»Sie meinen, ob er eine sexuelle Beziehung zu Panzlaff hatte? Ich glaube es nicht. Aber ich weiß es auch nicht. Nein, die Beziehung Jakubs zu meinem Kollegen Panzlaff war wohl doch anderer Natur. Jakub strebte stets nach Höherem. Und Panzlaff ist einer der Größten, was die Puppenspielkunst beziehungsweise die Lehre darüber angeht. Wer unter seine Fittiche gelangt, hat gute Chancen für einen Aufstieg, vielleicht sogar für Engagements an einer der wenigen wirklich bedeutsamen Bühnen dieser Welt. Und wer es sich mit ihm versaut, der hat Pech gehabt und kann froh sein, zu irgendwelchen Straßenfestivals nach Görlitz oder Kiel eingeladen zu werden. Jakub war immer in der Nähe von Panzlaff, und der hat ihn unterstützt, weil er ihn wirklich für besonders begabt hielt. Aber eine Liebesbeziehung, nein, das glaube ich nicht.« Die kleine Frau bleibt plötzlich stehen. »Ich muss jetzt zurück. Wenn ich Ihnen sonst helfen kann?«

»Ich brauche die Namen aller Studierenden, die mit Lelek gearbeitet haben, woran auch immer. Und ich würde gerne einmal im Unterricht hospitieren. Geht das?«

»Was versprechen Sie sich davon? Außerdem, wir machen hier keinen Unterricht. Aber wenn Sie mal in eins unserer Gespräche kommen wollen, ich würde die Studenten fragen.« Sie reicht mir die Hand.

»Danke, ich melde mich. Aber die Liste der Namen brauche ich dennoch.«

»Die bekommen Sie im Büro für Studienangelegenheiten.«

Die Frau im roten Mantel eilt davon. Noch bevor sie den Park in Richtung Theater verlässt, sehe ich, dass zwei Personen von der Seite her auf sie zugehen. Zwei der Studenten, die ich vorhin getroffen habe? Sind sie uns gefolgt? Fünf Sekunden später sind alle verschwunden.

Es ist schon Abend. Vorm Studentenwohnheim stehen drei Polizeifahrzeuge. Kollegen in Uniform kontrollieren im Foyer die Ausweise aller Personen, die das Gebäude betreten. Sie schauen auf langen Listen nach, ob es sich um Bewohner handelt. Gäste werden mit Namen und Adresse vermerkt. Manche reagieren genervt. Andere akzeptieren die Maßnahmen schweigend.

In einem Verwaltungsraum haben sich einige Kollegen eingerichtet. Franz hat sogar einen eigenen Schreibtisch. Die anderen sitzen an zusammengeschobenen Tischen vor aufgeklappten Laptops. Ein etwa fünfzigjähriger, dicklicher Mann in einem billigen dunkelblauen Anzug geht sichtlich erregt im Raum auf und ab. Franz zieht die Stirn in Falten. Noch ehe er etwas sagen kann, hat mich der Herr gesehen und taxiert mich abschätzig. Offenbar hat er auch den Blick von Franz bemerkt und tritt nun couragiert auf mich zu.

»Sind Sie der fallverantwortliche Beamte?!«, fragt er barsch, als wäre er mein Vorgesetzter.

»Lasen Sie mich raten«, versuche ich ihn in die Schranken zu weisen, »Sie sind hier der Chef?«

»Ich bin kein Chef! Ich leite dieses Wohnheim. Wir gehören zu einer Kette von Studentenwohnheimen, die über zwölftausend jungen Menschen ein Zuhause bietet. Und ich möchte alles daran setzen, dass hier so bald als nur möglich wieder Ruhe und Ordnung einziehen.«

»Dann sind wir uns ja einig.« Ich dränge an ihm vorbei zu Franz. Doch der Dicke lässt nicht locker. »Diese Kontrollen am Eingang, wie lange soll das noch gehen? Und die Etage, in der … ähm … in der das geschehen ist … Sie verstehen schon, wie lange ist die noch gesperrt? Ihre Spurensuche ist doch erfolgt!«

»Ich komme gleich zu Ihnen ins Büro«, sage ich ruhig, »und jetzt lassen Sie uns bitte unsere Arbeit machen.«

Der Dicke schnappt kurz nach Luft. »Ja, kommen Sie in mein Büro. Dann können wir in Ruhe reden. Sehr gut. Ich erwarte Sie!« Dann ist er verschwunden.

Ich reiche Franz die Liste, die ich mir im Büro für Studienangelegenheiten besorgt habe. Franz schaut kurz darauf und verdreht die Augen. »Bitte nicht noch mehr Namen. Wir haben alle Partygäste durchgearbeitet und jetzt nicht noch …«

»Das sind die Leute, die mit Jakub Lelek studieren. Was ist das Problem? Wahrscheinlich doppeln sich die meisten.«

Franz zeigt auf den Bildschirm seines Laptops. »Wir haben jetzt alle Kameras im Haus ausgewertet. Na, was heißt ausgewertet, wir haben sie gesichtet und einzelne Bewohner gefragt, ob jemand bei den Aufnahmen irgendjemanden erkennt, der nicht hierher gehört und sich auffällig verhalten hat, oder ob jemand den besagten Fremden erkennt, der hier Zimmer aufbricht und Bewohner ausraubt. Und dabei haben wir immerhin fünf Personen identifiziert, die als auffällig oder als möglicher Einbrecher infrage kommen könnten. Aber das Material ist absolut lückenhaft, man geht hier nicht sehr sorgfältig mit den Daten um. Dass es überhaupt eine Speicherung der Aufnahmen gibt, liegt ganz einfach daran, dass es nach den ersten Einbrüchen Anzeigen gegeben hat und die Kollegen von der Kripo darauf gedrungen haben, wenigstens die Eingänge zu überwachen. Sonst gäbe es hier nicht mal Kameras.« Er tippt auf seiner Tastatur herum. Ich erkenne den Eingang und den seltsamen Schlauch hin zum Fahrstuhl. Dann Aufnahmen von jungen Männern und einer Frau, die mehr oder weniger deutlich zu erkennen sind.

»Wir haben noch keine Namen. Also, wir wissen nicht, wer die sind. Aber hier!« Franz deutet auf eins der Bilder, auf dem man sieht, dass ein großer Mann eine offenbar schwere Tasche trägt und damit nach draußen verschwindet.

»Na ja, das sagt noch gar nichts«, murmle ich vor mich hin und bereue es sogleich, weil sich Franz jetzt auf der Stelle gekränkt fühlen wird. Er freut sich wirklich auf erstaunliche Art und Weise, wenn er irgendeinen Fahndungserfolg hat oder auch nur einen Verdacht, der weiterhelfen könnte. Da ist er beinahe wie ein Kind. Doch diesmal hat meine Bemerkung keine Wirkung. Franz spielt noch eine Aufnahme ab. Ein Mensch, die Kapuze tief ins Gesicht gezogen, eilt in Richtung Fahrstuhl, ist zwei Sekunden später verschwunden. Könnte das der vermeintliche Einbrecher sein?

»Und noch was«, sagt Franz, »die Kameras waren in der Nacht, als Lelek ermordet wurde, ausgeschaltet.«

»Gibt es dafür einen Grund?«

»Nein. Angeblich ein technischer Defekt. Die Steuerung erfolgt in der Zentrale, das ist diese Pförtnerloge im Eingang. Da stehen auch die Monitore. Und wenn diese Loge besetzt ist, kann derjenige, der die Aufsicht hat, auch erkennen, ob die Kameras an sind. Insgesamt gibt es fünf Blickrichtungen, alle im Empfangsbereich. In den einzelnen Etagen gibt es keine Überwachung. Na, jedenfalls gab es im allgemeinen Steuersystem einen Fehler. Deshalb war auch die Notbeleuchtung im Eingangsbereich an und nicht die normale.«

»Richtig«, fällt mir ein, »es war sehr düster, als ich in der Nacht hier ankam. Ich dachte, das sei eine Art Sparmodus.«

»Auch im Treppenhaus waren nur die Notlampen an. Fragt sich also, ob der oder die Mörder Leleks die Überwachungsanlage lahmgelegt haben. Das geht im Übrigen ganz einfach. Man entfernt die Kabel an einer der Kameras und führt einen Kurzschluss herbei. Das ist alles. Dann wird die Stromversorgung unterbrochen, aus Brandschutzgründen.«

»Auf jeden Fall können wir annehmen, dass der Täter das wusste und gezielt vorgegangen ist. Keine Tat im Affekt. Gut, das sind jetzt alles reine Hypothesen. Bleibt die Frage, wer und warum.«

»Vorausgesetzt, das Ganze ist kein Zufall und dieser Ausfall hat tatsächlich etwas mit dem Mord zu tun. Einer der Pförtner hat mir gesagt, dass so was schon öfter vorgekommen ist. Ansonsten haben die Kollegen inzwischen gut die Hälfte der Bewohner befragt. Niemand kann irgendetwas zur Tat sagen oder sonst Hinweise geben, die uns weiterbringen. Nur diese Geschichte mit dem Einbrecher, die hält sich. Ist auch logisch, es gab halt drei aufgebrochene Türen und diverse Diebstähle. Das Problem sind die Küchen, wie wir uns schon gedacht haben. Man verlässt sein Zimmer, um sich irgendwas warm zu machen, einen Kaffee zu kochen, was weiß ich, und aus Faulheit oder Bequemlichkeit lässt man die Tür zum Zimmer offen. Inzwischen dringt jemand ein, klaut, was wertvoll ist, und ist eine Minute später wieder draußen. Das Problem ist, dass man zu früh zurückkommen könnte. Genau das ist einer Studentin passiert. Sie hatte etwas im Zimmer vergessen, machte kehrt und traf auf den Einbrecher. Sie standen sich gegenüber.«

»Und?«

»Du kannst sie befragen. Sie wohnt in der achtzehnten Etage. Sie sagt, dass der Mann so etwas wie eine Kapuze trug. Er hat sie zur Seite gestoßen und war wenig später verschwunden.«

»Aber was, wenn sie versucht hätte, ihn aufzuhalten, ihn festzuhalten?«

»Wer kann das sagen. Allerdings ist es nicht unbedingt die typische Reaktion eines Einbrechers, jemandem mehrfach ein Messer in den Leib zu rammen.«

Franz hat recht. Wenn ein Einbrecher entdeckt und vielleicht auch bedrängt wird, dann geht es ihm meist darum, zu entkommen, und nicht jemanden bewusst zu töten. Andererseits könnte Lelek ihn mit erheblicher Gewalt aufzuhalten versucht haben. Mir wird klar, dass ich unbedingt den Obduktionsbericht brauche, um das Aufeinandertreffen von Lelek und seinem Mörder besser einschätzen zu können.

Ich bitte Franz darum, ein neues Phantombild nach den Angaben der Bewohnerin aus dem achtzehnten Stock anfertigen und aushängen zu lassen. Vielleicht erkennt ja doch jemand den Mann. »Und weißt du, was mir noch eingefallen ist? Wir sollten das gesamte Wohnheim nach der Tatwaffe absuchen.«

»Was denn, alle Räume?«

»Ja. Alle Räume. Auch im Keller. Aber vor allem die Zimmer.«

»Das dauert ewig!«

»Nein. Ich habe die Zusicherung von Kiesewetter, dass es Unterstützung gibt.« Ich zögere kurz. »Aber du hast recht, natürlich wird es dauern.«

Kurze Zeit später klopfe ich an die Tür jenes Mannes, der sich vorhin als der Leiter des Wohnheims vorgestellt hat. An der Tür steht in Großbuchstaben das Wort: »Management«. Das Büro, das ich betrete, hat den Charme des Beratungsraumes einer Bank. Lamellenvorhänge in stahlgrau, grelles Licht von Leuchtdioden, der Boden bedeckt mit tiefblauem Nadelfilz. Ein ausladender Schreibtisch, dahinter ein schwarzer, großer Lederbürosessel. Ein kleiner Tisch mit drei zierlichen Stühlen aus Aluminium und weißem Kunstleder. Das Verblüffendste aber ist die bestechende Ordnung. Hier liegt nichts herum, was keinem unmittelbaren Zweck zuzuordnen wäre. Auf dem Schreibtisch drei unterschiedlich farbige Fineliner, zwei Textmarker, zwei Bleistifte. Ein Block Papier. Alles in regelmäßigen Abständen zueinander drapiert. Sonst nichts. Die wenigen Bücher in der sonst kahlen Schrankwand sind nach Farben und Größe sortiert.

Der Leiter des Wohnheims weist auf die Stühlchen. Als er sich setzt, habe ich das Gefühl, dass die dünnen Alubeinchen des Stuhls nachgeben und er mit großem Getöse zusammenbrechen könnte. Aber der Stuhl hält. Der Mann schaut mich mit weit geöffneten Augen an. »Hören Sie zu, ich habe die ersten sechs Kündigungen auf dem Tisch. Und weitere sind im Anmarsch. Mich rufen die werten Eltern der Studierenden an, die sich Sorgen um ihre verzogenen Sprösslinge machen. Wir haben hier Bewohner aus Mexiko, Frankreich, Panama, Russland, aus der ganzen Welt. Und diese Leute da, die denken, hier sei ein Serienkiller unterwegs! Hier, in meinem Wohnheim!« Er beugt sich noch weiter zu mir herüber. »Wir stehen hier verdammt unter Druck! Wenn Sie verstehen, was ich meine! Wenn die Belegungsrate unter siebzig Prozent sinkt, dann geraten wir in die roten Zahlen! Dann dauert es zwei, drei Monate und es ist aus! Aus und vorbei! Also tun Sie verdammt noch mal was, damit Sie die Sache aufklären. Und wenn Sie meine Meinung wissen wollen, dann sage ich Ihnen: Es war eine Beziehungstat! Was denn sonst. Und dieser Einbrecher, das ist ein Märchen, den gibt es nicht! Da haben sich Bewohner wahrscheinlich selbst gegenseitig beklaut. Es waren ja nur ganze fünf Vorfälle!«

»Und ein Mord«, gebe ich zu bedenken. »Kannten Sie den Toten? Und was wissen Sie über die Bewohner Johanna Bäumer und Niklas Grossarth?«

»Nein. Nichts! Was soll ich über die Leute wissen? Sie sind Mieter, sie bezahlen ihren Obolus und wohnen hier.«

»Und wie kommen Sie dann darauf, dass es eine Beziehungstat war?«

»Na, mein Gott, weil die meisten Tötungsdelikte Beziehungstaten sind, das weiß doch jeder! Wahrscheinlich Eifersucht. Eifersucht ist ein wirklich starkes Motiv.«

Allmählich geht mir der Mann nun doch auf die Nerven. »So, finden Sie. Können Sie sonst irgendetwas Konstruktives zu den Ermittlungen beitragen?«

Er schaut mich nachdenklich an, so als ob ihn die Frage überraschen würde. »Ich? Nein. Ich möchte lediglich, dass Sie die Etage endlich wieder freigeben, dass die Polizei hier abzieht und den Täter schnappt. Das ist alles.«

»Hatte Jakub Lelek oft Besuch? Wussten Sie, dass er Puppenspieler war?«

Der Mann steht auf. Geht bis zu seinem Schreibtisch. Setzt sich halb darauf. Will er jetzt lässig wirken? »Ich überwache die Bewohner nicht, das dürften Sie ja nun inzwischen festgestellt haben. Das zum einen. Und ich wusste nicht, dass Herr Lelek Puppenspieler war. Er ist in meiner Datei als Student an der Hochschule für Schauspielkunst aufgeführt. Die Miete kam im Übrigen per Überweisung aus Pilsen, das ist Tschechien, wahrscheinlich von seinen Eltern. Nehme ich an. Das ist alles.«

»Wissen Sie, dass Lelek wertvolle Marionetten in seinem Zimmer aufbewahrt hat?«

Der Mann stutzt kurz, dann schüttelt er ruhig den Kopf. »Nein, das wusste ich nicht. Aber ich vermute mal, dass der Begriff wertvoll eher etwas mit einem ideellen Wert zu tun hat.«

»So, und woraus schließen Sie das?«

Er zuckt die Schultern. »Wissen Sie, wer hier wohnt, hat entweder keine Ahnung, wie man an ein vernünftiges Zimmer kommt, oder er verfügt nicht über die notwendigen Mittel, sich eine eigene Wohnung oder wenigstens ein Zimmer in einer ordentlichen WG zu finanzieren. Oder aber er kennt keine andere Art des Wohnens für Studenten.«

»Sie meinen die Osteuropäer?«

»Ja. Aber auch viele asiatische Studenten gehen davon aus, dass es am besten ist, auf engem Raum und gemeinsam zu wohnen.«

Ich stehe auf und wende mich zur Tür. »Ach, übrigens, wir werden alle Apartments inspizieren müssen.«

»Wie!? Sie wollen durch alle Wohnungen ziehen und die durchsuchen?«

»Ja. In gewissem Sinne trifft ihr Begriff ›durchsuchen‹ zu.«

»Aber das ist das Gegenteil von dem, um was ich Sie bitte!«

»Richtig. Und bitte unterstützen Sie uns dabei.« Ich lasse die Tür hinter mir ins Schloss fallen.

Die Straße vor dem Studentenwohnheim ist glänzend nass, der Regen muss gerade aufgehört haben. Zwischen den dicken Wolken brechen sich Sonnenstrahlen ihre Bahn und lassen an der einen oder anderen Stelle feine, weiße Nebel aufsteigen. Mein Blick fällt erneut auf das Gebäude gegenüber. Grau und verlassen liegt es da wie ein riesiges Tier, das durch die Zeit gegangen und nun erschöpft ist und bewegungslos auf sein Ende wartet. Früher wurde hier eine Zeitung gemacht, die den Beinamen »Zentralorgan« trug. Ein seltsamer, biologistischer Begriff, als wäre das Herz gemeint. Dabei gibt es auch im menschlichen Körper kein Organ, das man als zentral bezeichnen könnte, denn ohne andere Organe wie die Leber oder den Magen oder das Gehirn ist auch das bestens funktionierende Herz nutzlos. Es gibt kein zentrales Organ, und es ist widersinnig zu glauben, dass eine Zeitung die Alleinherrschaft über das haben kann, was Menschen denken und fühlen sollen.

Die Straßen sind voller Fahrzeuge. Ich gehe in Richtung Ostbahnhof, biege ab in die Singerstraße, vorbei an einem riesigen, leer stehenden Gebäude, das in seiner Blütezeit ganz sicher repräsentative Aufgaben hatte. Nun steht es ungenutzt und wie ausgeweidet da, die Fensterscheiben zersplittert oder grau vom Schmutz der Jahre. Hinter dem stillen, toten Haus liegt eine schier unendliche Brache. Drüben, zwei-, dreihundert Meter entfernt, kann man die S-Bahn sehen, die hier auf ihren berühmten Bögen durch die Stadt fährt. Auch jetzt ziehen zwei Bahnen aufeinander zu und entfernen sich gleich wieder voneinander. Zwei leuchtende, rot-gelbe Perlenketten.

Davor aber liegen Trümmer von teils zusammengebrochenen kleinen Gebäuden und Betonflächen, in denen aus breiten Rissen Birken wachsen. Ein trostloses Areal inmitten von Berlin. Und ausgerechnet hier sollte irgendwo ein Puppentheater entstehen? Bei aller Fantasie, die ich bemühe, wie soll es hier ein Theater geben? Aber vielleicht doch, warum denn nicht? Ja, ein Puppentheater. Für ein paar Augenblicke ist mir, als wehten Musik und das Lachen von Menschen zu mir herüber.

VII.

Es ist ein Uhr nachts. Ich laufe über die Andreasstraße auf das noch immer leer stehende und verrammelte Fabrikgebäude aus der Gründerzeit zu. Modergeruch liegt in der Luft, als ich die Säulen des mit Stahlgittern verschlossenen Toreingangs passiere. Vorne am Stralauer Platz steht auf der anderen Straßenseite noch das alte Arbeitsamt aus den Zwanzigerjahren leer und liegt jetzt gespenstisch wie ein Gerippe vor mir. Alle Fenster sind ausgeschlagen und man sieht die Graffitis an den Zimmerwänden, hier und da auch alte Möbelstücke, eingetretene Türen, Stofffetzen der alten Gardinen, die vom Wind bewegt werden. Dahinter befand sich früher das Maria am Ostbahnhof, das ich nur aus Erzählungen kenne. Auf der Freifläche daneben ist jetzt das Jaam.

Mir ist flau, ich müsste etwas essen, aber mir wird schlecht, wenn ich nur daran denke. An der Kreuzung bleibe ich stehen und wieder ziehen dieselben Bilder durch meinen Kopf. Bilder von dem Messer, das in seinen Körper fährt und von dem Blut, in dem er reglos liegt. Du hast es getan, denke ich, du kannst es nicht ändern. Also muss es dir gleichgültig werden, wenn du damit leben willst.

Während ich in die Holzmarktstraße biege, vorbei am Radialsystem, überlege ich, ob ich mir ein Bier auf den Weg mitnehmen sollte. Kurz entschlossen gehe ich zur Total-Tankstelle, direkt zu den Kühlschränken mit den Getränken. Ich greife mir einen halben Liter und bezahle an der Kasse, kaufe noch eine Schachtel Zigaretten. Das Bier in der Hand, gehe ich an der Krautstraße vorbei, blicke auf den hohen Bretterzaun, hinter dem früher die Bar 25 und jetzt die Pampa mit dem Möhrchengarten vor der Spree liegt. Irgendwann soll hier das Holzmarktdorf mit Ateliers, Wohnhütten und Tanzhallen entstehen.

An der Brücke überquere ich die Holzmarktstraße, weil ich nicht so nah am Puppentheater vorbeilaufen will. Auf der anderen Seite liegt das mit Baucontainern vollgestellte ehemalige Gelände des Autohauses Heuer. Ein Bauschild kündigt den Campus »Eckwerk« an. Das Gebäude ist als eine Art Technologiezentrum mit Studentenwohnheim geplant, auf dessen Dach sie Tilapia-Fische züchten und Gemüse anbauen wollen. Bisher steht nur eine Bretterbude, hinter der sich ein Restaurant verbirgt.

Ich schaue mich um. Auf der gegenüberliegenden Straßenseite hinter den steil emporragenden Pappeln ist der Holzmarkt noch wie früher: Da liegt der Flachbau der Schwimmhalle, dahinter der wellenförmige Plattenbau neben den beiden Hochhäusern mit ihren roten und blauen Farbsträngen. Ich schaue mir alles an, als würde ich es zum ersten Mal sehen, oder vielleicht so, als sähe ich es zum letzten Mal. Der Himmel liegt grau und zugezogen über mir, als wäre dort nie ein Stern gewesen, selbst die schmale Mondsichel schimmert nur fahl durch die Wolkendecke. Mein Atem kondensiert in der Luft, aber es ist nicht besonders kalt, die Temperatur ist in der Nacht kaum gefallen. Ich laufe auf den gebogenen Glasbau der BVG an der Michaelbrücke zu und dann die Stufen am Kundenbüro runter zum S-Bahnviadukt, ein paar Schritte am Marie Antoinette vorbei. Direkt vor der bunten Tür des Hangar 49 nehme ich auf den Stufen des BVG-Gebäudes Platz. Ich öffne das Bier mit dem Feuerzeug, nehme einen Schluck, stelle die Flasche auf der Stufe ab und reiße das Päckchen Zigaretten auf.

Alles kommt mir wie ein Alptraum vor, aus dem ich irgendwann wieder erwachen muss. Aber das hier läuft nicht so, wie es bei deinem letzten HIV-Test gelaufen ist. Es gibt keine Erlösung, stell dich darauf ein und probe deine neue Rolle, auch wenn du sie nicht spielen willst. Du musst Zeit gewinnen, denke ich, während ich mir eine Zigarette anzünde. Du musst sehen, ob du das überhaupt kannst, ob du mit deiner Schuld leben kannst. Ob du damit leben kannst, jeden Tag aufzuwachen und dich sofort daran zu erinnern, was du getan hast. Ich kriege diese schrecklichen Bilder nicht mehr aus dem Kopf! Sooft sie auch wiederkehren, ich kann mich nicht an sie gewöhnen.

Plötzlich steht Örtel vor mir. Keine Ahnung, wo der auf einmal hergekommen ist, jedenfalls steht er vor mir und fängt an zu quatschen.

»Wo warste letzte Nacht? Wir hatten fest mit dir gerechnet. Tanith im Suicide. Haste nicht mitbekommen?«

Ich schüttele den Kopf. Tanith, der Herr der fiesen Töne, hat damals in den Neunzigern den Berliner Techno-Sound im Tresor und im alten E-Werk mitgeprägt, aber ich kenne ihn eigentlich nur aus der Doku »We call it Techno«. Er ist eine Legende, keine Frage, also wird Örtel begeistert sein, auch wenn er keine Ahnung von der Musik hat und den Altersdurchschnitt an diesem Abend deutlich gesenkt haben dürfte.

»War 'n geiler Abend, haste wirklich was verpasst.«

Er holt seinen Tabakbeutel raus, legt ein langes Blättchen auf seiner linken Handfläche aus, beschwert es mit Tabak und bröselt Gras hinein, während er weiterredet.

»Kennste noch Nina? Weißte doch, Nina mit dem Tattoo am Hals.« Örtel schaut mich fragend an und verlagert dabei sein Gewicht von einem aufs andere Bein. Ich nicke und merke, dass es mich total nervös macht, dass Örtel keine Sekunde still steht. »Die ist voll abgegangen. Und dann waren wir grad so am Tanzen, da merk ich schon, die guckt so komisch, und plötzlich kippt die einfach um. Zack, liegt die da am Boden.« Er dreht zwischen Daumen und Zeigefinger eine Pappe als Mundstück und rollt den Joint zusammen, steckt ihn an und zieht daran wie ein Kettenraucher nach einem Vierzehnstundenflug. »Die war zum Glück mit Freundinnen da«, sagt er, während er den Rauch in dicken Schwaden wieder ausatmet, »die ham sich dann gekümmert. Konnten wir weiterfeiern. Was schmeißt die sich auch ein, wenn sie's nicht verträgt. Ist doch ihr Problem, oder?«

Ich nicke. Örtel wiegt den Kopf und nimmt noch einen tiefen Zug, dann reicht er mir den Joint. Ich winke ab und sage, dass es mich zu müde macht und ich gleich ins Hangar will. Örtel erkundigt sich nach dem Programm, und als er hört, dass heute Dubstep angesagt ist, meint er, das sei ihm zu langweilig. Er reckt die Schultern.

»Apropos. Sag mal, wie sieht's denn aus mit was zum Wachmachen oder bisschen was zum Feiern? Gibt's da Möglichkeiten?«

Die Frage nervt mich. Ich merke, wie die miesen Gedanken wieder in meinen Kopf schießen.

»Nee, keine Ahnung. Musst dich woanders umhören.«

Örtel grinst mich dämlich an. »Okay, guck ich mal. War reine Neugier, weeßte, hätte ja sein können.«

Dann schaut er auf seine Armbanduhr und sagt, als ob es einen Zusammenhang mit der Uhrzeit gäbe: »So, ich mach mal los. Hau rein, bis bald.«

»Ja, bis bald.«

Örtel schnippt die Jointpappe weg, steckt die Hände in die Hosentaschen und zieht ab.

Komische Begegnung, denke ich. Wo kam der auf einmal her? Dieser Spinner, Örtel, was für ein Idiot. Mir ist kalt geworden vom Rumsitzen. Ich stecke mir noch eine Zigarette an und stürze den letzten Schluck Bier runter.

Im Hangar ist es warm, die Luft ist stickig. Es sind sehr viele Menschen in dem kleinen Club und es dauert Ewigkeiten, bis ich den Tresen erreicht habe. Die Musik ist entspannt, das Bier, als ich es endlich habe, kalt und im Laden herrscht ausgelassene Stimmung. Wenn es nur nicht so eng wäre. Ich schiebe mich an den Leuten vorbei und drücke meine Ellenbogen gegen Mägen, Hüften, Rücken. Auf der Tanzfläche reiben sich Körper an mir. Ich trete ein paar Schritte zurück und lehne mich an die Wand, beobachte die Leute, wie sie sich amüsieren, wie sie da voreinander posieren. Ich schaue mir das ganze Gehabe an, aber es erreicht mich nicht. Die Menschen sind meilenweit entfernt, auch wenn ich direkt neben ihnen stehe. Ich habe die Fähigkeit verloren, an ihrem Spaß teilzuhaben. So wie man seine Beine und damit die Möglichkeit verlieren kann, zu laufen. Auch wenn man es immer als die größte Selbstverständlichkeit empfunden hat, laufen und teilhaben zu können: Man kann alles verlieren und kommt sich plötzlich wie ein Außerirdischer vor zwischen all den Leuten, die das Selbstverständliche tun, ohne darüber nachzudenken.

Es klappt nicht mit der Ablenkung, denke ich. Selbst das Bier bekommt dir nicht. Du musst aus dieser Enge raus. Das fühlt sich hier an wie im Knast.

VIII.

Es ist noch früh am Morgen, als ich die Pathologie betrete. Die junge Frau, die seit inzwischen fast zwei Jahren hier arbeitet, hat in dieser Zeit nichts von ihrer Fröhlichkeit verloren. Sie schüttelt mir die Hand und zeigt auf Raum drei, den wir jetzt betreten. Der Leichnam Jakub Leleks liegt auf einem der drei Blechtische.

»Das war ein hübscher Bursche«, sagt die Kollegin, »ein Jammer ist das.«

Sie schlägt das Tuch zurück. Die Schnitte, die bei der Öffnung der Bauchdecke vollzogen wurden, sind bereits vernäht, die Einstiche gut zu erkennen. Schmale, tief braune Linien. Insgesamt sieben.

»Sie haben ja sicher gesehen, dass die Stiche von unten nach oben ausgeführt wurden. Zwei davon haben das Herz erreicht und dabei die Aorta verletzt. Das Blut wurde in den

Körper gepumpt. Da mehrere weitere Organe getroffen worden sind, hier der Magen und hier die Lunge, gelangte das Blut auch in diese Organe. Es dauerte nur einige Minuten und der Tod trat ein. Unterversorgung des Hirns. Da hätte man außerhalb eines Krankenhauses nichts tun können. Das Interessante aber ist, dass es an den Armen des Toten, also hier und hier, sehr kräftige Haltemarkierungen gibt.«

»Und das heißt?«

»Na, dass er festgehalten wurde. Jemand hat ihn gehalten. Wahrscheinlich von hinten, und der andere hat zugestochen.«

Die Kollegin tritt hinter mich und packt meine Arme. »So in etwa.«

»Das ist sicher?«

»Absolut. Es sei denn, der Haltegriff hat mit dem Tatgeschehen nichts zu tun und wurde vorher ausgeführt. Allerdings würde ich dann auf höchstens eine Stunde Spielraum tippen, denn die Blutergüsse der Druckmarken stammen in etwa aus dem gleichen Zeitraum wie die anderen Verletzungen. Ich glaube, dass es so gewesen ist, wie ich eben gesagt habe.«

»Und sagen die Druckmale etwas darüber aus, ob es ein Mann gewesen ist? Oder sonst irgendetwas?«

»Eine Frau … nun ja, die müsste schon Kraftsportlerin sein. Aber ausschließen will ich das nicht.«

Wenig später stehen wir in dem kleinen parkähnlichen Garten, der sich direkt an das Gebäude der Pathologie anschließt. Die Kollegin hat das Rauchen immer noch nicht aufgegeben. Wir gehen ein paar Schritte. Sie bleibt plötzlich stehen und sagt: »Was macht denn dein Kollege, der Franz, ist er glücklicher Vater?«

Ich nicke. »Denke schon.«

»Das freut mich. Er war ja unglaublich aufgeregt vorher.«

Aber noch während sie das sagt, kommt mir in den Sinn, dass da etwas nicht stimmt. Ist Franz wirklich ein glücklicher Vater? Oder spielt er es nur? Und inzwischen vielleicht nicht einmal mehr das. Franz tut alles mit unglaublicher Leidenschaft, außer vielleicht seine Polizeiarbeit. Er hat während der Schwangerschaft seiner Frau mit Konsequenz sämtliche Tafelwasser ausprobiert, immer seine Gesundheit und die seiner Frau und des Kindes im Blick. Er ging zu allen erdenklichen Kursen über die vorgeburtliche, geburtliche und nachgeburtliche Phase. Er verbrachte Stunden vorm Computer, um den besten, den allerbesten Kinderwagen auszuwählen. Aber seit sein Kind auf der Welt ist, scheint er müde geworden zu sein. Anfänglich habe ich das den kräfteraubenden Aufgaben zugeschrieben, die er als Vater zu bewältigen hat. Nachts aufstehen, das Kind beruhigen, ihm die Flasche geben, windeln, die Sorgen, wenn es Fieber hat oder auch nur schlecht verdaut. Aber inzwischen hat sich etwas verändert. Franz geht nicht konsequent nach Hause, wenn er Dienstschluss hat, er redet auch kaum über das Kind oder seine Frau, was er gleich nach der Geburt noch viel und ausdauernd getan hat. Ja, er bleibt sogar länger und kommt früher, ist emsig bei der Sache. Fast scheint es so, als wäre er lieber bei den Ermittlungen als zu Hause, ja, als fliehe er geradezu vor den Aufgaben, die ihn zu Hause erwarten. Ich kann mir nicht vorstellen, dass er das aus Faulheit oder Desinteresse an seiner Tochter macht. Irgendetwas muss mit ihm passiert sein, dass er ganz offensichtlich alle Freude an seiner Vaterschaft, vielleicht gar an der ganzen kleinen Familie verloren hat.

Als ich mich verabschieden will, klingelt mein Handy. Es ist Kerstin.

»Hör mal«, sagt sie, »ich hab da was gefunden. Ein Puppenspiel in einem Club, also, 'ner Kneipe, ich weiß nicht, ob du die kennst: Süß war's. Gleich an der Warschauer. Die spielen heute Abend ein Stück, es heißt ›Kreidestadt‹. Studenten von der Hochschule. Eine von meinen Schülerinnen hat mich drauf gebracht. Was meinst du?«

»Gibt es Namen?«

»Was für Namen?«

»Na, wer das Stück geschrieben hat, Regie, wer spielt.«

»Hör mal, ich hab das nebenbei gefunden, such du nach den Namen, wenn das wichtig ist. Jedenfalls ist das heute Abend zwanzig Uhr dreißig, willst du?«

»Ja, klar.«

Sie hat das Gespräch schon beendet, bevor ich noch fragen kann, ob wir vorher etwas essen gehen wollen. Erst jetzt sehe ich, dass mir unser Chef eine SMS geschickt hat. Niklas Grossarth sitzt in der Dienststelle. Ich mache mich auf den Weg.

Grossarth hockt mit tief gebeugtem Oberkörper im Vernehmungszimmer. Ich kann ihn durch die Glasscheibe in der Seitentür sehen. Kiesewetter hat ihn hier warten lassen, und Kiesewetter erwartet mich. »Sagen Sie, wer ist dieser Grossarth? Ist er unser Hauptverdächtiger?«

Ich mag es absolut nicht, wenn sich Kiesewetter in meine Ermittlungen einmischt, aber ich bin auch erstaunt, dass er jetzt hier steht und offenbar wirklich interessiert ist. Sein Blick ist auf den Mann im Vernehmungsraum gerichtet.

»Wir haben bislang keinen Hauptverdächtigen«, entgegne ich. »Aber Niklas Grossarth hat möglicherweise ein Motiv.«

»Das wäre?«

»Vielleicht war Lelek ein Rivale.«

»Ein Rivale. Hm. Sagen Sie, die beiden haben doch zusammen studiert.«

»Ja. Warum?«

»Sie kannten sich sehr gut.«

»Sie waren Freunde.«

»Irgendwas stimmt nicht mit ihm.«

»Was meinen Sie?«

»Na ja, wer seinen Freund mit mehreren Messerstichen im Körper findet und das Gefühl hat, ihm beim Sterben zugesehen zu haben …«

»Hat er das? Er sagt, dass Lelek tot war, als er ihn fand.«

»Er hat eine sehr kalte Hand.«

»Wie kommen Sie darauf?«

»Na ja, ich meine nur … er wirkt auf mich irgendwie … blutleer.«

«Er wird noch unter Schock stehen. Der Psychologe hat sich bis jetzt um ihn gekümmert.«

Kiesewetter schaut mir ins Gesicht. »Ich will Sie gar nicht aufhalten. Sie machen Ihre Sache, Martaler.«

Ich betrete den kahlen Raum, der nur ein kleines Fenster hat und deshalb von Leuchtstoffröhren belichtet wird. Grossarth steht auf. Er versucht so was wie ein Lächeln. Wir geben uns schweigend die Hand. Ich bemerke den Schweiß auf seinen Handflächen. Und ich bemerke auch, dass die Hand kalt ist.

»Setzen Sie sich«, sage ich ruhig. »Ich habe inzwischen mit einigen Leuten gesprochen, die Ihren Freund gut kannten.«

Er nickt. Er schaut mich an und ich habe das Gefühl, als wolle er etwas sagen. Ich warte einige Sekunden.

»Ich kann nicht schlafen, ich kann nicht einmal mehr denken, ich bin … am Ende, das können Sie mir glauben.«

»Ja.«

»Ich weiß nicht, was ich tun soll, und dieser Psychologe, der bringt doch nichts. Ich will nicht mit ihm reden. Ich will …«

Er schweigt, dann wischt er sich über die Augen. Ja, er ist wirklich fertig, vielleicht noch nicht einmal vernehmungsfähig. Aber ich muss es dennoch versuchen. Vielleicht hilft mir seine Dünnhäutigkeit sogar, tiefer vorzustoßen, als es sonst möglich wäre.

»Jakub Lelek wird als ein ziemlich aggressiver Künstler beschrieben. Er ließ niemanden neben sich gelten. Würden Sie diese Ansicht teilen?«

»Aggressiv? Jakub? Nein. Das Problem war, dass sich alle an ihn rangehängt haben. Alle wollten mit ihm zusammenarbeiten, alle wollten Projekte mit ihm. Und wenn Jakub dann klare Ansagen machte, dann waren alle wieder gekränkt und beleidigt. Und genau das konnte er nicht leiden.«

Grossarth spricht plötzlich ruhig und klar, als wäre er froh, reden zu können, als würde es ihn ablenken von seinem Schmerz.

»Und dadurch gab es Feindschaften?«

»Ach Gott, nein, was heißt Feindschaften. Er war beliebt und wurde gehasst. Aber das ist normal unter uns. Vor einem Jahr gab es eine Art Stücke-Wettbewerb. Ein Sponsor hatte eine Auszeichnung mit fünftausend Euro dotiert. Insgesamt haben sich zehn Teams beworben. Jakub belegte mit seiner Truppe den zweiten Platz. Eine Urkunde. Platz zwei. Das hat ihn rasend gemacht.«

»Wer war damals mit dabei? Galina Stoffenberg? Randolf Kramp?

»Galina, richtig, und zwei andere aus dem Semester. Kramp würde sich nie an solch einem Wettbewerb beteiligen.«

»Und Sie?«

»Ich? Nein, wir hatten verabredet, dass wir nicht zusammenarbeiten würden. Freundschaft und Arbeit wollten wir auseinanderhalten. Außerdem … ich bin, was die Kunst betrifft, noch ein totaler Anfänger, jedenfalls hat das Jakub so gesehen. Und im Prinzip hatte er ja auch recht damit.«

»Gut. Und was passierte dann?«

»Sie meinen, als der Wettbewerb verloren war? Aus Jakubs Sicht waren die anderen schuld. Vor allem Galina.«

»Was heißt das?«

»Die Inszenierung basierte auf einem historischen Stück. Odysseus. Jakub war der Meinung, dass der König von einem Schauspieler gespielt werden sollte. Einem Menschen. Und die anderen Figuren von Puppen. Galina vertritt die Auffassung, dass in einem Puppenspiel keine Menschen auftreten dürfen, weil sie den Puppen überlegen sind. Und genau das war der Streit. Jakub war sich sicher, dass die Puppen die überlegenen Figuren sind. Jedenfalls konnte sich Jakub nicht gegen die anderen drei durchsetzen. Der König wurde durch eine Puppe verkörpert, gespielt von Galina. Das Stück war großartig, aber die Jury fand, eine Gruppe aus Frankreich sei besser gewesen.«

»Lassen Sie mich raten. Die hatten einen Menschen im Stück.«

»Nein. Aber sie hatten eine drei Meter große, sehr menschliche Puppe dabei. Sie haben also Jakubs Positionen also in gewisser Weise gedoppelt: ein großer Mensch als Puppe. Ein geschickter Schachzug. Und sehr schön gespielt.«

»Aber letztendlich ja doch nur eine Geschmacksfrage.«

»Eine Frage des Geschmacks?! Da hätte Ihnen Jakub total widersprochen. Es geht hier nicht um Geschmack, sondern um Kunst. Es geht darum, inwieweit man das Puppenspiel öffnen darf und wo die Grenzen sind. Für Jakub sind die Puppen die besseren Schauspieler, weil sie eine unverfälschte, unbestechliche Seele haben. Die Seele nämlich, die ihnen die Puppenmacher eingehaucht haben, als sie sie erschufen.«

»Und könnten solche deutlichen Unterschiede in den künstlerischen Auffassungen zu so viel Hass führen, dass einer den anderen umbringt?«

»Das weiß ich nicht.« Niklas Grossarth sinkt wieder in sich zusammen. Die Frage hat ihn an den Tod seines Freundes erinnert. Aber mir bleibt keine Wahl, ich muss weiterbohren.

»Gut. Lassen wir das mal so stehen. Die Beziehung zu Professor Panzlaff ... wie würden Sie die beschreiben? Panzlaff ist schwul. Er hat einen Freund, einen der Studenten. Was wissen Sie darüber?«

»Jakub war nicht schwul, wenn Sie darauf hinauswollen. Jedenfalls habe ich davon nichts bemerkt. Und Johanna auch nicht.«

»Sie haben mit ihr darüber gesprochen?«

»Ja. Einmal. Jakub hat sich öfter mit Panzlaff getroffen. Sie haben über Theaterstücke gesprochen, die Jakub bei ihm als Arbeiten eingereicht hat. Die Häufigkeit hat uns etwas verwundert. Deshalb. Aber es war alles Unsinn.«

»Das können Sie so sehen. Wie sah es der Freund des Professors?«

»Fragen Sie ihn. Ich kann mir vorstellen, dass er eifersüchtig war, weil Panzlaff gerne mit Jakub zusammen war. Weil er viel Zeit mit ihm verbracht hat.«

»Und Johanna?«

»Johanna? Keine Ahnung. Vielleicht. Aber sie vertraute Jakub.«

»Der Name des Studenten?«

»Alexis Donner.«

»Wohnt er im Wohnheim?«

»Er hat ein Zimmer bei Professor Panzlaff.«

»Bei Panzlaff!? Und, gab es da keine Rivalität?«

»Das kann ich nicht einschätzen. Ich kenne den Mann nicht. Er studiert nicht an unserer Hochschule.«

»Wo dann?«

»Keine Ahnung. Ich habe ihn nur drei-, viermal gesehen. Er hat sich manchmal unter die Leute gemischt, wenn wir uns bei Panzlaff getroffen haben. Könnte sein, dass er in Philosophie unterwegs war. Er hatte immer ein paar kluge Reden drauf.«

»Und Sie hatten nicht das Gefühl, dass es da ein Problem zwischen Jakub und diesem Alexis Donner gab?«

»Nein. Ich hab da, wie gesagt, keine Ahnung. Ich weiß nicht, wie Schwule ticken!«

»Haben Sie mal mit Johanna Bäumer darüber gesprochen?«

»Über die Beziehung von Jakub und diesem Donner? Ja, sicher. Johanna war darüber erhaben.«

»Sie wirkt auf mich sehr kühl. Auch was den Tod ihres Freundes anbelangt.«

»Ja.«

»Geht Ihnen das auch so?«

»Ich weiß es nicht. Ich weiß gar nicht, was das alles bedeutet. Seitdem Jakub ermordet wurde, ist alles anders. Und ich glaube, dass es Johanna auch so geht.«

»Johanna Bäumer hat einen Mario Ramtun erwähnt. Kennen Sie den?«

»Na ja, kennen wäre vielleicht zu viel gesagt. Ich habe ihn zwei, drei Mal zusammen mit Jakub getroffen, im Studentenwohnheim. Sie haben zusammen an einem gemeinsamen Vorhaben gearbeitet. Eine Puppenbühne. Ich hab immer gesagt: Das ist zu groß für dich, Jakub. Aber er hatte es sich in den Kopf gesetzt. Ein eigenes kleines Theater. Klar, das wünschen sich viele Puppenspieler. Aber die meisten ziehen durch die Welt. Treten da auf und dort.«

»Was hat Jakub daran gereizt, an einem eigenen Theater?«

»Ach, da gibt es viel. Allein, dass man eben selbst an der Ausstattung der Aufführungen arbeiten kann. Licht, Farben, Effekte, Technik. Und natürlich Töne, Musik, alles was dazugehört. Jakub war der Zusammenhang von Sprache und Musik sehr wichtig. Er wollte, dass sein Spiel alle Sinne der Menschen berührt. Bis hin zu Gerüchen.«

»Gerüchen?«

»Ja, er wollte den Geruch der Liebe und des Hasses erfinden. Oder jedenfalls erlebbar machen. Also nicht in Wirklichkeit, sondern durch die Vorführung, so wie man sauer spürt, wenn man jemanden sieht, der in eine Zitrone beißt. Oder wenn man jemanden erlebt, der an einer Tasse Kaffee riecht, und man hat das Gefühl, dass der Duft von frischem Kaffee herüberweht. Das alles kann man erzeugen, indem man etwas zeigt, aber auch durch Lichteffekte und Musik. Und Projektionen. Und das kann man natürlich in einem eigenen Theater besser erzeugen, verstehen Sie?«

»Gut, aber wer ist dieser Mensch, dieser Ramtun? Wie standen die beiden zueinander?«

»Da müssen Sie ihn selber fragen. Ich weiß nur, dass Jakub Hoffnungen in diese Beziehung gesetzt hat. Hoffnungen auf das Theater. Sie haben sich auch schon was angesehen. Unweit der Holzmarktstraße. Ich war nicht dort, ich weiß nicht, an was für ein Gebäude sie gedacht haben. Ich weiß nur, dass diese ganze Gegend da furchtbar aussieht. Eine riesige Brache, verfallene Gebäude. Und dass sich dort eine ganze Menge zwielichtiges Volk herumtreibt.«

»Gehen wir noch einmal den gestrigen Abend durch bis zu dem Zeitpunkt, als Sie Jakub gefunden haben.«

»Warum? Ich ...« Niklas Grossarth fängt an zu weinen, sein Schluchzen schüttelt seinen Körper. Ich gehe hinaus und hole ein Glas Wasser, stelle es vor ihn hin. Er trinkt tatsächlich einen Schluck.

»Am besten, Sie beschreiben den ganzen Hergang.«

»Welchen Hergang? Das hab ich doch schon alles erzählt.«

»Sie sind von der Party weggegangen. Was passierte dann?«

»Das wissen Sie! Also gut.« Grossarth versucht sich zu konzentrieren. »Es war irgendwie langweilig bei Panzlaff.«

»Ich habe hier die Liste aller anwesenden Gäste. Schauen Sie sich bitte die Namen an. Was fällt Ihnen dazu ein?«

Grossarth liest. »Was soll mir einfallen? Galina Stoffenberg hat mit Jakub mehrfach gemeinsam an Projekten gearbeitet. Die meisten sind gescheitert. Beim letzten Mal, nach dem verlorenen Wettbewerb, war es ziemlich heftig.«

»Wie lange ist das her und um was ging es?«

»Vielleicht einen Monat. Sie haben an einem gemeinsamen Stück gearbeitet, aber Jakub hat hingeschmissen. Er hatte plötzlich andere Pläne.«

»Pläne?«

»Na ja, sein eigenes Theater halt. Er glaubte, dass er nur dann wirklich erfolgreich sein würde. Es gab da Ideen ... So genau hat er mit mir nicht darüber gesprochen. Mit keinem, wie ich das einschätze. Er hatte ein Haus in Aussicht, hat er erzählt, Nähe Holzmarktstraße.«

»Und welche Person fällt Ihnen noch auf?« Ich deute auf die Liste.

»Randolf Kramp. Ein ziemlich arroganter Typ. Er hat sich immer irgendwelche Kämpfe mit Jakub geliefert.«

»Jakub, Randolf und der Professor – wie war das Verhältnis der drei? Ich frage, weil es ja auch darum gehen kann, dass die beiden in Konkurrenz standen.«

»Wenn, dann um die Gunst des Professors als Fachmann. Aber um diese Gunst buhlen viele.«

»Und was hatten Sie für ein Gefühl?«

»Ich würde sagen, dass die beiden ganz gut mit den Umständen zurechtkamen. Auch weil Kramp so arrogant ist und davon überzeugt, dass an ihn sowieso keiner rankommt.«

»Was halten Sie eigentlich von dieser Katze im Flur von Professor Panzlaff und von den Köpfen an der Wand?«

Grossarth schaut mich verdutzt an. »Die Katze?!«

»Ja, wie finden Sie die?«

»Ein Spielzeug.«

»Und wie fand Lelek dieses Spielzeug?«

»Jakub hat darüber gelacht. Er hat Panzlaff die Figur ja besorgt. Aber Mechanik, fand er, hat nichts mit Puppenspiel zu tun.«

»Und die Köpfe an der Wand in Panzlaffs Salon?«

»Das ist irgendwie seltsam. Wer hängt sich Gesichter an die Wand, die einen ständig anschauen?«

»Zumal die Köpfe von einer Frau gemacht wurden, die Panzlaff geliebt und die sich das Leben genommen hat.«

»Ich kenne die Geschichte von den Köpfen. Jakub hat mir davon erzählt. Sie haben ihn beeindruckt, wenn Sie das meinen.«

»Und Sie?«

»Ja. Mich auch. Natürlich.«

»Und warum hat Sie das beeindruckt?«

»Diese Gesichter … Ich hatte wirklich den Eindruck, sie würden uns beobachten.«

»Aha. Aber fahren Sie doch fort.«

»Ja. Ich bin dann mit zwei Freunden …«

»Wir haben Ihre Freunde befragt. Sie haben bestätigt, dass Sie in diesem Club waren.«

»Es war kein besonders schöner Abend. Wir haben dagesessen und geredet.«

»Dann sind Sie aufgebrochen. Wann?«

»Hm, ich würde sagen, gegen halb eins.«

»Ja. Gut. Und dann?«

»Ich bin dann noch ein wenig spazieren gegangen.«

»Aha. Warum?«

»Ich war nicht müde. Ich habe nachgedacht.«

Ich stehe auf und trete an ein Flipchart. »Bitte zeichnen Sie den Weg auf. Vielleicht können Sie sich sogar an Straßennamen erinnern.«

Ich reiche ihm den Marker. Grossarth wirkt gefasst und ruhig. Er nimmt den Stift, steht auf und fängt an, Linien zu ziehen.

»Ich bin mir ziemlich sicher, ich bin am Ostbahnhof gewesen. Dann in Richtung Straße der Pariser Kommune, Wriezener.«

»Aber das ist genau entgegengesetzt.«

»Na ja, ich wollte laufen. Ich wollte Luft. Kennen Sie das nicht?«

»Herr Grossarth, es gibt noch eine andere Variante. Sie sind von dem Club, in dem Sie mit den beiden Bekannten waren, direkt ins Wohnheim gegangen. Sie sind dort mit Jakub Lelek zusammengetroffen und es gab Streit. Wegen irgendwelcher Probleme. Vielleicht waren Sie betrunken, vielleicht standen Sie unter Drogen … Sie haben die Nerven verloren und auf Jakub Lelek eingestochen. Er sank zu Boden. Sie hätten Hilfe holen können, aber dann wäre Ihre Tat entdeckt worden. Also ließen Sie ihn sterben. Dann haben Sie Johanna Bäumer angerufen …«

»Und warum?«, fragt Grossarth mit lauter Stimme dazwischen. »Warum?!«

»Sagen Sie es mir!«

»Das ist Unsinn! Johanna hat mir erzählt, dass Sie glauben, dass ich Jakub umgebracht habe, weil ich sie liebe. Aber das ist Blödsinn. Ich liebe Johanna nicht. Ich war mal in sie verliebt. Ein wenig. Aber das ist lange her. Nein. Hören Sie auf mit diesem Schwachsinn!«

»Beruhigen Sie sich. Sie sind also spazieren gegangen. Und kamen wann im Wohnheim an? Wann genau?«

»Ich weiß es eben nicht mehr genau. Gegen eins oder kurz danach. Alles Weitere kennen Sie. Ich bin hochgefahren. Bin in mein Zimmer. Hab Musik angemacht. Aber dann dachte ich, ich schaue noch bei ihm vorbei, weil er so wütend war, und bin zu ihm gegangen. Aber erst in die Küche, weil ich einen Kaffee machen wollte. Und dann habe ich gesehen, dass seine Zimmertür einen Spalt offen stand. Ich hab sie aufgeschoben. Und da lag er. Bewegungslos. Ich dachte erst, er sei hingefallen, vielleicht, weil er getrunken hat. Was man eben so denkt. Dann sah ich das Blut. Gar nicht so viel Blut. Deshalb dachte ich erst, es sei nicht so schlimm, ich rufe schnell den Notarzt. Aber als ich ihn berührte, war er kalt. Und ich habe mein Ohr an seine Brust gelegt. Er war tot. Er war tot.«

»Das heißt, wir haben etwa eine Stunde, in der wir nicht wissen, was Sie getan haben.«

Grossarth lässt sich auf den Stuhl fallen. Er weint. Tränen laufen über seine Wangen. »Nehmen Sie mich doch fest. Ja. Sie würden mir einen Gefallen tun. Nehmen Sie mich fest, dann ist es vorbei.«

»Ich würde Sie festnehmen, wenn ich sicher wäre, dass Sie mich anlügen.«

Niklas Grossarth schaut mich an. »Jakub hätte gesagt, unsere Fantasie ist die Wirklichkeit und die Wirklichkeit ist Fantasie.«

»Und was wollen Sie damit sagen?«

»Ich weiß es nicht. Ich weiß nur, dass ich Jakub in meinen Armen hielt und er war tot.«

»Wer hat ihn getötet?«

»Ein Wahnsinniger.«

»Haben Sie eine Idee, wer es war?«

»Wenn ich weiß, wer es war, werde ich mich bei Ihnen melden.«

»In Ordnung. Aber es reicht schon, wenn Sie uns mitteilen, was Ihnen noch zum Geschehen einfällt. Jeder Hinweis kann von Bedeutung sein. Vielleicht suchen wir viel zu konzentriert in der Nähe des Opfers. Vielleicht müssen wir unseren Radius weiter ausdehnen. Wie gesagt, wann immer Ihnen etwas einfällt.«

Grossarth steht wortlos auf und geht zur Tür. Dort bleibt er kurz stehen, dann verlässt er den Raum.

Ich will ihm glauben. Aber da ist etwas, das mich nach wie vor zögern lässt.

Ich schaue rasch bei Franz vorbei und sage ihm, dass er Alexis Donner und Professor Panzlaff vorladen soll. So schnell wie möglich. Auf jeden Fall bis morgen früh. Franz macht sich ans Telefonieren.

Ich tippe die Handynummer von Mario Ramtun ein. Es klingelt nur einmal, dann nimmt er das Gespräch an. Er ist sofort bereit, mit mir zu sprechen. Er will in die Dienststelle kommen, aber ich schlage ihm vor, dass ich zu ihm fahre. Es ist mir egal, ob er daraus irgendwelche Schlussfolgerungen zieht und denkt, dass ich nicht nur ihn, sondern auch sein unmittelbares Umfeld sehen will. Er müsste mich nicht bei sich zu Hause empfangen. Aber die meisten Leute tun es, weil sie sich bei einer Begegnung mit der Mordkommission zu Hause sicherer fühlen. Dabei gehen sie das Risiko ein, dass gerade diese vermeintliche Sicherheit die Tür zu einer Vielzahl von Informationen öffnet.

Ich mache mich auf. Die Wohnung, in der Ramtun lebt, ist nicht weit entfernt. Ich gehe die Grünberger Straße in Richtung Warschauer, biege ein auf die Marchlewski und gehe dann auf die Kirche zu. Ramtun wohnt in einem der neu hergerichteten Gründerzeitgebäude mit fünf Stockwerken. Kleine Balkone, Stuck über den Fenstern. Alles macht einen gepflegten Eindruck. Auch das Treppenhaus zeigt, dass die

Rekonstruktion dieses Haus keine fünf Jahre zurückliegen dürfte und hier Experten am Werk waren.

Mario Ramtun öffnet mir. Ich betrete einen kleinen Vorraum, ganz in weiß, direkt unter einer weit gebogenen, futuristisch anmutenden, hell leuchtenden Lampe steht ein weiß lackiertes Tischchen, auf dem in einer Glasvase weiße Tulpen dekorativ drapiert sind.

Ramtun gibt mir die Hand. Der Händedruck ist kräftig und dennoch flüchtig. »Herr Martaler?«, fragt er. Ich nicke. »Mario Ramtun«, sagt er mit klarer Stimme. Er mag um die fünfundzwanzig sein, bewegt sich aber, als wäre er schon deutlich älter. Er hat etwas von einem Chef. Direktor einer Firma. Geschäftsführer wenigstens oder etwas Ähnliches. Sehr kurz geschnittenes Haar, wache, dunkle Augen. Ein hellblaues Hemd, Ärmel hochgekrempelt.

Wenig später stehen wir in einem größeren Zimmer, das weder zur Diele noch zu Ramtuns Auftreten passt. Der Raum ist abgedunkelt. Durch die Vorhänge fallen schmale Streifen Licht auf den Teppichboden. Fünf Monitore flimmern, überall sind Stapel von Papier und Zeitschriften verteilt. Ich kann unschwer erkennen, dass es sich um Wirtschaftsblätter handelt. Auf einem der Bildschirme sind die aktuellen Kurse der Börse angezeigt, die in stetigem Wechsel immer wieder aufs Neue gelöscht und wieder aufgerufen werden.

»Entschuldigung«, sagt Ramtun und zieht einen der Vorhänge vor den Fenstern auf. »Wir schreiben in Kürze eine Klausur über Börsengeschäfte. Derivate, um genau zu sein. Aber das wird Sie nicht interessieren. Sie sind wegen Jakub Lelek hier. Nehmen Sie Platz.« Er schiebt mir einen Stuhl hin und rückt sich selbst einen zurecht.

»Sie waren mit ihm befreundet, ist das richtig?«

»Ja. Das kann man so sagen. Aber wir haben nicht so viel miteinander, wie man denkt, wenn man von Freundschaft spricht. Er lebt in seiner Welt und ich in meiner. Das heißt, jetzt muss man ja sagen: lebte. Und damit Sie nicht erst fragen müssen, ich bin kein so sehr emotionaler Mensch. Das hat meine Mutter bisweilen zur Weißglut gebracht; sie war der Meinung, dass ich mich weder freuen noch trauern kann. Dabei geht mir Jakubs Schicksal durchaus sehr nahe. Aber auch das wird Ihnen ja nicht helfen. Sie suchen nach Spuren und Hinweisen. Ich habe natürlich darüber nachgedacht, aber ich weiß nicht, wer Jakub das hätte antun können. Er hatte Feinde, jedenfalls sprach er immer mal darüber. Aber dabei ging es immer um das Theater. Um die hohe Kunst.«

»Ja, das habe ich auch gehört. Was ist Ihnen in diesem Zusammenhang besonders aufgefallen?«

»Ich will es mal so sagen: Ich glaube, dass diese Puppenfreaks bisweilen die reale Welt mit ihren verrückten Geschichten verwechseln. Jakub ist manchmal in die Rolle einer seiner Puppen geschlüpft, dann war er diese Puppe. Zum Beispiel ein König der Träume, wirklich. Dann konnte er Träume erfinden. Er war dann der Herrscher über die Nacht und über das, was in uns ist und was aus uns heraus will. Wirre, beängstigende, warme und liebevolle Träume. Er tanzte, er sprang, er schrie, er flüsterte, um einem das zu beweisen. Er war wie wahnsinnig. Und manchmal sprach er mit seinen Puppen. So als wären es Menschen oder als wäre er eine Puppe wie sie. So hab ich ihn erlebt. Wer ihn so akzeptierte, der konnte auch sein Freund sein. Oder seine Geliebte, wie Johanna. Durch Johanna haben wir uns übrigens kennengelernt.«

»Und was ist mit Ihnen? Sie haben ihn akzeptiert?«

»Ich? Ja. Er hat mich irgendwie fasziniert. Wir haben uns vertragen, weil ich kein Konkurrent war und weil ich ihn in Ruhe gelassen habe.«

»Es heißt, sie wollten zusammen ein Theater gründen. In der Nähe der Holzmarktstraße.«

»Stimmt. Er hatte sich das in den Kopf gesetzt, und ich musste ihm versprechen, dass ich ihn dabei unterstütze. Das Gebäude, die Bühne ... Er hatte hochfliegende Pläne. Wollen Sie sehen?«

Ohne auf meine Antwort zu warten, klickt der junge Mann auf der Tastatur eines seiner Computer herum. Ein Beamer, der unter der Decke hängt, geht an und wirft kaltes Licht auf die gegenüberliegende Wand. Dann erscheint ein Bild. Eine Zeichnung. Der Innenraum eines Theaters. Stuhlreihen, eine Bühne. Weitere Bilder rücken schemenhaft darüber. Die Deckengestaltung als ein tosendes Meer, die Wände in Grün und Gelb mit blitzenden Sternen und wogenden Blüten in Form einer Animation. Der Bühnenvorhang, der zur Seite fliegt, als wären es zwei blaue Vögel. Dann Musik. Erst leise und wie klirrendes Glas, dann tiefe Bässe, eine Flöte, ein Klavier mit hohen Tönen.

Mario Ramtun macht dem Ganzen mit einem Klick ein Ende. Die Wand, die eben noch in Farben und Licht lag, ist wieder weiß. »Tja, das sollte es sein. Und vielleicht hätte er es ja wirklich geschafft.«

»Und was hat ihn gehindert?«

»Na, was braucht man wohl, um das alles zu gestalten? Geld. Jakub war ein Träumer. Er glaubte daran, dass wir die Kohle schon irgendwie zusammenbringen würden. Und nun … nun hat er keine Träume mehr. Oder vielleicht doch und wir wissen es nur nicht.«

Ich sehe Ramtun nachdenklich an. »Jakub ist ermordet worden. Sieben Messerstiche. Jemand hat ihn festgehalten und ein anderer hat zugestochen. Das ist wie eine Hinrichtung.«

»Sieben. Das passt irgendwie. Die Sieben war für Jakub eine magische Zahl. Das ist sie ja auch in Märchen. Und nun sticht jemand sieben Mal zu. Verrückt. Aber Sie haben recht, es ist barbarisch. Ich will es mir gar nicht vorstellen.«

»Da muss jemand eine ziemlich große Rechnung mit ihm offen gehabt haben.«

»Oder jemand muss ihn sehr gehasst haben. Aber beim besten Willen, ich weiß nicht, wer da infrage kommt.«

»Wo waren Sie gestern Nacht?«

»Hier. Es gab eine erstaunliche Entwicklung im Börsengeschehen. Der Ölpreis sank auf ein Rekordtief und drohte den gesamten Rohstoffmarkt mitzureißen. Das war sehr spannend.«

»Zeugen?«

»Nein. Ich war allein. Aber wenn Sie wollen, kann ich Ihnen die Entwicklung minutiös erzählen. Tokio, Singapur, Moskau, Frankfurt, Paris, London und schließlich New York. Wie eine Welle.«

»Na, dann erzählen Sie mal.«

»Das wollen Sie wirklich wissen? Also gut, es ging zunächst um Bauxit. Später kam noch Erdgas dazu. Die Abnehmer halten sich zurück. Zunächst in Japan. Darauf sinken die Preise auf beinahe allen Rohstoffmärkten. Die Börse in Moskau schlägt Alarm. Kapstadt zieht nach.«

»Schon gut. Ich werde das prüfen.« Ich lege meine Karte auf den Tisch. »Falls Ihnen noch etwas einfällt«, sage ich und mache mich auf.

Als ich vor dem Haus stehe, brauche ich ein paar Sekunden. Was ist das für ein seltsamer Mensch, der sich die Nacht um die Ohren schlägt, um das Geschehen an den Börsen mitzuverfolgen. Und wie konnte so jemand mit einem Künstler befreundet sein?

Eher beiläufig schaue ich auf meine Uhr und stelle fest, dass es fast schon zu spät ist, pünktlich zur Vorführung des Puppentheaters zu gelangen. Ich rufe Kerstin an. Sie ist schon auf dem Weg und fragt, wo ich stecke.

Der Weg bis zu dem Club ist nicht weit. Ich überquere die Warschauer und bemerke mal wieder, wie sehr diese Straße ein Treffpunkt für unzählige Touristen geworden ist. In der Ferne sehe ich die Brücke, die nachts zu einer Art Partymeile wird. Und ich schlängele mich zwischen den Autos durch, die dicht an dicht stehen und um diese Zeit nur im Schritttempo vorwärtskommen.

Als ich in die Revaler einbiege, wird es ruhiger. Ich gehe vorbei an den von unzähligen Graffiti verzierten Hauswänden, steige über zwei ausgeschlachtete Fahrräder, von denen nur noch die Rahmen geblieben sind, die aber von einem mächtigen Bügelschloss an einem Verkehrsschild gehalten werden. Eine ältere Frau macht sich an ihren Balkonkästen zu schaffen und pflanzt bunte Frühlingsblumen ein. Sie schaut kurz zu mir herüber. Kinder jagen mit ihren Rollern an mir vorbei. Ein vielleicht neun oder zehn Jahre alter Junge schiebt einen Kinderwagen. Junge Leute sitzen auf grauen Gartenstühlen vor einer Kneipe auf dem Fußweg und trinken Bier.

Dann bemerke ich Kerstin. Sie kommt mit ihrem Fahrrad in meine Richtung gefahren und winkt. Mir fällt ein, dass es ein wenig gewagt ist, jetzt mit mir in das Theaterstück zu gehen und das Fahrrad draußen anzuschließen. Aber vielleicht will sie es ja auch mit hineinnehmen. Sie traut sich so was.

Eine Minute später stehen wir vor dem Club. Kerstin hat ihr Fahrrad auf der Schulter. Sie wird schon ein Plätzchen finden, sagt sie, und wir gehen auf den Eingang zu. Da sehe ich das Plakat. Es ist groß, A2, dunkle Farben, Blau, Braun, Rot. »Der König der Träume – Ein Stück von Galina Stoffenberg« steht dick und grellgelb darauf. In der Mitte ist ein Gesicht zu sehen, ein Puppengesicht. Auf dem Kopf trägt die Marionette eine Krone, die einem Atomsymbol ähnelt, und darüber leuchtet ein funkelnder, großer Stern.

Aber das ist nicht alles. Neben dem Plakat hängt ein Zettel. Schwarz auf weiß gedruckt. Das Bild eines Mannes und daneben die Schrift: »Wer war Jakub Lelek?« Und als ich mich umsehe, hängen da noch mehr solche Papierblätter und überall dieselbe Frage: »Wer war Jakub Lelek?«

IX.

Nach dem dritten oder vierten Anruf musste ich einfach zurückrufen. Sonst würden sie sich fragen, was mit mir los ist, und sich Sorgen machen. Aber sie dürfen nichts merken.

Also muss ich hin, ganz normal, mein wöchentlicher Besuch zum Abendessen.

Als ich in der Modersohnstraße an der Fleischerei Niemann vorbeikomme und in den weiß gekachelten Verkaufsraum blicke, muss ich an die Fleischwurst denken, die wir Kinder hier gratis bekommen haben, wenn wir beim Einkauf dabei waren. Die Erinnerung löst ein wohliges Gefühl in der Magengegend aus, und meine Sorge, dass ich vielleicht gar nichts runterkriegen würde, ist verflogen.

Dann stehe ich schon vor der Tür des energieeffizient sanierten Wohnkomplexes aus den Achtzigern. Ich klingele und warte, obwohl ich auch selbst aufschließen könnte, den Schlüssel zur Wohnung hab ich noch. Nach dem Summen des Türöffners laufe ich das schmale Treppenhaus hoch in den zweiten Stock. Das hässliche Namensschild aus dem Töpferkurs, den mein Bruder David und ich als Kinder besucht haben, hängt noch immer unter dem Spion. Die braune Schrift, die aussieht wie aus Ameisenkackwürsten zusammengesetzt, hab ich gemacht. Meine Mutter öffnet und strahlt mich an, wie immer, wenn ich vorbeischaue. Wir umarmen uns und legen die Wangen kurz aneinander. Der Fernseher tönt in den Flur und es riecht nach Estragon. Ich habe sofort den Eindruck, dass ich leichtes Spiel haben werde. Sie werden nichts bemerken. Mein Vater sowieso nicht. Wahrscheinlich hat er noch nicht einmal gemerkt, dass ich schon da bin, so laut, wie der Fernseher eingestellt ist. Man kann ihn nicht richtig erkennen durch den Milchglasstreifen in der Wohnzimmertür, die nur einen Fußbreit geöffnet ist, aber er sitzt dort in seinem alten Sessel mit dem Rücken zur Tür. Ich habe genauso wenig Lust, zu ihm ins Wohnzimmer zu gehen, wie er Lust hat, aufzustehen. Spätestens wenn Mama ihn zum Essen ruft, wird er kommen, denke ich, und gehe an der Wohnzimmertür vorbei ins Esszimmer, während meine Mutter wieder in die Küche verschwindet. Am Ende des Flurs geht es zu den ehemaligen Kinderzimmern. In meinem steht noch mein altes Bett neben den Kramkisten und dem

Bügelbrett. Meine Eltern haben einfach keine Verwendung für die Zimmer. David ist erst im letzten Jahr ausgezogen, bei ihm steht noch alles rum, was er nicht mitgenommen hat, und weil er in seinem kleinen WG-Zimmer nicht viel von dem alten Kram übernehmen konnte, sieht es hier eigentlich noch genauso aus wie vor seinem Auszug.

Ich setze mich an den gedeckten Tisch. Mama kommt und fragt, was ich trinken möchte. Sie holt den Rotwein, schenkt uns ein. Wir stoßen an und nippen an den Gläsern. Der Fernseher verstummt und mein Vater kommt zu uns. Ich stehe auf, wir umarmen uns.

»Na«, sagt er, »hast du mit deinem Bruder gesprochen?«

»Nun begrüßt euch doch erst mal richtig«, erhebt meine Mutter Einspruch, aber so ist er eben, immer mit der Tür ins Haus.

»Nein, wieso«, sage ich. »Sollte ich?«

»Wäre vielleicht nicht schlecht«, gibt er kryptisch zu verstehen.

»Es geht um Davids Zimmer in dieser Wohngemeinschaft«, antwortet meine Mutter für ihn.

»Was ist damit?«, frage ich.

Papa schaltet sich wieder ein. »Rausfliegen wird er, weil er die Miete nicht bezahlt hat.«

»Er kann doch wieder zu uns kommen, da bricht ja keine Welt zusammen«, versucht Mama zu beschwichtigen. Aber meinem Vater ist anzumerken, dass es in ihm brodelt. Ich lege ihm die Hand auf die Schulter und sage, dass wir erst mal essen wollen, dann würden wir das in aller Ruhe besprechen. Mama pflichtet mir bei und rennt gleich los, die Schüsseln aus der Küche holen. Papa brabbelt vor sich hin, dass sich jemand darum kümmern müsse, aber als der Salat auf dem Tisch steht, ist er still.

Beim Essen fragt Mama mich über das Studium aus. Sie ist an jedem Detail interessiert, will alles ganz genau wissen und scheint mit meinen Antworten sehr zufrieden zu sein. Immer wenn wir über das Studium reden, bin ich peinlich berührt von ihrem Stolz auf mich, und selbst mein Vater lässt sich dann zu Kommentaren wie »Ist ja toll« oder »Interessant« hinreißen. In unserer Familie hat noch niemand studiert, nicht mal irgendwelche entfernten Verwandten, weder väterlicher- noch mütterlicherseits, zumindest weiß ich davon nichts. Nur ich und seit Neuestem auch mein Bruder David, allerdings etwas ganz anderes. Er ist BWLer.

Ich spiele bei dem Fragespiel meiner Mutter brav mit, muss mich aber sehr zusammennehmen. Ich kann nicht sagen, wie es sein würde, wenn ich jetzt mit ihr alleine wäre. Da ist dieser Bekenntnisdrang, dieser Wunsch, mich zu offenbaren. Am liebsten würde ich jetzt hier am Tisch zusammenbrechen, losheulen und alles erzählen, um endlich Trost zu finden. Wenn es stimmen sollte, was man über die Liebe einer Mutter zu ihren Kindern sagt, dann trifft es auf meine Mutter bestimmt zu. Der Gedanke macht mir Angst: Ja, du würdest Trost bei ihr finden, egal was du getan hast. Du könntest die ganze Last auf sie abladen, wenn du zu schwach bist, sie allein zu tragen. Aber könntest du ihr das wirklich antun?

Ich merke, wie Tränen in meine Augen schießen, und unterbreche meine Mutter mitten im Satz: »Was ist denn jetzt mit David?«

Papa springt sofort darauf an und erklärt wieder, dass David Mietschulden habe, mittlerweile drei volle Monatsmieten und die vierte stehe auch bald ins Haus. Der Hauptmieter, dieser Louis, habe vorgestern angerufen und ihnen davon erzählt. Der sei ziemlich sauer auf David gewesen, aber doch ganz höflich am Telefon. Er habe gesagt, dass er sich nicht mehr zu helfen wisse, er käme an David gar nicht ran, der würde ihm nicht zuhören. Dann habe er meinen Vater gebeten, Davids Schulden zu begleichen.

»Ja, wenn er mit einer Mietzahlung im Verzug wäre«, regt Papa sich auf, »aber das sind mittlerweile über tausend Euro! Ich hab diesem Louis erklärt, dass wir das nicht bezahlen können. Jetzt will er David am liebsten vor die Tür setzen, und wenn er Ende März das Geld nicht sieht, macht er das auch, hat er gesagt.«

»Na, dann macht er das eben«, sagt meine Mutter, »aber David muss trotzdem seine Schulden bezahlen.«

»Ja, natürlich muss er das«, pflichte ich ihr bei. »Ich versteh das gar nicht. Er hat doch den Job im Hostel und sein BAFöG, davon kann er doch seine Miete zahlen?« Ich sage das, obwohl ich nicht wirklich verblüfft bin. David nimmt die Dinge einfach nicht ernst genug. Ich kann mir vorstellen, wie das gelaufen ist: Er ist zuerst gut mit diesem Louis ausgekommen, und klar, unter Freunden nimmt man es nicht so genau mit Terminen. Dann geht er feiern und haut die Kohle raus, weil er sich denkt: Ich werd mal mit Louis reden, dass ich die Miete später zahle. Er hat ja zwei kleine Einkommen, die werden zu unterschiedlichen Zeiten ausgezahlt, und er denkt sich: Dann kriegt Louis die Miete eben in zwei Wochen. Aber in zwei Wochen ist wieder irgendwo Party und er denkt: Na gut, ich war jetzt so lange nicht feiern, dann muss ich eben ab morgen sparen. Und an der Stelle fängt er an, nicht nur Louis, sondern auch sich selbst zu verarschen, weil er genau weiß, dass er noch nie Geld gespart hat. Es reicht ja gerade so für das Alltägliche.

Wir reden noch eine Weile über Davids Situation, und ich versuche, das Ganze nicht zu hoch zu hängen. Wem bringt es schon was, wenn meine Eltern sich Sorgen um David machen? Als wir uns einig sind, dass er da allein nicht rauskommen wird und wir ihn unterstützen müssen, schlage ich vor, dass wir zusammenlegen.

»Ihr übernehmt eine Miete und ich die beiden anderen. Die neue Miete und alle folgenden zahlt David wieder selbst.«

Mama scheint nicht einverstanden zu sein.

»Aber wo willst du auf die Schnelle so viel Geld hernehmen?«, fragt sie. Ich erwidere, dass ich Urlaubsgeld gespart hätte, was gelogen ist, aber es scheint sie zu beruhigen.

Wir sitzen dann noch im Wohnzimmer zusammen, trinken ein zweites Glas Wein, und ich versuche, das Gespräch auf meine Eltern zu lenken. Ich frage sie, was sie mit unseren alten Kinderzimmern machen wollen. Meinem Vater sage ich, dass er sich ja eine Modelleisenbahn zulegen könnte. Wir lachen. Es ist noch vor zehn, als ich mich verabschiede, trotzdem kam mir der Besuch wie eine Ewigkeit vor.

Draußen auf dem Gehweg finde mich da wieder, wo ich vorher war: allein bei mir mit den schrecklichen Bildern, die sofort wieder auf mich einstürzen. Ich denke, was für ein schönes kleines Problem das doch ist: tausend Euro. Ein Witz. Und ich greife nach dieser Chance, Ablenkung zu finden.

X.

Der Saal ist bereits gut gefüllt. Die Leute sitzen in Stuhlgruppen um runde Tische, alle Blicke sind nach vorn auf eine kahle Wand gerichtet, wo das Bild von Jakub Lelek zu sehen ist, von einem Beamer projiziert. Es gibt keine Bühne. Nur ein samtener, tiefblauer Vorhang, der eine Ecke des Raumes abtrennt, deutet darauf hin, dass hier eine Vorführung stattfinden wird.

Kerstin und ich drängen uns zwischen den Stühlen hindurch. Ich erhasche Blicke von Menschen, die ich bereits kennengelernt habe. Rechts sitzt Professor Panzlaff, hinter ihm seine Kollegin Restein. Weiter links sehe ich eine der Studentinnen, die ich im Theater an der Parkaue getroffen habe. Wahrscheinlich sind hier viele von Leleks Kommilitoninnen und Kommilitonen. Panzlaff nickt zu mir herüber. Ich erwidere den Gruß.

Kerstin hat zwei freie Stühle ganz am Rande neben einem verdunkelten Fenster entdeckt und zieht mich am Arm dorthin.

Erst als wir sitzen, bemerke ich die gedrückte, angespannte Atmosphäre im Raum, die nun auch mich erreicht und gefangen nimmt.

Es dauert keine Minute und es wird dunkel im Saal. Ein Spot richtet sich auf den Vorhang, der von dem grellen Licht zu funkeln begonnen hat. Eine Hand schiebt sich zwischen die Vorhanghälften und öffnet ihn ein Stück. Eine gänzlich weiß gekleidete Frau tritt heraus. Auch ihr Gesicht ist weiß und ihr Haar. Erst als sie zu sprechen beginnt, erkenne ich, wer es ist: Galina Stoffenberg.

»Wer war Jakub Lelek?«, sagt sie mit lauter, dunkler Stimme, die man dieser Frau gar nicht zutraut. »Verehrte Gäste, liebe Puppenspielerinnen und Puppenspieler, wir haben uns kurzfristig zu dieser Aufführung entschlossen, weil wir so unserem Freund und Kollegen nahe sein können. Wir wollen nicht schweigen, nicht einmal eine Minute lang, wir wollen spielen und der Frage nachgehen, wer Jakub war, den viele hier im Saal kannten und manche heute kennenlernen werden. Wir zeigen das Stück ›Der König der Träume‹.« Die Frau verneigt sich, schaut einen Augenblick lang in meine Richtung und wendet sich um, verschwindet im blauen Funkeln des Vorhangs.

Kerstin hat ihre Hand in die meine geschoben. Eine Gewohnheit, die es schon immer gab, seit wir uns kennen. Immer wenn wir im Kino waren oder im Theater, suchte sie diese Nähe. Eine beruhigende, zugewandte Geste, sodass man bei aller Konzentration auf das Geschehen auf der Leinwand nicht allein bleibt.

Über die Decke des Saales huschen bunte Lichter, dröhnende Musik überfällt die Zuschauer, die schemenhaft im blitzenden, kalten Licht auftauchen. Bilder werden an die Wände geworfen. Fratzen, gespensterhafte Figuren. Starrende Augen, Feuer, Tiere, die sich in grässliche Monster verwandeln. Der Vorhang öffnet sich und eine Marionette tritt hervor. Sie ist groß wie ein Mensch. Riesige Augen, die starr ins Rund blicken, ein weißer, wehender Mantel.

Stille. Dann sagt eine hallende Stimme: »Das ist er, der König, vor dem ihr euch verneigen solltet, denn er sucht euch heim in jeder Nacht. Seht euch vor. Nehmt euch in Acht!«

Kerstin schaut mich an. Sie lächelt. Lächelt wie ein Kind, ein Mädchen, das glücklich einem Märchen zuhört. Einem Märchen, das in etwa folgende Geschichte erzählt: Ein junger Prinz liebt eine ebenso junge Königstochter. Aber er kann sich ihr nicht nähern. Teils, weil es unschicklich wäre, teils, weil der König seiner Tochter Kontakte verbietet. Briefe werden abgefangen, Verbote ausgesprochen. Da hat der Prinz eine Idee, er macht sich auf zum König der Träume und bittet ihn darum, dass er ihn in die Träume der Prinzessin schicken möge, sodass sich die Prinzessin in ihn verliebt. Doch der König der Träume sagt, dass das nicht so einfach ist, weil die Träume das eine, die Träumenden das andere sind. So manch gut gemeinter Traum kehrt sich ins Gegenteil, manch liebliche Landschaft erweist sich als die pure Hölle, das Segeln über Felder endet in einem tiefen Sturz in einen schwarzen Krater. Doch der Prinz lässt nicht locker. Er wünscht sich so sehr, dass er in den Träumen seiner geliebten Prinzessin zu ihr sprechen, sie von seiner Liebe überzeugen darf. Der König der Träume gibt nach und willigt schließlich ein. Aber er fordert seinen Preis. »Wenn du in den Träumen der Prinzessin auftauchen willst, so gib mir deine Güte!«, verlangt er. Der Prinz sagt: »Was nützt mir meine Güte, wenn ich meine Geliebte nicht umarmen darf«, und gibt seine Güte hin.

In der Nacht, als die Prinzessin schläft, schickt ihr der König der Träume einen Traum. Doch wie zu erwarten, wandelt sich der gut gemeinte Traum in einen bösen. Männer in Uniformen jagen den Prinzen mit Waffen und Messern. Das metallische Rattern der Gewehre klingt ohrenbetäubend durch den Saal, von allen Seiten schlagen Kugeln ein und fauchen die Lichtblitze des Mündungsfeuers durch die Nacht. Der Prinz wird getroffen. Er hat aber plötzlich selbst eine Waffe und beginnt zu kämpfen. Tötet seinerseits, feuert, bis keine Patrone mehr da ist.

Noch zwei weitere Nächte versucht es der Prinz. Und er muss dafür zahlen. »Gib mir dafür, dass du deiner Geliebten erscheinst, deine Sehnsucht und gib mir dein Erbarmen.«

Und wieder geraten wir alle in schreckliche Träume. Wasser treten über die Ufer und überschwemmen die Landschaften. Alles versinkt, die Menschen rennen um ihr Leben; schon brechen die Wellen durch Türen und Fenster, nichts kann sie aufhalten und bald ist alles in den Tiefen des Wassers verschwunden und ertrunken.

Ich ringe nach Atem, habe das Gefühl, schwimmend nach oben zu kommen. Ich sehe zu Kerstin und will sie unbedingt mitreißen, hoch, an die Luft, raus aus dem kalten, todbringenden Wasser.

Auch der nächste Traum verläuft ähnlich. Ein Erdbeben sucht die Stadt heim. Häuser stürzen zusammen und begraben die Menschen unter ihren Trümmern. Kirchtürme fallen krachend in sich zusammen, Züge, die auf ihren Gleisen dahinrasen, werden emporgeschleudert und zerschellen an Brücken und Mauern.

»Warum kannst du nicht machen, dass sie von mir träumt und von schönen Dingen? Warum kann sie nicht einfach von der Liebe zu mir träumen?!«, klagt der Prinz.

»Weil sie ein Mensch ist«, sagt der König der Träume.

»Das ist doch Gerede! Wahrscheinlich hast du gar nicht die Macht, dass du den Menschen die richtigen Träume bringen kannst.«

»Ich kann es sehr wohl«, sagt der König der Träume. »Wenn du wirklich willst, dass ich tue, was du verlangst, dann gib mir deine Liebe als Preis.«

Der Prinz zögert nicht. Er will, dass seine Prinzessin auf ihn aufmerksam wird, dass sie sich für ihn interessiert, dass sie sich in ihn verliebt.

Also träumt die Prinzessin wieder, und diesmal begegnet sie dem Prinzen tatsächlich. Ein Traum, der die beiden zusammenführt. Farben. Musik. Zauberei. Am nächsten Morgen erwacht die Prinzessin und will jenen Mann treffen, dem sie eben noch im Traum so nah gewesen ist.

Doch die Begegnung bleibt kalt. Der Prinz hat seine Liebe zu ihr verloren und mit ihr seine Güte, die Sehnsucht und sein Erbarmen. Deshalb hasst er den König der Träume und sinnt auf Rache. Von nun an träumt er jede Nacht davon, wie er den König der Träume töten wird.

Der König der Träume bleibt ratlos zurück. Er sagt, dass die Träume die Sterne sind, die jede Nacht am Himmel erscheinen, und sobald ein Mensch schläft, fällt einer der Sterne für ihn herab. Das ist sein Traum.

Die Puppe verneigt sich tief, macht kehrt und verschwindet hinter dem Vorhang. Es wird dunkel.

Einige Sekunden lang ist es still. Dann leuchtet ein Bild an der Wand auf: Jakub Lelek. Ein Film zeigt ihn bei Proben, er gestikuliert. Seine Stimme erklingt, er erklärt, dass der Charakter der Puppe kühl und hart sein muss. »Ein König, der über die Macht verfügt, uns Menschen Träume zu schicken, hat eine ungeheuerliche Kraft. Also, ich stelle ihn mir so vor …« Und nun führt Lelek vor, wie er sich die Figur denkt. Er schreitet erhaben, ja arrogant vor den Kollegen auf und ab, schaut mit kaltem, starrem Gesicht in ihre Richtung, schweigend, kraftvoll. Er geht rasch zum Kleiderständer, auf dem Kostüme hängen, schiebt das eine oder andere beiseite und findet das richtige. Ein heller, glitzernder Mantel, er wirft ihn sich um und blickt in die Kamera. Sein Gesicht hat sich verändert. Es ist noch kälter geworden, eisig geradezu.

Die Augen starren mich an. Ich habe Mühe, dem Blick standzuhalten. Kerstins Hand in meiner verkrampft sich. Doch eine Sekunde später sehen wir einen ganz anderen Jakub Lelek. Er lächelt. Er lacht und wir sehen einen fröhlichen, lockeren, freundlichen Studenten. Einen ganz normalen jungen Mann, der andere zum Lachen bringen kann, der herumflachst und gute Laune verbreitet.

Der Film ist zu Ende. Die weißgeschminkte Galina Stoffenberg tritt vor den Vorhang. »Geh also nach Hause, liebes Publikum, und träume von dem, was der König heute für dich vorgesehen hat. Jakub Lelek ist tot. Eine Verbeugung noch: vor Jakub.« Sie verbeugt sich und verschwindet wieder.

Das Licht im Saal geht an. Die Leute schauen blinzelnd um sich, als würden sie tatsächlich gerade aus einem Traum erwachen. Niemand klatscht, obwohl das sicher einige gern tun würden.

Fünf Minuten später stehen Kerstin und ich auf der Straße. Um uns die Menschen, die wie wir nicht wissen, wie sie mit dem, was sie eben erlebt haben, umgehen sollen. Manchmal ist ein kurzes Lachen zu hören. So wie es eben klingt, wenn man verlegen auf eine unbehagliche Situation zu reagieren versucht. Dann wieder schnappen wir scharfe Auseinandersetzungen auf. Kurz, wie Scharmützel. Und wieder Ruhe.

Ich überlege, ob ich auf Professor Restein oder Panzlaff oder auf Galina Stoffenberg warten soll. Aber ich bin mir eigentlich sicher, dass diese Begegnungen heute nichts bringen werden. Und ich sehe Kerstin an, dass sie müde ist.

»Lass uns gehen«, sagt sie. »Du wirst heute nichts mehr stemmen hier.« Und sie zieht mich weg von dem Pulk Menschen, die mir plötzlich das Gefühl geben, als hätten sie alle etwas mit dieser Geschichte eben zu tun, als wären sie alle miteinander vertraut und nur ich und Kerstin fremd hier. Als wären wir beide ganz zufällig in eine Party geraten, mit der wir weder etwas zu schaffen haben, noch zu ihr eingeladen worden sind.

Kerstin geht neben mir. Ihr Fahrrad schiebt sie. Jongliert es, ohne den Lenker anzufassen, und doch hat man den Eindruck, sie würde konsequent einem Ziel zustreben. Wir gehen durch die dunklen Straßen, vorbei an den Kneipen und Cafés und an den Bänken, die jemand auf den Fußweg gestellt hat und auf denen heute, bei dem kühlen, aber doch schon beinahe frühlingshaften Wetter Leute sitzen. Paare und Betrunkene, Einsame und Alte, die ausruhen müssen oder einfach noch nicht nach Hause gehen wollen.

»Und, was meinst du?«, fragt Kerstin.

»Was?«

»Na, dieser Jakub, wer war er? Diese Frage wirst du dir doch stellen. Er hat ein wunderschönes Märchen geschrieben. In diesem Film ist er ein liebenswerter Typ, fröhlich, stark, wahrscheinlich sehr liebevoll.«

»Das hast du alles in dem Film gesehen?«

»Er konnte Menschen für sich begeistern. Viele werden ihn geliebt haben.«

»Keine Ahnung. Einige wahrscheinlich. Aber er war mit einer Frau zusammen, einer Johanna. Eine schöne Frau, aber so kühl, dass ich mich frage, wie das wohl gewesen sein mag mit der Liebe dieser beiden Menschen. Aber noch mehr ...«

»... fragst du dich, wer einen wie diesen Jakub umbringen kann?«

»Neid? Verschmähte Liebe? Verrat? Ich komme keinen einzigen Schritt weiter, und ehrlich gesagt, nach diesem seltsamen Theaterstück eben noch weniger.«

Wir gehen durch die schlaftrunkene Stadt, die hier im Friedrichshain voll von Kneipen ist, die jede Woche mehr werden und aus deren Fenstern und Türen Licht fällt, aus denen Geräusche nach draußen dringen, Musik, Stimmen, Lachen, Geschrei. Wir wohnen in einem Stadtteil, der noch nicht weiß, was er will. Der einerseits Anspruch hat, ein Lebensort für Familien zu sein, andererseits ein Magnet für zehntausende Touristen ist, die den Ku'damm und die Bergmannstraße meiden, weil sie hier noch das zu finden hoffen, was man sich von Berlin erträumt: die Stadt, die irgendwie zwischen Paris und London und Dublin liegt, wo es nicht unschicklich ist, mit einer Flasche Sternburg Pilsener am Brückengeländer zu lehnen, wo junge Leute auf dem Pflaster sitzen und musizieren, wo man auch um Mitternacht noch Jungen und Mädchen Fußball spielen sieht, auf der Straße oder auf dem Bolzplatz im Park, wo man den Geruch von Haschisch wahrnehmen kann und ein älteres Paar in wahnsinnig teuren Klamotten von der Oper nach Hause spazieren sieht, lachend, singend, untergehakt. Ein Stadtbezirk, der nach der Wende Brennpunkt war und Hochburg von Hausbesetzern und Kommunarden und nun ein Sammelpunkt ist von Labelgründern, Modeschöpfern, Flaschensammlern, Fahrraddieben und Restaurantbetreibern. Und von Studenten, die hier ihr Glück suchen wie Goldgräber, liebes- und manchmal auch wissensdurstig.

»Wollen wir noch ein Bier trinken?«, frage ich.

Kerstin schaut mich an. »Ich habe morgen gleich erste Stunde 'ne absolute Chaosklasse.« Aber sie meint es offenbar nicht so. Ich zwinkere ihr zu und sie zwinkert zurück.

Die Kneipe ist rappelvoll. Wir haben Mühe, einen Platz zu finden. Ich schleppe aus einer dunklen Ecke noch einen Stuhl heran. Plötzlich nehme ich die junge Frau wahr, die mir den Rücken zuwendet. Sie steht am Tresen und wartet auf die frisch gezapften Biere, offenbar die Kellnerin hier. Ich habe ihr Gesicht noch nicht gesehen, aber ich weiß, dass ich diese Frau kenne, ich weiß nur nicht, woher. Jetzt hat ihr der Mann am Bierhahn das letzte Glas auf das Tablett gestellt und sie wendet sich langsam um, geht ein paar Schritte in die entgegengesetzte Richtung, dann macht sie kehrt und wendet sich mir zu. Und jetzt weiß ich, wer diese Frau ist. Es ist Sina. Sie war vor einiger Zeit Praktikantin während der Polizeiausbildung bei uns. Irgendwie habe ich sie danach aus den Augen verloren. Ich versuche nachzurechnen und komme zu dem Ergebnis, dass sie um diese Zeit ihre Prüfungen haben müsste und damit den Abschluss ihrer Ausbildung. Aber wieso kellnert sie hier, statt sich um diese Prüfungen zu kümmern? Ich kenne Sina noch von früher, aus der Zeit vor ihrem Praktikum bei uns, da war sie noch Kerstins Schülerin. Eigentlich ist eine Ausbildung bei der Mordkommission gar nicht vorgesehen, aber sie hatte es irgendwie geschafft und war doch bei uns gelandet. Sie wollte damals auf jeden Fall in meiner Abteilung eingesetzt werden. Nichts anderes käme infrage, hat sie gesagt. Aber warum war sie dann plötzlich abgetaucht? Und warum habe ich mich nie nach ihr erkundigt?

Ich bin plötzlich unsicher, ob es nicht besser wäre, mich mit Kerstin aus dem Staub zu machen. Vielleicht ist es Sina unangenehm, mich hier zu treffen. Aber auch Kerstin ist aufmerksam geworden. »Du«, sagt sie plötzlich, »ist das nicht Sina?«

Als sie mich und Kerstin bemerkt, kommt sie näher, lächelt dieses Lächeln, das nur junge Leute hinkriegen, dieses »Hi Leute«-Lächeln, das Unverbindlichkeit und Freude ausdrückt. »Wollt ihr ein Bier?«, fragt sie und stellt zwei Gläser vor uns hin. »Ich muss erst mal bedienen, dann bin ich bei euch!« Und schon ist sie verschwunden.

»Hast du mal was von ihr gehört?«, fragt mich Kerstin.

Ich schüttle den Kopf. Stoße mein Glas an ihrs und wir trinken.

Sina kommt wieder zu uns an den Tisch. Lächelt. Ich habe das Gefühl, dass sie sich wirklich freut, uns zu sehen.

»Geht es euch gut?«, fragt sie.

Mir fällt ein, dass sie das Praktikum bei uns gemacht hat, als Kerstin und ich schon getrennt wohnten.

»Wir versuchen es jedenfalls«, sagt Kerstin und lacht. »Und was ist mit dir?«

Sina verzieht das Gesicht. »Ach, na ja. Ich hab die Polizeiausbildung geschmissen und bin jetzt hier. Irgendwie war die Luft raus. Keine Lust mehr. Aber jetzt geht es mir wieder besser.«

»Du hast was?!«, entfährt es mir. »Was soll denn das heißen?!« Kerstin legt beruhigend die Hand auf meinen Arm. Aber ich will mich nicht beruhigen. »Du müsstest doch fast fertig sein?!«

Sina lächelt bemüht. »Mir ist klar geworden, dass es eine falsche Entscheidung war. So eine Art Jugendspinnerei. Ich wollte auf der Seite der Guten sein und Verbrecher jagen und Morde aufklären. Aber ich hab dabei weniger an mich gedacht als an das, was man von mir erwartet.«

»Das verstehe ich nicht!«

Kerstin trinkt von ihrem Bier. »Ich schon.«

Jetzt könnte ich mich auch über Kerstin aufregen. »Was, du schon? Sina wäre eine gute Polizistin geworden. Eine, die sich nicht mit der Oberfläche abgibt, sondern immer darunter schaut, die überhaupt genau hinschaut. Ihr hatten wir damals zu verdanken, dass wir das Kind doch noch gefunden haben.« Ich merke, wie enttäuscht ich bin. Weil Sina meine Tochter sein könnte? Andererseits muss ich mir die Frage stellen, ob es mir überhaupt zusteht, so zu reagieren. Da hat ein junger Mensch eine Entscheidung getroffen und einen anderen Weg eingeschlagen. Das ist ganz einfach zu respektieren und anzuerkennen. Ja, vielleicht war diese Entscheidung sogar eine wichtige Zäsur in Sinas Leben. Ein Schritt, der sie befreit hat.

»Schon gut«, sage ich zu ihr. »Vergiss es. Du wirst schon das Richtige tun.« Ich trinke mein Bier mit großen Schlucken aus. Stelle das Glas auf ihr Tablett. Versuche zu lächeln.

Sina nickt mir zu. »Noch eins?«

Sie ist ganz die Kellnerin, charmant und umsichtig. Sie steht auf. »Ich muss dann wieder. Aber ganz ehrlich, ich bin richtig ein bisschen glücklich, dass ich euch hier treffe. Ihr seid doch zusammen, oder?«

Kerstin grinst zu mir herüber. Ich nicke. Sina lacht kurz auf. »Ja, ihr seid zusammen, toll!«

Kurz darauf stehen zwei neue Bier auf unserem Tisch und Sina wuselt zwischen den Leuten umher. Die Kneipe ist noch voller geworden.

Als wir eine halbe Stunde später vor unserem Haus stehen, ist es wohltuend ruhig. Der Platz liegt beinahe still da wie ein großes, struppiges Tier, das sich zum Schlafen niedergelassen hat, beleuchtet von dem orangefarbenen Licht der Lampen ringsum. Wir stehen da und schauen hinauf zu den Fenstern unserer Wohnung. Und obwohl mir noch immer Sinas Ausstieg aus der Polizeiausbildung im Magen liegt, fühle ich doch so etwas wie Glück. Hier zu stehen, mit Kerstin. Vielleicht ist das der erste Abend, an dem wir wirklich wieder zusammen sind.

Das Telefon summt in meiner Tasche. Ich würde es am liebsten ignorieren, aber wir haben einen Mord aufzuklären. Ich hoffe, dass es irgendeine harmlose Sache ist, und gehe ran. Kerstin schaut mich an. Wartet. Das ist auch so etwas, das ich total an ihr mag. Es hat ihr nie etwas ausgemacht, wenn ich ans Diensthandy gehe. »Du bist bei der Mordkommission, das ist wirklich wichtig«, hat sie früher gesagt, wenn ich zögerte. Und das meinte sie auch so.

Franz meldet sich. »Wir haben da was, kannst du kommen?«

»Was habt ihr, geht es genauer?«

»Nein, das musst du sehen. Ich bin nicht sicher, ob es uns weiterhilft, aber vielleicht ja doch. Und außerdem hab ich das Gefühl, dass uns das noch weiteren Ärger machen kann.«

»Na, was denn nun? Wo bist du denn?«

»Im Studentenwohnheim. Haus zwei in der elften Etage. Kommst du?«

»Gut.« Ich drücke das Handy aus.

Kerstin zieht den Hausschlüssel aus ihrer Jackentasche. »Willst du mein Fahrrad? Aber morgen früh um sieben muss ich es zurück haben. Und …«, sie klopft auf das Bügelschloss, »du schließt es an, verstanden!« Ich muss grinsen. Manchmal ist Kerstin wie eine Neunzehnjährige. Sie lächelt charmant und schiebt mir das Fahrrad rüber. »Was ist, willst du oder willst du nicht?!«

Wir stehen noch einen Augenblick lang einfach so da. Dann legt Kerstin ihre Arme um meinen Hals. Wir küssen uns. Erst leicht und leise, dann zärtlich und voller Hingabe. Es ist wirklich ein wunderbarer Abend. Ich schwinge mich in den Sattel.

Als ich mit dem Fahrrad auf die Karl-Marx-Allee biege, habe ich das Gefühl, ich fliege. Und frage mich, warum ich nicht öfter mit dem Fahrrad fahre. Man kommt nicht nur schneller voran, als wenn man mit dem Auto fährt, man fühlt sich unabhängig und frei. Das klingt wie pathetisches Geschwätz, aber es ist wahr. Ich trete in die Pedale und spüre meinen Körper, höre meinen Atem, merke, wie mir der Schweiß den Rücken hinunterläuft. Ich treibe mich selbst durch den Abend. Mit eigener Kraft. Vorbei an den Autos, die in langer Schlange vor der nächsten Ampel stehen. Hier strömen die Fahrzeuge aus dem Osten in Richtung West und umgekehrt. Und ich rase dahin in dieser ungeliebten, sogar gehassten Straße, die einfach keine Investoren findet. Sie könnte die schönste Straße der Stadt sein mit ihren breiten Grünstreifen, den zurückgesetzten Gebäuden, den Möglichkeiten, Kneipen und Lokale zu eröffnen. Die Karl-Marx-Allee, die Stalinallee hieß, auf der am ersten Mai hunderttausend Werktätige marschierten, von denen nach dem Ende der DDR niemand mehr dabei gewesen sein wollte. Bis vor die Tribüne hinter dem Kino International, von der noch '89 Erich Honecker winkte. Und wo die Interkontinentalraketen der Sowjetarmee auf riesigen Lafetten aufgefahren wurden und Panzerspähwagen der NVA vorüberdonnerten, eingehüllt in den Gestank schwarzer Dieselwolken, begleitet vom Hurra aus zehntausenden Kehlen. Hier also fahre ich und atme und trete in die Pedale und bin ganz ich und niemand sonst.

Ich schließe das Rad an ein Geländer und schaue zu den beiden Hochhaustürmen hinauf.

Unten im Foyer empfängt mich ein Kollege in Uniform. Er kommt sofort auf mich zu und sagt, dass er den Auftrag hat, mich in die elfte Etage zu begleiten. Wir fahren nach oben. Im gleichen Aufzug, in dem man gestern den toten Jakub Lelek transportiert hat.

Franz steht in der Tür zu einem der Apartments. »Ist ja schneller als gedacht. Komm rein.«

Der Raum, den wir betreten, ähnelt denen von Lelek und seinem Kommilitonen. Aber es ist unschwer zu erkennen, dass hier jemand lebt, der offenbar nicht nur in dem Zimmer wohnt oder hier seinen Studienkram aufbewahrt. Die Wände sind mit technischen Zeichnungen vollgehängt. Außerdem sind da überall Fotos angepinnt, darunter sind Zahlen auf

Tesakrepp gemalt und angeklebt. Die Fotos sind offenbar Momentaufnahmen, keine Porträts. Manche der Bilder sind verwackelt oder unscharf. Auf einige sind Namen geschrieben, wieder andere sind mit Edding durchgestrichen. An der Wand gegenüber hängen Zettel mit langen Zahlenreihen.

Franz fährt den Computer hoch. Gleichzeitig leuchten vier Bildschirme auf. Bilder sind zu sehen. Es sind die Abbildungen von Abschnitten der Flure in verschiedenen Etagen. In einem der Flure macht sich gerade eine junge Frau an der Tür zu einem der kleinen Apartments zu schaffen. Wenig später hat sie offenbar die Tür aufgeschlossen und ist im Raum verschwunden.

»Heißt das, hier überwacht jemand das ganze Wohnheim?«, frage ich verblüfft und sehe mich weiter im Zimmer um.

»Wahrscheinlich. Hier ist jedenfalls jemand dabei, sich einen Überblick zu verschaffen. Er hat die Namen der Bewohner von der vierten bis zur zehnten Etage nahezu komplett. Die meisten sogar mit einem Foto. Wir haben das schon kontrolliert, die Kameras sind sehr geschickt in den Fluren angebracht. Man kann sie kaum erkennen. Sehr klein und gut versteckt.«

»Und wer wohnt hier?«

»Ein gewisser Samuel Kaseler, stammt aus Österreich. Die Nebenbewohner sagen, dass man ihn kaum trifft, dass er ein Einzelgänger ist und mit niemandem redet.«

»Und wie seid ihr auf dieses Apartment gekommen?«

»Na, du bist gut. Wir sollten doch alle Apartments wegen der Tatwaffe durchsuchen. Das hat gedauert. Wir haben inzwischen achtundneunzig Prozent der Zimmer gesehen. In beiden Gebäuden. Hier haben die Kollegen mehrfach geklopft. Keiner da. Deshalb haben wir schließlich geöffnet. Und nun das!«

»Gut, und wo hält sich dieser Kaseler auf?«

»Keine Ahnung. Es heißt, er sei seit einigen Tagen nicht mehr gesehen worden. Interessant ist jedenfalls das hier …«

Franz tippt auf ein Foto, das ich bisher noch nicht bemerkt habe. Es zeigt Jakub Lelek. Er trägt eine große Sporttasche. Das Bild ist unscharf, aber es reicht aus, den jungen Mann zu erkennen. Das Foto daneben zeigt Johanna Bäumer. Niklas Grossarth ist nur mit seinem Namen vermerkt. Ich frage mich, was dieser Kaseler mit seiner Überwachung bezweckt. Ein enormer Aufwand, eine Menge Kosten – mit welchem Ziel? Aber vielleicht handelt er auch im Auftrag, im Auftrag der Verwaltung des Wohnheims zum Beispiel, und prüft stichprobenartig, ob die Apartments tatsächlich von den Mietern genutzt werden oder ob andere Personen hier übernachten, ohne Miete zu zahlen. Oder ob die Bewohner vielleicht gar Schlafplätze untervermieten. Das wäre zumindest nachvollziehbar. Oder aber es handelt sich bei Kaseler um den beschriebenen Einbrecher. Er beobachtet das Kommen und Gehen und schlägt zu, wenn die Etage leer oder weitestgehend leer ist. Er kennt die einzelnen Bewohner vom Foto her und weiß, wer wann das Haus verlässt, wann damit zu rechnen ist, dass er zurückkommt.

»Oder aber«, sagt Franz, als hätte er meine Gedanken gelesen, »es geht dem Typen um Macht. Er hat sie alle im Blick. Er übt Kontrolle aus. Er weiß Bescheid über die anderen. Vielleicht ist er auch von panischer Angst besessen. Er muss sehen, was die anderen tun, weil er glaubt, dass Leute darunter sind, die ihm etwas tun wollen.«

»Du meinst, ein Psychopath?«

»Na ja, so in der Art.«

»Schon möglich. Bleibt die Frage, ob uns dieser Kaseler etwas zum Tod von Jakub Lelek sagen kann.«

»Oder ob er vielleicht der Mörder ist.« Franz zögert. Er hat offenbar wieder einen seiner vermeintlich genialen Einfälle, die meistens Unsinn sind, dann aber doch das eine oder andere Mal geholfen haben, die Dinge vorwärtszubringen. Leider hat Franz die Angewohnheit, in solchen Situationen erst mal abzuwarten und damit die Spannung zu erhöhen, bis er mit der Sprache rausrückt, und ganz sicher will er damit erreichen, dass ich von ihm und seinen genialen Gedanken beeindruckt bin. Deshalb schaut er mich nach einer Weile mit weit aufgerissenen Augen an und sagt: »Wenn dieser Kaseler sich wirklich bedroht fühlt, und nehmen wir an, dass Lelek ihm auf die Schliche gekommen ist, zum Beispiel, indem er eine der Kameras bemerkt hat, dann wäre er doch ins Visier von Kaseler geraten.«

»Vorausgesetzt wir haben es wirklich mit einem Psychopathen zu tun. Aber ich muss dich enttäuschen. Wir wissen von der Obduktion, dass Lelek mit sehr hoher Wahrscheinlichkeit von zwei Leuten umgebracht worden ist. Einer hat ihn festgehalten und ein anderer hat zugestochen. Ein psychisch gestörter Mensch hat in aller Regel keinen Komplizen. Nein, mein Lieber, das ist ein Holzweg.«

Franz ist enttäuscht. Ich weiß, er mag solche Geschichten, wie er auch Verschwörungstheorien liebt, aber ich kann ihm nicht ersparen, auf den Boden der Realität zurückzukehren.

»Wir müssen diesen Kaseler ausfindig machen und befragen. Vielleicht gibt es ja auch eine ganz einfache Erklärung. Vielleicht hat er sich so ein paar Euro von der Verwaltung verdient. Hast du denn den Chef des Wohnheims dazu befragt?«

»Der weiß natürlich von nichts und kann sich nicht erklären, was es mit dieser Überwachung auf sich hat. Nein, der weiß entweder wirklich nichts oder er will in der Sache nicht kooperieren. Wie er ja überhaupt nicht gerade um Zusammenarbeit bemüht ist.«

»Gut. Wir sperren den Raum, bis wir eine nachvollziehbare Erklärung haben, was das Ganze soll.«

Franz nickt. In diesem Augenblick fällt mir ein, dass es ja schon verdammt spät ist und dass Franz noch immer hier ist und nicht zu Hause, und ich habe wieder das unbestimmte Gefühl, dass etwas mit ihm nicht stimmt. Als wir mit dem Aufzug nach unten fahren, sage ich: »Was macht deine Frau, dein Kind?«

»Alles in Ordnung«, sagt er rasch. Zu rasch, wie ich finde.

»Franz, du zeigst in diesem Fall totalen Einsatz, du bist von früh bis in die Nacht in Aktion.«

»Willst du damit etwas Bestimmtes sagen? War ich sonst weniger engagiert? Habe ich dich sonst im Stich gelassen? Es geht immerhin um einen Mord. Und wir wissen nicht, ob der Täter hier in diesem Bienenstock wohnt und auf ein nächstes Opfer lauert.«

»Glaubst du das wirklich? Ich meine, dass es ein Wiederholungstäter ist?«

»Solange wir kein Motiv haben ... Sagst du doch selbst immer. Wenn kein Motiv da ist, müssen wir vom Schlimmsten ausgehen. Und ehrlich gesagt, ich habe ein ziemlich komisches Gefühl bei der Sache.«

»Du bist bei der Idee mit dem Psychopathen. Natürlich, das kann sein. Aber ich meine jetzt mal dich, Franz. Du bist vor wenigen Wochen Vater geworden. Und du hast dich darauf gefreut. Gerade auch, weil es nicht leicht war für euch. Und nun, nun bist du hier, das meine ich.«

Franz wendet sich zur Tür. Ich habe den Eindruck, dass er sein Gesicht verbergen will. Wir sind im Erdgeschoss angelangt. Der Polizist, der mich vorhin begrüßt hat, ist in ein Gespräch mit dem Pförtner vertieft, der nun offenbar die gesamte Zeit eingesetzt ist und mit wachem Blick jeden, der das Haus betritt, entgegensieht.

Wir gehen nach draußen. Franz bleibt nach zehn Schritten abrupt stehen. Er dreht sich um, und ich kann sehen, dass es ihm schwerfällt zu reden.

»Ich kann dir nicht sagen, was los ist.« Er spricht leise, fast flüsternd. »Ja, ich habe mich gefreut, und die ersten Tage waren auch schön, irgendwie, aber ich habe bemerkt, dass meine Gefühle sich von Tag zu Tag verändert haben. Zu meiner Frau und auch zu dem Kind. Ich weiß nicht, warum. Sie sind mir beide fremd. Ich kann nichts dagegen machen, es ist, als würde ich zwei Menschen begegnen, die nichts mit mir zu tun haben. Die beiden sind ganz nah beieinander und ich stehe draußen.«

»Bist du eifersüchtig?«

»Nein, glaub ich nicht. Es ist in mir, verstehst du, in mir drin. Da ist es kalt. Ich fühle nichts, wenn ich das Kind im Arm halte.«

»Das klingt ziemlich beschissen«, sage ich, und plötzlich wird mir klar, dass das nicht erst in den letzten Tagen über Franz gekommen sein kann. Er war immer so eifrig, wenn es um die Schwangerschaft seiner Frau und die Geburt und das Kind ging. Er war ganz außer sich. Aber wahrscheinlich war das alles nur Fassade. Er wollte sich freuen und er wollte, dass alles toll ist. Und weil er das wollte, strengte er sich wahnsinnig an und bemerkte nicht, dass all dieses Bemühen nicht aus ihm selbst heraus kam, sondern dass er sich das vorspielte. So wie Franz generell gern etwas spielt, was nicht wirklich wahr ist. Das machen wahrscheinlich alle Menschen, mehr oder weniger, aber bei Franz hatte das schon immer eine besondere Qualität. »Franz«, sage ich, »ich werde dir da nicht helfen können. Aber ich glaube, da hast du wirklich ein ernstes Problem.«

»Ja, wahrscheinlich. Na, ich geh dann mal. Leg mich paar Stunden aufs Ohr. Ich geb noch diesen Kaseler zur Fahndung raus und morgen sehen wir weiter. Alles klar?«

»Ja.«

Er will schon gehen. »Franz, wie kriegen wir raus, wie der Börsenverlauf in der Nacht war, als Lelek umgebracht wurde?«

»Keine Ahnung. Aber ich werde das rauskriegen.«

Er geht hinüber zum Parkplatz. Ich sehe ihm nach und denke, dass ich nicht in seiner Haut stecken möchte.

Mit dem Fahrrad bin ich zehn Minuten später zu Hause. Im Flur brennt Licht. Die Tür zum Schlafzimmer ist einen Spalt offen. Ich schaue in das Zimmer. Eine kleine, funzelige Nachttischlampe brennt. Kerstin schläft schon.

Es ist wie immer schwer, zur Ruhe zu kommen. Franz geht mir im Kopf herum, und ich stelle mir vor, wie er jetzt zu Hause versucht, den glücklichen Vater zu spielen. Aber vielleicht schlafen Frau und Kind ja auch schon. Mir wird plötzlich klar, dass es mir im Verhältnis zu ihm sehr gut geht. Vielleicht, so denke ich, ist ja die Liebe zu mir und Kerstin zurückgekehrt. Ich hoffe es jedenfalls. Ich hoffe es sehr.

In der Nacht träume ich von großen Puppen, so riesig, dass sie ohne Mühe an den Hauswänden hinaufklettern können und von Haus zu Haus über die Dächer steigen. Sie können Autos wie Spielzeug in die Hände nehmen und Bäume wie Löwenzahn ausreißen. Es sind drei Puppen. Männlich, mit eng sitzenden Kleidern. Und dann sehe ich es genau, sie tragen Uniformen. Ja, genau, es sind Soldaten. Sie gehen über die Dächer und beobachten die Menschen, die ängstlich, ja entsetzt zu ihnen nach oben blicken und schnell in Deckung gehen. Das ist auch dringend nötig, denn sobald einer der Puppensoldaten einen Menschen geortet hat, legt er ein Maschinengewehr auf ihn an, und schon hallen Schüsse durch die Straßen. Dreck wirbelt auf, Steine fliegen gegen die Hausmauern und Fenster, sodass Glas zerspringt und auf die Straße fällt. Und dann bemerke ich, dass ich selbst unter den Menschen bin, die fliehen und sich verstecken. Ich höre Geschrei und das Jammern von Verwundeten. Jemand ruft nach einem Arzt und nach Sanitätern. Ist das Krieg, fragt eine junge Frau mit einem Kind an der Hand. Über uns taucht das Gesicht einer der Puppen auf. Riesige Augen starren uns an. Das Gesicht ist starr und kantig und böse. Und dann öffnet sich der Mund, der wie eine Ofenklappe aussieht. Wir suchen diesen Lelek, sagt der Mund, wo ist dieser Lelek?

XI.

Ich erlebe alles noch einmal. Die Schnappatmung, die Hitze, die sich in meinem Körper ausbreitet, das Gefühl, den Boden unter den Füßen zu verlieren. Vielleicht wollte ich mich selbst quälen? Ich bin in Mircos Wohnung in der Lehnbachstraße gegangen. Ich dachte, das ist was anderes, weil es für meinen Bruder ist und nicht für mich. Das geht schon, das machst du einfach.

Aber es ging nicht. Ich konnte zwar hingehen, einen Fuß vor den anderen setzen, aber als ich in die Straße eingebogen bin, wusste ich, dass es keine gute Idee war. Ich konnte Mirco nicht in die Augen sehen. Dieser Besuch hat alles wieder aufgerissen, was ich gerade notdürftig zu flicken versucht hatte. Und seitdem ich zurück auf der Straße bin, ist es genauso wie in der Nacht, als ich aus dem Wohnheim raus bin.

Ich laufe die Stralauer Allee entlang, aber in meinen Gedanken stehe ich über seinem Körper, der leblos am Boden liegt. Ich versinke in diesen Bildern wie in einem Alptraum. Wieder überkommt mich ein Gefühl totaler Verzweiflung.

Ich betrete die Elsenbrücke. Eine Windböe weht die Kapuze von meinem Kopf. Beim Blick auf das dunkle Wasser der Spree verspüre ich den Drang, mich hinunterzustürzen, auf den kalten Grund des Flusses zu sinken und nie wieder aufzutauchen. Aber ich laufe weiter und warte darauf, dass mich der Schlag trifft oder etwas in meinem Kopf reißt und ich mich an nichts mehr erinnern kann. Ich möchte laut schreien, aber ich kann es nicht. Das Schlimmste ist: Ich weiß, dass ich es ertragen kann, dass ich nicht wahnsinnig werde. Ich habe kein Talent dazu und ich spüre eine zutiefst egoistische Regung in mir: die Angst vor dem Gefängnis. Sei ehrlich, sage ich mir, wenn du den Bildern, die du immer wieder vor dir siehst, auf den Grund gehst, dann stößt du nicht auf Reue und Scham, sondern nur auf die Angst um dein eigenes Leben. Mach dir keine Hoffnung, du wirst nicht verrückt. Du wirst bei vollem Bewusstsein bleiben, egal wie sie dich behandeln. Du musst die Schnauze halten, so sehr es dich auch quält, du darfst dich nicht offenbaren. Du musst die Erinnerung wegschließen, dorthin, wo sie niemand finden kann, für immer.

Hast du eben irgendetwas an Mirco wahrgenommen, eine besondere Regung in seinem Gesicht vielleicht? Hat er dich anders angesehen als sonst? Ich denke darüber nach, aber finde keine Auffälligkeiten. Es war alles ganz normal. Da waren dieselben Leute, die immer bei ihm abhängen, es lief der schlechte, viel zu laute Hip-Hop, den sie ständig hören und auch die dummen Sprüche, der infantile Humor und das hohle Gelaber über irgendwelche Kleinkriminellen aus dem Kiez, die allgemein bewundert werden, unterschieden sich nicht von meinen vorherigen Besuchen. Mirco hat sich mir gegenüber verhalten wie immer. Er hat mir einen sehr guten Preis auf Kommissionsbasis gemacht, obwohl ich das Dreckszeug, das er mir zuerst andrehen wollte, nicht genommen habe. Ich hab ihm gesagt, dass ich damit nichts zu tun haben will, und er hat es akzeptiert.

Ich lasse den Blick über die beiden Treptowers der Allianz wandern. Ein Fahrradfahrer zieht in hohem Tempo auf dem Bürgersteig an mir vorbei. Ich laufe weiter, nehme die Stufen zum S-Bahnhof Treptower Park. Im Park bin ich mit Örtel verabredet, aber in der Unterführung sind plötzlich überall Bullen. Mein Atem setzt aus. Jetzt haben sie dich, jetzt sperren sie dich für lange Zeit weg. Vier Polizisten steuern direkt auf mich zu, von der Treppe zu den Gleisen kommen noch mal zwei. Ich bleibe stehen und starre sie an. Ich weiß nicht, wie ich mich verhalten soll. Die Angst fährt mir in den Körper wie ein Hexenschuss. Als sie schon ganz nah sind, ziehe ich mein Smartphone aus der Jackentasche und hebe die Tastensperre auf. Schweiß läuft mir über die Stirn. Ich blicke nicht auf, in der vagen Hoffnung, dass nichts passiert, aber ich erwarte den Zugriff. In Gedanken zähle ich wie ein Kind beim Versteckspielen: eins, zwei, drei ... Die Polizisten gehen plaudernd an mir vorbei, weiter zum Mannschaftswagen, der direkt an der Straße steht.

Für einen Moment fühle ich mich einfach nur erleichtert und denke: Bis hierhin ist alles gut gegangen. Dann fällt mir wieder ein, weswegen ich eigentlich hergekommen bin. Fünfzig Pillen in einem Tütchen in der Jackentasche. Gute Pillen mit Sternaufdruck und einem garantiert hohen MDMA-Gehalt. Örtel wird zufrieden sein.

XII.

Kiesewetter ruft an. Es ist noch früh am Morgen. Ich trinke gerade meinen Kaffee. Kerstin kommt in die Küche. Sie frühstückt nie, jedenfalls in der Woche nicht. Sie ist viel zu hektisch. Wuselt von da nach da, gibt mir einen flüchtigen Kuss auf die Stirn, murmelt etwas von »Komm nicht so spät«. Ich sehe, wie sie ihr Fahrrad vom Haken nimmt, die Tür kracht zu. Währenddessen höre ich Kiesewetter reden. Der ist auch aufgeregt und ich ahne, wohin das führen wird. Schließlich lässt er die Katze aus dem Sack: Pressekonferenz. »Es ließ sich nicht verhindern«, sagt er mit großem Bedauern, weil er wahrscheinlich nichts mehr hasst als diese Art von Öffentlichkeitsarbeit. Und ich bin mir sicher, dass er mir gleich sagen wird, dass ich auf jeden Fall dabei sein soll. Es klingt wie ein Vorschlag, doch er meint das als eine Art Befehl.

»Aber wir haben nichts. Wir blamieren uns. Außerdem, warum denn gleich wieder die Presse, können Sie denen nicht sagen, dass wir uns melden, wenn wir was zu berichten haben?«

»Martaler, Sie wissen genau, dass es immer auch darum geht, uns vorzuführen. Das macht denen Spaß, dass wir so dastehen, wie wir dastehen. Keine Ergebnisse, das passt denen doch ins Bild!«

»Bild ist gut. Ich wette, es gibt danach zwei Überschriften: ›Studentenwohnheim in Todesangst‹ und ›Puppenspieler Opfer seiner Puppen?‹ Oder so ähnlich.«

»Der Tote ist ein Ausländer! Deshalb der Rummel. Wo waren Sie eigentlich gestern Abend, sie hatten das Handy aus!«

Ich schaue rasch auf mein Display und sehe, dass er tatsächlich mehrfach versucht hat, mich anzurufen. Wieso ist mir das gestern Abend nicht aufgefallen?

»Im Theater.«

»Im Theater? Angesichts der Lage, in der wir uns befinden?!«

»Ja. Es war ein Puppenspiel.«

»Ein Puppenspiel? Ach so, ja. Ich verstehe. Also gut, um neun Uhr, seien Sie pünktlich, ja?« Es knackt. Ich habe absolut keine Lust, jetzt mit Presseleuten zu reden, und rufe Franz an. Frage, ob es schon irgendeinen Hinweis auf diesen Kaseler und sein ominöses Überwachungszimmer gibt. Franz wirkt kühl und aufgeräumt. Nein, nichts.

Ich überlege, was ich nachher vor der Presse sagen könnte. Dass es harte Auseinandersetzungen um die künstlerische Hoheit an der Hochschule gegeben hat? Dass Jakub Lelek sich mit jedem anlegte, der ihm in dieser Hinsicht in die Quere kam? Dass wir von einer Beziehungstat ausgehen? Irgendetwas mit Liebe und Eifersucht? Aber wer war eigentlich eifersüchtig auf wen? Der Freund des schwulen Professors? Ging es darum, wer Panzlaff am nächsten kommen durfte? Liebt jemand Johanna Bäumer und hat Lelek deshalb aus dem Weg geschafft? Oder war alles ganz anders und der große Unbekannte in diesem Wohnheim war der Täter? Die Puppenspielergruppe plante den Mord als Rache? Aber warum? Was hatte Lelek ihnen getan? Eine wichtige Idee gestohlen? Sie verraten? Stand er ihnen im Wege? Aber reichte das aus, ihn zu ermorden? Unvorstellbar. Aber was weiß ich schon von Künstlern?

Mir fallen meine Träume wieder ein. Wann hatte ich das letzte Mal einen solch kraftvollen, gewalttätigen Traum? Ich sehe jetzt noch das riesige Gesicht der Puppe, wie es zu mir herunter starrt und fragt, wo Lelek ist. Ich höre noch die hackenden Geräusche der Maschinengewehre und das Knallen der Einschläge ins Mauerwerk. War das ein Ausdruck jener Kraft, die Künstler entwickeln können?

Aber vielleicht ist auch etwas ganz anderes geschehen, etwas, das ich bislang noch nicht wahrgenommen habe. Vielleicht gibt es da ein Geheimnis unter diesen Leuten, über das sie schweigen, weil es so ungeheuerlich ist, dass man es nicht aussprechen kann. Es wird mir nichts übrig bleiben, als erneut mit allen zu sprechen. Mit den Professoren und den Studenten und den Bewohnern des Wohnheims. Und mit diesem seltsamen Geschäftspartner von Lelek, der ihm beim Kauf dieses Gebäudes für sein Theater behilflich sein wollte.

Mir fällt ein, dass ich mir dieses Haus noch nicht genauer angesehen habe. Vielleicht bringt das nichts, aber ich muss mir einen Eindruck verschaffen. Und ich muss auch den Blick erweitern auf die Vergangenheit von Jakub Lelek. Wer war er, als er hierher kam? Was hat ihn dazu bewogen, ausgerechnet in Berlin Puppentheater zu studieren? Vielleicht ist er kein unbeschriebenes Blatt in seiner Heimat?

Wenig später sitze ich im großen Beratungsraum in der Dienststelle und schaue zu, wie Presse- und Rundfunkleute sich im Raum positionieren. Franz rückt sich einen Stuhl an den Tisch, er hat einen müden, geradezu teilnahmslosen Blick. Kiesewetter hockt neben mir und kramt in einem Stapel von Papieren. Drei Stapel sind es, um genau zu sein. Auch so ein Tick von ihm. Er glaubt, dass viel Papier den Eindruck von Emsigkeit und Wissen vermittelt. Wenn er dann redet, hebt er gerne das eine oder andere Blatt hoch, schaut mit vorgeschobener Brille darauf, als würde er noch einmal kontrollieren, dass er die richtigen Informationen weitergibt. Dann erinnert er mich immer an diesen Schabowski, der im November '89 die Öffnung der Grenzen der DDR verkündete, so nach dem Motto: »Also, soweit ich das jetzt weiß, ähm, soll das sofort, also umgehend, in Kraft treten.« Woraufhin sich bekanntlich die ersten hundert Leute in Richtung Bornholmer Straße in Gang setzten, an der dann nach wenigen Minuten einige tausend standen. Kiesewetter redet ganz ähnlich. Auch jetzt.

»Die Ermittlungen richten sich, ähm, insbesondere auf das direkte Umfeld des zu Tode gebrachten Jakub, ähm, Lelek. Es gibt bislang keine Verdächtigen, die ganz direkt in Bezug auf die Tat zu sehen sind.« Er legt ein Papier zur Seite, schaut auf ein weiteres, liest.

Ich weiß natürlich, dass die Leute das merken: Er weiß nichts, er kann nichts sagen. Aber bei dieser sogenannten Pressekonferenz geht es mir ganz ähnlich. Deshalb verkünde ich lediglich, dass es einfach zu früh ist. Die Ermittlungen seien im vollen Gange.

Einer der Journalisten meldet sich. Er heißt Phillip Esche und schreibt für alle möglichen Zeitungen, auch für die Bild. Aber er hat mich noch nie reingerissen, im Gegenteil. Wir haben unausgesprochen eine Art Vereinbarung: Ich beliefere ihn mit Informationen, und er lässt mich in Ruhe meine Arbeit machen. Es geht dabei nicht um Geheimnisse. Er erfährt als Erster, was alle anderen zwei, drei Stunden später auch erfahren werden. Ich nicke ihm zu. Esche sagt: »Herr Martaler, Sie haben gestern Abend ein Theaterstück besucht. Warum? Haben Sie Antwort auf die Frage gefunden: Wer war Jakub Lelek?«

»Waren Sie auch in der Aufführung?«, frage ich zurück. Esche lächelt und nickt. Seine Kollegen schauen gespannt mal auf ihn, mal auf mich.

»Dieses Puppenspiel und überhaupt diese gesamte Szene verleitet dazu, den konkreten Mordfall mit einer gewissen Mystik zu verknüpfen. Vielleicht fühlt sich ja jemand, der ein Theaterkünstler ist, tatsächlich wie ein König der Träume. Aber das wird uns bei der Aufklärung des Falls nicht wirklich weiterhelfen. Um auf Ihre Frage zu antworten, nein, ich habe im Prinzip keine neuen Erkenntnisse gewonnen. Obwohl mich ehrlich gesagt schon verwundert hat, dass Leleks Kommilitonen am Tag nach seinem Tod in der Lage sind, ein solches Stück aufzuführen.«

Der Journalist nickt noch einmal. Ich kann in seinen Augen sehen, dass er mit meiner Antwort nicht zufrieden ist, und ich sehe auch, dass er selbst eine Idee zu haben scheint. Die wird er in dieser Runde allerdings nicht zum Besten geben, ganz einfach, weil sich die ganze Meute dann gegebenenfalls darauf stürzen würde. Ich nehme mir vor, Esche im Anschluss an die Pressekonferenz abzupassen. Wir werden es wie immer machen. Uns rein zufällig sehen und locker ins Gespräch kommen.

Es folgen die üblichen Geplänkel. Man wirft uns vor, dass wir nicht schnell genug sind, dass wir wahrscheinlich wichtige Spuren übersehen und nach zwei Tagen immer noch keine heiße Spur haben. Es bleibt also nichts übrig, als eine Art Nebelkerze zu werfen. Ich erzähle von dem Unbekannten, der im Studentenwohnheim Einbrüche verübt. Es gäbe da eine Person, die nachts in die Apartments der Bewohner eindringt, wenn die Leute nicht anwesend sind. Aber es sei nicht auszuschließen, dass der Täter sich im Falle von Jakub Lelek geirrt habe. Ich weiß, was die Boulevardzeitungen daraus machen werden. »Phantom im Hochhaus« oder »Der Schattenmann im Studentenheim«. Dazu entsprechende Fotomontagen. Das ist dann wirklich Mystik und wird den Ärger des Betreibers noch steigern. Die Kollegen der schreibenden Zunft notieren emsig, fragen nach Phantombildern oder weiteren Informationen. In aller Ruhe präsentiere ich die drei Zeichnungen, die wir nach Hinweisen von Studenten angefertigt haben. Sie haben angebissen. Sie haben ihre Schlagzeilen.

Phillip Esche steht tatsächlich neben dem Eingang unserer Dienststelle und raucht, als ich herauskomme. Ich reiche ihm kurz die Hand. Er stößt eine lange Rauchwolke aus. »Seltsamer Fall«, sagt er, »ich werde einfach nicht schlau aus diesen Künstlern. Sie lieben sich und sie hassen sich.« Er zieht ein dunkelgrünes Briefkuvert aus der Tasche und reicht es mir. Ich lasse es umgehend in meiner Jackentasche verschwinden. Esche räuspert sich. »Ich habe den Eindruck, die spielen uns allen was vor und im Kern geht es um ganz etwas anderes. Verstehen Sie? Wir sind so etwas wie die Puppen und die schieben uns hin und her. Wir denken, wir handeln, aber wir handeln nur, wie die sich das vorstellen.«

»Und wie heißt das Stück?«, frage ich.

Er zuckt mit den Schultern. »Ich weiß es nicht. Sobald ich eine Idee habe, werde ich mich melden.« Er tritt seine Kippe aus und macht sich auf den Weg.

In meinem Büro ziehe ich den Umschlag aus der Tasche. Es sind drei Fotos darin. Zwei Menschen liegen sich in den Armen. Erst weiß ich nicht, wer die beiden sind, aber das nächste Foto zeigt die Gesichter. Es sind Galina Stoffenberg und Johanna Bäumer. Und ich erkenne im Gesicht von Johanna Bäumer etwas wie Glück. Sie lächelt. Und auch Galina blickt zufrieden lächelnd vor sich hin. Es liegt so viel Vertrautheit und Nähe in dem Bild, dass ich mich frage, wie das sein kann. Offenbar sind die Bilder vor oder nach der Aufführung des Puppenspiels gemacht worden. Ich wundere mich, dass ich Johanna Bäumer dort nicht bemerkt habe.

Franz betritt den Raum. Er lässt sich auf seinen Schreibtischstuhl fallen und atmet tief aus. »Ich denke, wir sollten tatsächlich mal etwas tiefer bohren«, sagt er dann. »Wer war Lelek? Der ist ja nicht als Puppenspieler auf die Welt gekommen. Was war er vorher?«

»Meinst Du, wir müssten in Pilsen nachforschen?«

«Wir kommen nicht weiter. Ich habe weder bei Grossarth ein gutes Gefühl noch bei der Bäumer.«

»Wie meinst du das?«

»Die finden den toten Lelek und rufen uns an. Beide haben doch eigentlich kein Alibi.«

»Ach, komm! Als würde nur ein Alibi Klärung bringen. Und wie viele Alibis waren am Ende doch nur Verabredungen oder Erfindungen. Ich habe mit ihnen geredet. Sie sind beide seltsam, das stimmt, aber ich sehe kein Motiv, und das ist das Problem!«

Franz winkt ab. Er wirkt müde und irgendwie ziemlich neben der Spur. Dabei weiß ich, dass er recht hat. Aber nur recht haben heißt ja nichts.

Ein Kollege schaut zur Tür herein. »Da sind ein Herr Panzlaff und ein Herr Donner. Ich habe sie im Nebenraum geparkt.« Er sieht erst Franz und dann mich an.

»Deine Kundschaft«, sagt Franz und fügt noch hinzu: »Ich habe übrigens bei der Börse angerufen. Der Verlauf …« Ich verstehe nicht. Franz verdreht die Augen und redet weiter: »Du wolltest wissen, wie der Kursverlauf war in der Nacht, als Lelek starb. Die Negativwerte der Rohstoffbörse waren das Problem.«

»Bauxit?«, frage ich.

»Richtig! Und warum wolltest du das wissen?«

»Mario Ramtun. Er ist ein Börsenfanatiker. Der sagt, er hätte die Nacht vor den Bildschirmen gesessen. Das ist kein wasserdichtes Alibi, aber immerhin.«

Die beiden stehen dicht beieinander. Panzlaff setzt ein bemühtes Lächeln auf.

»Guten Tag, Herr Kommissar. Ich hätte mich gemeldet, wenn mir noch etwas eingefallen wäre. Aber vielleicht haben Sie ja noch Fragen? Ähm, wenn ich vorstellen darf, das ist Alexis Donner, ein Mitbewohner.«

»Guten Tag, Herr Donner«, sage ich, ohne auf das Gerede von Panzlaff einzugehen. Der junge Mann hat breite Schultern, ist sehr groß und sein Gesicht erinnert mich an das eines Indianers. Klare, kantige Konturen, große, wache Augen, hohe Wangenknochen und eine wunderbar hellbraun getönte Haut. Dazu schwarzes, langes Haar, das seidig und doch in kräftigen Strähnen das Gesicht umrahmt. Einen Augenblick lang überlege ich, ob der Mann Mexikaner oder wenigstens Spanier sein könnte, obwohl er Alexis Donner heißt. Aber als er meinen Gruß erwidert, zeigt sich, dass er eher aus dieser Gegend stammt.

»Kommen Sie. Wir gehen in den zweiten Vernehmungsraum.«

Donner ist verwundert. »Wieso, ich habe keine Geheimnisse vor Herrn Panzlaff.«

Der Professor nickt ihm zu. »Geh nur, ich komme alleine klar«, sagt er und lächelt aufmunternd.

Ich fordere den Mann auf, Platz zu nehmen. Er tut es widerwillig. »Können Sie mir Ihr Verhältnis zu Jakub Lelek beschreiben?«, fange ich an und setze mich Donner gegenüber. Versuche, Blickkontakt zu halten, doch die Augen des anderen richten sich auf die Tischplatte, die uns trennt.

»Ich kenne Jakub Lelek kaum. Ich habe ihn drei oder vier Mal getroffen. Ich weiß, dass er Puppenspieler ist, dass er Schauspiel studiert, hier in Berlin.«

»Ja, das weiß ich auch. Ich fragte nach Ihrem Verhältnis zu ihm.«

»Na ja, und ich sagte bereits, dass ich ihn kaum kenne.«

»Sie haben ein Verhältnis mit Herrn Panzlaff?«

»Mit Herrn Professor Panzlaff! So viel Zeit muss sein! Und ja, wir haben ein Verhältnis.«

So viel Abwehr hatte ich nicht erwartet. Aber bekanntlich ist Abwehr ein gutes Zeichen. Die Wahrscheinlichkeit wächst, dass es etwas gibt, das es gilt herauszufinden. »Seit wann?«

»Wir sind seit zwei Jahren zusammen. Was hat das mit Ihrem Fall zu tun?«

»Nun, ich überlege ganz einfach, ob Ihnen Jakub Leleks häufige Anwesenheit vielleicht auf die Nerven gegangen ist. Lelek hat für den Professor gearbeitet, die beiden waren oft zusammen. Und Lelek war ein attraktiver junger Mann, so wie Sie.«

»Aber er war nicht schwul.«

»Wieso sind Sie da so sicher?«

»Das spürt man. Das sollten Sie als erfahrener Polizist wissen.«

»Ich bin mir da nicht so sicher. Zumal wenn es um die Gunst eines für die Karriere wichtigen Menschen geht. Ich habe gehört, dass der Professor von vielen Studenten hofiert wurde. Dass es wichtig war, in seiner Gunst zu stehen. Dass davon Anerkennung, Protektion, später vielleicht gar Engagements an wichtigen Bühnen abhängen, ganz zu schweigen vom möglichen Erfolg bei Projektanträgen, wo es um Geld und eben auch um Prestige geht. Glauben Sie nicht, dass da Menschen zu Dingen bereit sind, die sie selbst kaum für möglich gehalten hätten?«

»Das weiß ich nicht. Möglich. Aber Lelek war kein solcher Mensch. Das war ein Streiter, einer, der um etwas kämpft und sich nicht beugt und kriecht.«

»Dann kennen Sie ihn also doch recht gut?«

»So wie man Menschen eben kennen kann, wenn man sich mit ihnen unterhält, wenn man genau hinschaut, zum Beispiel wenn es Konflikte gibt. Außerdem haben der Herr Professor und ich ab und zu auch über die Studierenden gesprochen. Herr Professor Panzlaff hatte eine hohe Meinung von Lelek.«

»Und Randolf Kramp?«

»Das ist ein gänzlich anderer Mensch. Aber das werden Sie sicher auch schon erfahren haben. Ich gehe davon aus, dass seine Überheblichkeit echt ist. Er stammt aus wohlhabenden Verhältnissen. Die Eltern besitzen eine ganze Reihe Häuser in der Schweiz und zwei Hotels auf Sardinien, sagt man. Für mich ist Randolf Kramp ein unangenehmer Mensch, der keinen außer sich selbst gelten lässt. Leider ist er, wie der Herr Professor sagt, sehr begabt, was die Schauspielkunst anbetrifft.«

»Was studieren Sie?«

»Philosophie und Literatur, deutsche Literatur. Brotlos, wie meine Mutter sagt.«

»Wo waren Sie am Abend, als Jakub Lelek starb?

»Ich bin bis zum Schluss auf dem Treffen bei Herrn Professor Panzlaff geblieben.«

»Wer kann das bezeugen?«

»Der Herr Professor. Zwei, drei andere Gäste. Also jene, die ebenfalls bis zum Ende blieben.«

Ich frage nach den Namen. Frage auch, ob es nicht möglich gewesen sei, dass er sich zwischendurch von der Veranstaltung hätte entfernen können. Das hätte er sicher, erwidert Donner, aber das sei nicht der Fall gewesen, und zur Not müsste ich eben alle Teilnehmerinnen und Teilnehmer der Fete befragen, mit denen er sich unterhalten habe.

»Und Leleks Rolle an diesem Abend?«, will ich wissen.

»Lelek hat das Treffen wie immer vorbereitet. Hat eingeladen, die Themen verschickt. Hat die Leute bei Laune gehalten.«

»Wie ist das zu verstehen?«

»Na, wenn neue Leute kamen, hat er sie vorgestellt, hat für Unterhaltung gesorgt.«

»Es gab Wein zu trinken und Bier?«

»Ja, warum?«

»Irgendwelchen Stoff?«

»Ach, wissen Sie, in Künstlerkreisen gibt es immer irgendwas.«

»Auch bei Lelek?«

»Sicher. Der hatte immer was dabei.«

»Hat er gedealt?«

»Nein. So würde ich das auf keinen Fall nennen. Manche haben was und geben es weiter. Das ist normal.«

»Wer, glauben Sie, hat Jakub Lelek umgebracht?«, frage ich ihn schließlich.

»Ich weiß es nicht«, antwortet er ruhig.

Ich sage Donner, dass er gehen kann. Er zuckt die Schultern. »Ich warte.«

»Warten, worauf?«

»Sie wollen doch sicher noch mit dem Herrn Professor reden.«

Als ich den Nebenraum betrete, habe ich das Gefühl, dass mir Panzlaffs Freund zwar einiges gesagt hat, aber eben doch nicht mit dem herausgerückt ist, worauf es ankommt. Professor Panzlaff sitzt noch immer auf dem Stuhl, auf dem er Platz genommen hatte, als ich ihn verlassen habe.

»Ich habe nur einige wenige Fragen, Herr Professor.«

Panzlaff schaut mich lächelnd an. »Nun, wie hat sich mein junger Freund geschlagen?«

»Herr Professor, das ist kein Unterricht hier. Es geht um Mord. Ich wiederhole mich vielleicht, aber ist Ihnen eine Idee gekommen, wer Jakub Lelek getötet hat?«

»Nein. Ich habe keine Ahnung.«

»Die Köpfe an Ihrer Wand ... Leleks Freund Grossarth hat mit mir darüber geredet. Er sagt, die wirkten so, als würden sie alles beobachten. Man habe ein seltsames Gefühl, wenn man unter ihnen steht.«

»Ja, da hat Herr Grossarth recht. Manchmal geht es mir auch so.«

»Haben Sie auch alles im Blick, Herr Professor?«

»Leider nicht.«

»Kann es sein, dass Ihre Studenten irgendeine Wette laufen hatten? Dass sie so was wie ein Puppenspiel untereinander spielten? Ein Spiel, bei dem es am Ende um Leben und Tod ging?«

»Sie werden sich wundern, aber das ist mir auch schon durch den Kopf gegangen ... Und dann ist ihnen die Sache entglitten. Das meinen Sie doch, oder?«

»Ja, so in etwa. So etwas wie ›Der Herr der Träume‹. Nur eben als eine Art internes Spiel.«

»Sie denken an Galina, hab ich recht? Hm, das Format, sich so etwas auszudenken, hat sie zweifelsohne. Aber ich glaube, dass sie Lelek mochte und dass sie ihn sehr achtete. Nun, um es rundweg zu sagen, ich kann mir ein solches Spiel zwar vorstellen, aber glauben, dass es zu einem Mord führt, kann ich nicht.«

»Noch etwas. Hat Lelek Rivalen in der Stadt gehabt, von denen wir bislang nichts wissen?«

»Sie spielen auf das Theater an. Auf sein Theater. Auch das ist denkbar. Aber bekannt ist mir nichts. In der Szene gab es jedenfalls keinen Aufschrei, als Leleks Idee bekannt wurde, eine eigene Bühne zu eröffnen. Eher gab es Skepsis.«

Einige Minuten später bin ich unterwegs in Richtung Holzmarktstraße. Vom Ostbahnhof gehe ich am Stralauer Platz vorbei bis zur Andreasstraße. Gegenüber liegen neue und renovierte große Gebäude, Hotels und Bürohäuser. Dahinter die Spree. Ich gelange zu der Brache, die vor Kurzem ein Investor erworben hat. Bislang ist es ein von bunt bemalten Holzzäunen umgrenztes Gelände, das an einen überdimensionalen Abenteuerspielplatz erinnert. Angeblich haben sich hier kleine, alternative Firmen versammelt, die sich in einer Art Genossenschaft den Namen Holzmarkt gegeben haben.

Die Holzmarktstraße hat ihren Namen tatsächlich von dem Markt, der hier lange Zeit den Berliner Holzhandel bestimmte. Meist wurden die Bauhölzer per Schiff angelandet und dann auf den großen Lagerflächen zum Kauf angeboten. Im neunzehnten und Anfang des zwanzigsten Jahrhunderts kamen die Baufirmen hierher, um Balken und Bretter für den Bau der wie Pilze aus dem Boden sprießenden Mietskasernen mit ihren Hinterhäusern und die unzähligen Fabriken zu kaufen. Mit Pferdefuhrwerken wurden die Kanthölzer und Dachsparren von hier bis nach Steglitz, in den Wedding und nach Reinickendorf gebracht. Von diesem regen Handel ist schon lange nichts mehr zu sehen. Auch deshalb, weil die Spree an dieser Stelle Grenzfluss war. Mitten durch Berlin verlief hier die Grenze zwischen Ost und West. Statt Lastkähnen mit Holz fuhren hier Patrouillenboote, und entlang der Holzmarktstraße verlief die sogenannte Hinterlandmauer, die den Grenzbereich, das Ufer der Spree auf der Ostseite, völlig unzugänglich machte. Es gab viel Platz hier, weil die Häuser in der Gegend im Krieg zerstört worden waren und nicht wieder aufgebaut wurden.

Platz gibt es bis heute. Die Straße ist breit wie eine Ausfallstraße. Der Verkehr reißt selten ab. Die Holzmarktstraße verbindet Mitte mit Treptow und Adlershof, führt hinaus in Richtung Flughafen und Autobahn. Aber es ist auch die Brache mitten in Berlin, die mich immer wieder beeindruckt. Welche Großstadt kann es sich leisten, so riesige Areale un-

bebaut zu lassen? Aber vielleicht ist es gut, nicht alles dem städtischen Wachstum zu opfern. Andererseits mutet es seltsam an, mit der S-Bahn in Richtung Alexanderplatz an so viel Ruinen und schäbigen Orten vorbeizufahren, dass man den Eindruck haben könnte, hier sei die Kulisse für einen Film aufgebaut, der die letzten Monate der NS-Diktatur zeigt. Den Krieg in seiner Apokalypse.
Die Krautstraße ist im Verhältnis zur Holzmarkt ein winziges Sträßlein unter der Brücke mit den vielen Bahngleisen, die an dieser Stelle bereits von Weichen auseinandergefächert auf die sieben Bahnsteige des Ostbahnhofs zulaufen. Zu DDR-Zeiten sollte es der Hauptbahnhof sein und für eine kurze Zeit hieß er auch so. Renoviert und mit neuem Glasdach versehen, sollte er dann eine Zeit lang sogar der Hauptbahnhof für ganz Berlin werden, denn der Bahnhof Zoologischer Garten im Westen der Stadt ist deutlich kleiner. Aber natürlich war die Bezeichnung Hauptbahnhof auch eine Anmaßung, das geteilte Berlin hatte keinen Ort, der sich irgendetwas mit Haupt nennen konnte, auch wenn die Politiker in West und in Ost sich das wünschten. Vielleicht hat man den dann neu gebauten großen Bahnhof auch deshalb so rasch angenommen, wie man in Berlin nichts sonst akzeptiert.

Unter den Gleisen hindurch, über die S-Bahnen und ICE oder Regionalzüge fahren, gelange ich an einen Zaun aus Stahlgeflecht. Dahinter ein unscheinbares, flaches, unfreundlich wirkendes Haus aus grauem Beton. Soll das wirklich das Gebäude sein, das Lelek als Puppentheater auserkoren hatte? Ich hatte mir ein Haus mit spitzem Dach, roten Ziegeln, großen Fenstern vorgestellt. Das hier hat den Charme eines Umspannwerks. Ich blicke mich um. In der Ferne sehe ich das leer stehende, aber imposant wirkende Gebäude direkt neben dem Ostbahnhof, daneben das große Kaufhaus.

Ich schiebe das Gittertor auf und stehe wenig später auf einem schmalen betonierten Weg. Langsam gehe ich auf das Haus zu. Hier ist nichts heimelig, nichts freundlich. Vielleicht gehörte das zum Konzept des Puppentheaters? Die Holzmarktstraße, der Bahnhof, das triste Gelände – dieser Ort, der im Krieg zerstört und der nie wirklich wieder zum Leben erweckt wurde. Ganz weit hinten sind die beiden Hochhaustürme vom Studentenwohnheim zu sehen, zu Fuß vielleicht zehn Minuten oder weniger entfernt.

Ich öffne die Tür zu dem grauen Gebäude. Muffiger Geruch schlägt mir entgegen. Wieso ist die Tür offen, schießt es mir durch den Kopf. Ich mache ein paar Schritte in das Halbdunkel. Durch die schmutziggrauen Fenster fällt Licht in den vorderen großen Raum. Hier stehen Tische und Stühle. Ungeordnet, als habe man sie rasch hier abgestellt. Nichts deutet darauf hin, dass hier einmal ein Puppentheater entstehen sollte. Ich gehe auf eine doppelflügelige Tür zu und drücke vorsichtig die Klinke herunter. Auch diese Tür ist nicht verschlossen. Ich öffne sie und sehe in den Raum dahinter. Einen Augenblick lang bleibe ich wie erstarrt stehen. Im Halbdunkel des großen Saales hängen Menschen. Fünf, sechs, sieben. Aufgehängt an der Decke, an großen eisernen Haken. Die Köpfe schräg gestellt, die Körper schlaff, als wären es strangulierte Menschen. Das Bild einer Massenhinrichtung. Doch dann schäme ich mich, auf diese Inszenierung hereingefallen zu sein. Natürlich sind es Puppen, beinahe lebensgroße Puppen. Ich trete näher an eine der Figuren heran. Versuche, in dem Dämmer ein Gesicht zu erkennen, und muss feststellen, dass es keine Gesichter gibt. Auch die nächste Puppe hat keine Augen, keinen Mund, keine Nase. Die Köpfe sind weiße, ausdruckslose ovale Holzkörper, die vielleicht einmal ein Gesicht bekommen sollten, jetzt aber ohne Physiognomie sind und deshalb bei näherer Betrachtung ihre Ähnlichkeit mit Menschen verlieren.

»Was machen Sie hier?«, fragt mich eine tiefe, hart klingende Stimme. Ich nehme schemenhaft eine Gestalt wahr, die zwischen den Figuren auf mich zu kommt. »Wer hat Sie geschickt?«

Die Person tritt vorsichtig näher, als erwarte sie einen Angriff.

»Mein Name ist Martaler«, sage ich betont ruhig.

»Ja, und? Das ist hier kein öffentliches Gebäude!«

Der Mann tritt nun doch dicht an mich heran. Er hat dichtes, strubbliges Haar; ich habe ihn nie zuvor gesehen. Er hat, das kann man selbst in dem Dämmer hier im Raum erkennen, scharf blickende, durchdringende Augen.

»Ziemlich makaber, dieses Bild«, sage ich und nicke in Richtung »Gehängte«.

»Was geht Sie das an?«, sagt der Mann. Ich ziehe meinen Polizeiausweis aus der Tasche. Er schaut sekundenlang darauf. »Und woher soll ich wissen, dass der echt ist?«, knurrt er.

»Er ist echt. Darf ich fragen, was Sie hier machen?«

»Ich verwalte das Gebäude. Sehe ab und zu nach dem Rechten. Ich muss Sie jetzt auffordern, das Gebäude zu verlassen.«

»Wer hat die Puppen hier angebracht?«

»Jemand will das Haus kaufen. Und wahrscheinlich hat er diese Dinger hier aufgehängt, um die Leute abzuschrecken, die hier illegal übernachten. Das passiert immer wieder. Die kommen von drüben, von der Spree, da ist so was wie ein illegales Lager. Ausländer und Obdachlose. Seitdem die Puppen hier hängen, sind die Scheiben ganz und die Türen auch. Wahrscheinlich schauen die hier rein, dann sehen sie das und machen, dass sie wegkommen. Tja.«

»Und wer will das Haus kaufen?«

Der Mann zuckt mit den Schultern. »Keine Ahnung. Irgendwelche Jungunternehmer. Es heißt, sie wollen hier eine Art Theater machen. Weiß nicht, wie die auf die Idee kommen. Hier ein Theater!«

»Kennen Sie die Leute?«

»Ich hab mal zwei gesehen. Die verhandeln mit dem Besitzer. Damit habe ich nichts zu tun.«

Ich weiß nicht, was mich dazu bringt, aber ich sage: »Einer der beiden ist ermordet worden.«

Der Mann starrt mich an. Er sagt nichts. Aber ich spüre, dass ihn die Nachricht irritiert hat. Er scharrt mit einem Fuß auf dem staubigen Betonboden. Dann wendet er sich um und geht zur Tür. Erst jetzt bemerke ich, dass er humpelt. Und dann ist er verschwunden, als wäre er nicht da gewesen. Er hat die Tür nur einen Spalt geöffnet und eine Sekunde später schließt sie sich.

Ich laufe ihm nach, doch auch im Vorraum ist er nicht. Ich gehe die fünf Meter zum Ausgang. Schiebe das Tor auf. Kühle Luft schlägt mir entgegen, und erst jetzt wird mir bewusst, wie widerlich es in dem Gebäude gerochen hat. Von dem Mann ist nichts zu sehen. Wie kann er so schnell verschwunden sein? Plötzlich höre ich einen dumpfen Ton. Metall schlägt auf Stein. Ich gehe auf den S-Bahnbogen zu. Ich bemerke, dass das Gebäude dicht an der Ziegelmauer des Viadukts steht. Aber es gibt einen Gang zwischen beiden Mauern. Oben donnert eine S-Bahn über die Gleise. Ich betrete den schmalen, düsteren Gang Vorsichtig tasten sich meine Füße weiter. Ich steige über einen Haufen Pflastersteine, die hier abgeladen wurden, und zwänge mich an einer Kabeltrommel vorbei, die zerbrochen an dem grauen Gebäude lehnt. Da erkenne ich eine Tür in der Hauswand. Sie steht offen. Und auch gegenüber ist eine. Ich drücke die Klinke herunter. Die Tür im Viadukt gibt nach, sie lässt sich erstaunlich leicht aufschieben, obwohl sie aus Eisen ist. Ich betrete den Raum. Wieder schlägt mir abgestandene, kalte und feuchte Luft entgegen, und doch hat sie hier einen anderen Geruch. Hier muss vor einiger Zeit geraucht und getrunken worden sein. Der Geruch einer Kneipe, die schon lange nicht mehr betrieben wird. Es ist dunkel da drin. Nur von der gegenüberliegenden Seite fällt fahles Licht durch hohe, kleine Fenster, aber dieses Licht lässt die Dinge nur schemenhaft erscheinen. Vorsichtig taste ich nach einem Lichtschalter.

»Sind Sie hier?«, frage ich in den Raum hinein und habe sofort das Gefühl, dass der Mann da sein muss. Meine Hand tastet weiter nach einem Lichtschalter, aber ich finde keinen. Ich ahne, dass es gegenüber noch eine Tür geben muss. Langsam gehe ich darauf zu. Stolpere über etwas, einen Stuhl oder Hocker, er poltert zur Seite. Schließlich erreiche ich die Wand gegenüber dem Eingang, durch den ich hereingekommen bin. Und plötzlich habe ich Angst. Ich lege die Hand auf meine Pistole, und gleichzeitig frage ich mich, wieso ich mich hier in Gefahr bringe. Niemand weiß, wo ich mich befinde. Niemand wird mich hier suchen. Ich taste die Wand ab. Und tatsächlich finde ich einen Schalter. Als ich ihn betätige, gehen gleichzeitig drei große, kugelige Lampen an.

Der Raum ist vollgestellt mit Tischen und Stühlen. Rechts von mir ein hoher Tresen, davor Hocker. Dunkelbraun gebeiztes Holz und eine tiefgrüne Polsterung. Auf dem Tresen stehen zwei Gläser, in einem steckt noch ein Strohhalm mit mattgelber Verzierung. Wahrscheinlich eine Zitrone aus gefaltetem Papier. Überhaupt sieht es hier aus, als würde ein Händeklatschen genügen und das Leben würde in diese Kneipe zurückkehren, Pärchen an den Tischen sitzen und reden und lachen, und da hinten, auf der freien Fläche, würde getanzt und junge Männer trügen die an der Bar georderten Getränke zu den Tischen. In dieses lebendige Bild dringen auf einmal dumpfe Töne, macht sich ein Vibrieren bemerkbar, beginnen die beiden Gläser auf dem Tresen leicht aneinanderzuschlagen, was ein leises Klirren erzeugt. Ein Zug fährt über der Kneipe auf den Ostbahnhof zu. Wahrscheinlich einer der ICE, die hier, aus dem Westen kommend, aus Frankfurt am Main oder Köln oder Düsseldorf, ihren Endpunkt erreichen. Eigentlich seltsam, dass es Menschen gibt, die diese Geräusche mögen. Und dass manche Leute gern direkt an der S-Bahn oder an Gleisen der Fernbahn wohnen. Ohne Gardinen, mit hell erleuchteten Fenstern, sodass man aus dem Zug am Abend direkt zu ihnen hineinsehen kann und sie, wenn sie das Licht löschen, hinausblicken und die dahinfahrenden Züge beobachten können. Eine lange Kette funkelnder Fensterperlen.

Ich hole mein Handy aus der Jacke und rufe Franz an. Er meldet sich sofort.

»Wo bist du? Ich habe jetzt die Bäumer hier und den Grossarth. Wollen wir die bei der Befragung beieinander lassen oder trennen?«

»Hör mal«, sage ich betont ruhig, »ich bin hier in der Krautstraße. Bei dem Gebäude, das Leleks Puppentheater werden sollte. Du weißt, was ich meine? Daneben in den S-Bahnbögen ist eine große ehemalige Kneipe. Ich weiß nicht, wie die heißt oder hieß, weil ich durch die Hintertür rein bin. Kannst du vorbeikommen oder jemanden schicken? Ich muss hier noch mit jemandem reden.«

»Ich schick jemanden. Brauchst du Hilfe?«

»Das weiß ich nicht so genau. Es reicht, wenn du 'ne Streife schickst. Ich beeile mich. Grossarth und Bäumer sollen auf mich warten.«

Es ist wieder ganz still in dem riesigen Raum. Nicht lange, denn bald wird die nächste S-Bahn kommen oder ein Zug. Ich probiere, ob die Tür auf dieser Seite zu öffnen ist, aber sie ist mit einem breiten zusätzlichen Eisenriegel von innen gesichert. Also kann mir der Mann, wenn er sich hier aufhält, nur durch die andere Tür entwischen, durch die er und ich gekommen sind. Ich ziehe die Pistole und entsichere. Das Geräusch hallt wider. Dem Mann soll klar sein, dass er sich entscheiden muss.

Ich gehe hinüber zur Tür. Postiere mich da. Die Kollegen werden gleich kommen.

»Heben Sie die Hände hoch, verschränken Sie sie im Nacken und kommen Sie langsam in meine Richtung.«

Ich bemühe mich, mit ruhiger, klarer Stimme zu sprechen. Die Pistole im Anschlag. Ich mag solche Szenen nicht, aber manchmal sind sie einfach unvermeidbar.

Nichts rührt sich. Ist der Mann doch schon wieder verschwunden? Zeit genug hatte er, während ich im Halbdunkel hinüber zu der Tür auf der anderen Seite gegangen bin. Geräusche sind hier kaum wahrnehmbar, wenn oben die Züge fahren.

Keine Minute später wird die Tür hinter mir aufgestoßen.

»Polizei!«, ruft eine schrille Stimme.

Ich drehe mich um. Der Kollege hat seine Pistole in der Hand und sieht mir erschrocken in die Augen. Ich kenne den Mann. Ich hatte vor einiger Zeit bei einer Kindesentführung mit ihm zu tun. Auch in seinen Augen erkenne ich einen Moment des Erinnerns. Ein Kollege drängt hinter ihm in den Raum und geht wenige Meter von uns entfernt in Deckung. Wahrscheinlich denkt er, dass es sich hier um einen Zugriff auf einen bewaffneten Täter handelt.

»Ich gehe davon aus, dass sich eine Person hier versteckt hält«, sage ich leise.

»Bewaffnet?«, fragt er ebenso leise zurück.

»Ich weiß es nicht. Nicht auszuschließen. Auf jeden Fall verhält sich der Mann seltsam. Er ist plötzlich verschwunden und hat hier Zuflucht gesucht. Aber es kann sein, dass er schon wieder nach draußen ist.

Über uns donnert ein Zug hinweg. Diesmal ist das Geräusch lauter als zuvor. Wahrscheinlich ein schwer beladener Güterzug, der in Richtung Ostkreuz und Lichtenberg fährt.

Wir rücken gemeinsam vor.

Minuten später steht fest, dass sich der Mann nicht in der Kneipe aufhält. Er ist entkommen. Aber nicht durch die Tür, wie ich vermutet hatte, sondern durch einen Schacht. Einer der Polizisten hat die Stahlklappe in einem kleinen Nebenraum entdeckt. Der Weg nach draußen ist kurz. Man steigt auf Stahlstufen etwa drei Meter nach unten, muss sich in einen ungefähr zehn Meter langen Schacht zwängen, in dem Wasserrohre und Kabel liegen, steigt dann wieder drei Meter nach oben und befindet sich in dem Haus, das ein Puppentheater werden sollte. Hier ist ebenfalls eine Klappe in den Boden eingelassen. Die Gebäude sind also verbunden. Wahrscheinlich hat man den Schacht eigens für die notwendigen Zu- und Ableitungen angelegt. Der Mann muss sich hier gut auskennen. Interessant, dass er den beschwerlichen Weg auf sich genommen hat, um auf diese Weise zu entkommen.

Mir tut der Kollege leid, der in den Schacht gestiegen ist und nun in verdreckter Uniform vor mir steht. Aber er grinst und zieht etwas aus seiner Tasche: ein kleines, silbrig und metallisch blau glänzendes Handy. »Das habe ich gefunden«, sagt er mit einigem Triumph in der Stimme. »Lag im Aufstiegsschacht. Entweder jemand hat es hinunterfallen lassen und sich nicht getraut, da runter zu steigen, oder der Gesuchte hat es verloren, als er durch den Schacht gekrochen ist.«

Er reicht mir seinen Fund. Ich nicke ihm anerkennend zu. »Ist es eingeschaltet?«

Der Kollege nimmt mir das Handy wieder aus der Hand; er hantiert damit, als wäre es sein eigenes. »Es ist eingeschaltet. Aber es ist eine PIN drauf. Das werden die Experten schon hinkriegen.«

Ich nehme eine Plastiktüte aus der Jackentasche, obwohl ich denke, dass das jetzt auch nicht mehr viel bringen wird. Aber wahrscheinlich wird das Handy ohnehin vor allem wegen der gespeicherten Daten nützlich sein. »Wenn das wirklich dieser Bursche verloren hat, dann hat er uns einen sehr freundlichen Dienst erwiesen. Vielen Dank, Kollege. Ganz ehrlich, ich glaube, das hätte nicht jeder spontan gemacht, da durch den Schacht zu kriechen.«

»Ach wissen Sie, ich hätte das auch nicht so ohne Weiteres getan. Aber mein Kollege hier, der meinte, dass Sie einer der wenigen Kripoleute sind, die uns Streifenpolizisten wie Ihresgleichen behandeln.«

Jetzt muss ich grinsen. Verlegen winke ich ab. Wir geben uns die Hände und ich mache mich auf.

XIII.

Die Tram nimmt rumpelnd eine Kurve, als der Klingelton meines Smartphones ertönt. Gleichzeitig vibriert es in meiner rechten Jackentasche. Während die Tram wieder geradeaus zuckelt und die Fliehkräfte nachlassen, die mich in der scharfen Kurve beinah in die Sitzreihe vor mir gedrückt hätten, befreie ich meine Hand aus der Schlinge, an der ich mich festgehalten habe, hole das Smartphone hervor und hebe ab.

Es ist Natalie. Sie fragt, wie es mir geht, was ich so mache. Okay, okay, komm auf den Punkt, denke ich. Sie schlägt vor, heute Abend gemeinsam in die Wilde Renate zu gehen. Ich überlege nicht lange und sage zu.

»Wo treffen wir uns?«, frage ich.

»Raphael und ich kommen mit der Ringbahn. Wir könnten uns um Mitternacht am Ostkreuz treffen und zusammen hinlaufen.«

»Ja, gut, bis später«, sage ich und beende die Verbindung.

Ich will das Smartphone wieder wegstecken, zögere aber und betrachte unwillkürlich dieses Gerät, mit dem sie es geschafft haben, einen Artikel, der vorher für niedrige zweistellige Beträge zu haben war, für hohe dreistellige zu verhökern. Man weiß ja, wie leicht es ist, diese Dinger abzuhören, sie jederzeit zu orten und mit den Daten komplette Bewegungsprofile zu erstellen. Mir wird ganz komisch zumute. Sie sagen zwar, es gäbe noch keine Vorratsdatenspeicherung, aber was, wenn es sie doch gibt? Dann wüssten sie ganz genau, wann ich an diesem verfluchten Abend wo gewesen bin. Sie könnten auch einfach die GPS-Daten ausgelesen haben, die in der Tatzeit im Wohnheim angefallen sind. Das ist alles möglich, vielleicht sind sie schon viel weiter, als du denkst.

Ein kalter Schauer zieht über meinen Rücken. Am liebsten würde ich das Smartphone auf den Boden werfen und es unter meinen Schuhsohlen zertreten. Aber würde das dein Problem lösen? Spielt es überhaupt eine Rolle, ob sie wissen, was du getan hast? Du weißt es, denke ich. Das reicht doch.

Vielleicht wäre es gar nicht schlecht, wenn sie dich überführen würden. Du müsstest nicht mehr grübeln und könntest deine Schuld offen auf dich nehmen. Aber was heißt hier Schuld? Würden sie erkennen, welche Schuld du trägst? Willst du wirklich zulassen, dass irgendjemand daherkommt und darüber entscheidet, welche Schuld du trägst? Würde ein Richter die Zusammenhänge erkennen? Würde er dir deine Version der Geschichte abnehmen? Würde er deine Schuld gerecht bemessen? Welche Schuld trägst du denn?

Wer weiß das schon, sage ich mir. Du weißt es ja selbst nicht. Würden sie sagen, dass es eine Verkettung ungünstiger Umstände war, oder würden sie dich einen Mörder nennen?

In diesem Moment bremst die Tram und ich greife nach der Schlinge über mir. Der alte Mann, der vor mir sitzt, hat seine Hand bereits an die Stange gelegt, um sich gleich aus dem Sitz zu hieven und auszusteigen. Unsere Blicke treffen sich. Ein freundlicher, irritierend barmherziger Ausdruck liegt in seinen Augen. Schau mich nicht an wie einen Sünder, denke ich und wende den Blick ab. Ja, ich trage Schuld, aber ich bin kein Mörder. Ich frage mich, woran der alte Mann meine Schuld erkannt haben mag. Dann steht die Tram, die Türen öffnen sich und ich trete einen Schritt zur Seite. Mühsam erhebt er sich und geht an mir vorbei, ohne mich anzusehen. Er ist einfach ein dürrer, alter Mann, der sich am Handlauf der Tür festhalten muss, um die Lücke zwischen Tram und Bordsteinkante zu überwinden. Ein ganz normaler langweiliger Rentner.

Du bist paranoid, das ist alles, denke ich, aber mir geht gleich dieser Spruch durch den Kopf: Man kann gar nicht paranoid genug sein.

XIV.

Zehn Minuten später bin ich in der Dienststelle. Oben, in der zweiten Etage, haben die Kollegen von der Kriminaltechnik ihre Büros. Der neue Verantwortliche ist da, Gottlieb Bernsen. Einer von den Ruhigen, die einfach ihre Arbeit machen, so gut sie können. Ich gebe ihm das Handy und bitte ihn, den PIN zu knacken, weil ich alle Daten und Gespräche auf dem Telefon brauche. Er sagt, dass er sich kümmern wird. Als ich schon gehen will, winkt er mich zu seinem Schreibtisch.

»Ich habe mir heute Morgen das Zimmer in dem Wohnheim angesehen, in dem die Überwachungskameras zusammenlaufen. Also, das von dem Typen, der es sich offenbar zum Hobby gemacht hat, das Wohnheim zu beobachten. Der ist ein ziemlicher Experte, was Nachrichtenübertragung anbetrifft. Er hat die neusten Sachen installiert und gut abgesichert. Wenn du mich fragst, hat das schon fast was von einem Agenten. Fragt sich nur, um was es da geht.«

Er zeigt mir eine Aufnahme vom Flur der fünften Etage. Erst unklare, etwas überbelichtete Bilder. Aber dann zoomt die Kamera eine Person näher heran und man kann das Gesicht erkennen. Es ist eine arabisch aussehende Frau. Sie blickt sich angestrengt um, als erwarte sie etwas Ungewöhnliches, dann eilt sie auf eine Tür zu. Sie klopft. Es scheint eine Art Zeichen zu sein. Die Tür geht auf und schließt sich sofort wieder, nachdem die Frau im Zimmer verschwunden ist.

»Solche Aufnahmen gibt es hunderte auf seinen Rechnern. Und man kann nicht erkennen, was er damit bezweckt, was für ein Ziel er damit verfolgt.«

Johanna Bäumer und Niklas Grossarth warten in dem Raum, in dem am Morgen die Pressekonferenz stattgefunden hat. Man hat ihnen eine Flasche Wasser und Kaffee hingestellt. Als ich den Raum betrete, steht Grossarth sofort auf. Er scheint ungehalten zu sein; er hat Mühe zu verbergen, dass er es unangemessen findet, so lange warten zu müssen. Aber er sagt nichts. Drückt wortlos meine Hand und steckt seine dann tief in die Hosentasche.

Johanna Bäumer sieht müde aus und blass, so wie ich sie auch bei unserem Gespräch gestern wahrgenommen habe. Nur dass ihr Gesicht jetzt schmaler wirkt. Auch sie gibt mir die Hand.

»Setzen Sie sich doch«, sage ich und ziehe mir einen Stuhl heran. »Ich muss mich entschuldigen. Ich war in diesem Gebäude, das Jakub Lelek und Mario Ramtun erwerben wollten, um es zu einem Puppentheater umzubauen. Kennen Sie das Haus?«

Beide nicken.

»Dann würde mich sehr interessieren, was Sie darüber wissen.«

Grossarth und die junge Frau schauen sich an. Johanna Bäumer räuspert sich.

»Da gibt es nicht viel zu sagen. Jakub und Mario hatten vor, das Haus zu kaufen. Die Stadt ist der Besitzer. Also, genau genommen so ein Liegenschaftsfonds. Er verwaltet Grundstücke, die verkauft werden sollen. Anfänglich gab es noch Fragen zu klären wegen möglicher Restitutionen, also ob jemand anderes Ansprüche haben könnte aus der Zeit vor '45 oder noch früher. Aber das hatte sich dann geklärt. Eigentlich stand dem Kauf wohl nichts mehr im Wege. Das hat Jakub jedenfalls erzählt.«

»Wissen Sie auch etwas über dieses große ehemalige Restaurant direkt daneben in den S-Bahnbögen?«

Johanna Bäumer schüttelt den Kopf und schaut fragend zu Grossarth hinüber. Der zuckt mit den Schultern. Ich habe das Gefühl, dass die beiden mehr wissen, als sie vorgeben, und dass etwas mit dem bevorstehenden Kauf nicht stimmen kann.

»Wann waren Sie das letzte Mal dort, in diesem Gebäude?«

»Ich war da nur einmal«, sagt Grossarth schnell. »Das ist schon einige Zeit her. Vielleicht sechs, sieben Wochen.«

»Hingen da die Puppen schon? Die erhängten Figuren?«

Johanna Bäumer blickt mich erschrocken an. »Was für Puppen? Und wieso erhängt?«

»Sie sind groß wie Menschen. Und man hat zunächst wirklich den Eindruck, dass es Menschen sind. Erhängte. Aber es sind nur Puppen, Puppen ohne Gesichter. Das ist, wenn man es in Worte fassen will, ziemlich makaber, finden Sie nicht? Und ich frage mich, was Jakub Lelek für einer gewesen ist.«

»Das war nicht Jakub! Niemals!« Die Bäumer scheint wirklich empört zu sein wegen der Behauptung.

»Wer war es dann? Dieser Ramtun?«

»Keine Ahnung! Ich weiß nur, dass Jakub so etwas nicht machen würde.«

»Und warum denn auch!«, fügt Grossarth hinzu.

Ich stehe auf und gehe ein paar Schritte im Raum auf und ab. »Ich möchte von Ihnen wissen, wer Jakub Lelek war. Also, was wissen Sie über ihn? Über seine Kindheit, seine Jugend, sein Leben in der Stadt, aus der er kam, Pilsen. Kennen Sie seine Eltern? Was hat er über sich und seine Familie erzählt?«

Einige Sekunden lang höre ich nur den Atem von beiden. Ich bin plötzlich unsicher, ob ich sie zusammen lassen soll bei dieser Befragung oder ob ich sie mir besser einzeln vornehme. Aber ich spüre auch eine ziemliche Spannung in mir, die zwei gerade in diesem Moment zu beobachten. Was werden sie erzählen und wie wird der eine auf das, was der andere sagt, reagieren? Noch ist das hier keine Vernehmung. Noch sehe ich mich nicht gezwungen, die beiden auf ihre Rechte hinzuweisen, damit sie gegebenenfalls einen Anwalt hinzuziehen können. Ich weiß, dass das ein etwas gewagtes Spiel ist. Aber ich habe bislang keinen Anhaltspunkt, einen der beiden wirklich zu verdächtigen.

»Sie meinen, wie Jakub als Kind war?« Johanna Bäumer hat sich zurückgelehnt, als wollte sie sich darauf konzentrieren, was sie sogleich aussagen wird.

»Ja, er wird Ihnen doch etwas erzählt haben. Was hatten Sie für einen Eindruck von ihm, wenn er über seine Kindheit sprach?«

»Ich weiß nicht, ob das etwas bringen wird, wenn es um die Aufklärung seines Todes geht, aber von mir aus. Jakub muss ein aufgewecktes, munteres Kind gewesen sein. Er war frech, vorlaut, sagt man, glaube ich. Er hat seinen Eltern viel Freude, aber bestimmt auch Ärger gemacht. Er hat mal gesagt, dass er als Kind zusammen mit seinem Freund heimlich ein altes Motorrad zusammengebaut hat und dass sie damit rumgefahren sind, da war er elf. Und er hat die Schule nur mit so etwas wie einem Hauptschulabschluss beendet.«

»Wieso konnte er dann studieren?«

»Er hat alles nachgeholt, Realschulabschluss und Abitur. Auf der Abendschule. Wissen Sie, Jakub war jemand, der setzte sich etwas in den Kopf, und dann war es so und dann schaffte er es auch. Er wollte in Berlin studieren, an der Hochschule Ernst Busch, und er schaffte es.«

»Heißt das, er war ein Draufgänger, er ging über Leichen?«

»Das ist doch Blödsinn!«, meldet sich Grossarth mit deutlichem Zorn in der Stimme zu Wort. »Er ging nicht über Leichen. Wie kommen Sie darauf?! Er war ehrgeizig. Er war ein Träumer. Und er wollte seine Träume realisieren. Das ist alles.«

»Erzählen Sie mal, Herr Grossarth – Jakub war Ihr Freund. Mit einem Freund bespricht man andere Dinge als mit einer Frau, die man liebt. Wer war Jakub?«

»Ich verstehe nicht, was Sie von uns wollen, verdammt! Das bringt doch alles nichts. Sie tun so, als wäre Jakub der Täter. Aber er wurde umgebracht!«

Grossarth braucht einige Sekunden, um sich zu beruhigen. Ich beobachte ihn. Er wischt sich mit beiden Händen über das Gesicht.

»Ich weiß nicht, wie Jakub als Kind war, aber ich glaube, er hatte es nicht leicht. Seine Eltern sind im Prinzip arme

Leute. Die Mutter arbeitet wohl in einer Wäscherei und der Vater ist Straßenbahnschaffner. Er hat eine Schwester, aber er hat nie viel über sie erzählt. Sie studiert in Prag. Jakub wollte ein großer Künstler werden. Und er war vernarrt in seine Puppen. Ich glaube, er war fest davon überzeugt, dass sie eine Seele haben. Es tut mir unendlich leid, dass er jetzt tot ist und dass ich ... dass ich ihm nicht helfen konnte. Dass ich ...«

Grossarth bricht ab. Sein Gesicht ist bleich, beinahe wächsern, die Augen blicken verloren. Aber ich kann ihn noch nicht in Ruhe lassen. Irgendwie habe ich das Gefühl, dass da noch etwas ist. Etwas, das Grossarth verbergen, bewahren will.

Ich frage: »Hatte Jakub Kontakt zu seinen Eltern?«

»Was?« Grossarth schaut mich an. »Kontakt? Na, immerhin haben sie ihm einen Teil des Studiums finanziert. Seinen Aufenthalt. Die Miete. Und das von einem Einkommen, das man sicher als Hungerlohn bezeichnen könnte. Auf der anderen Seite hatten seine Eltern große Hoffnungen, und Jakub wollte ihnen beweisen, was er kann. Deshalb ja auch das Theater.«

»Wie oft ist er nach Pilsen gefahren?«

»Keine Ahnung.« Grossarth wirkt wieder angespannt, als würde er nur mühsam seine Aggressionen beherrschen. Ich weiß nicht, warum. »Hören Sie«, sagt er mit dumpfer Stimme, und seine Wut ist deutlich zu hören, »ich weiß wirklich nicht, warum Sie das fragen. Und ich bin auch nicht Jakubs Amme.«

Plötzlich ist mir klar, was mich an Grossarth irritiert. Er schwankt so sehr in seinen Emotionen, dass man den Eindruck bekommen kann, dass er Jakub Lelek geliebt und zugleich gehasst haben muss. Die einzige Erklärung, die mir dafür einfällt, ist eine mögliche heimliche Beziehung zu Johanna Bäumer. Zu dieser schönen Frau, die nahezu unbeteiligt im Raum sitzt und vielleicht nie wahrgenommen hat, welcher innere Kampf in Grossarth stattfindet. Ein Kampf darum, entweder den Freund zu verlieren oder Johanna nie gesagt zu haben, dass er sie liebt und begehrt. Könnte Grossarth seinen Freund getötet haben? Aber wer war sein Komplize? Nach wie vor muss davon ausgegangen werden, dass mit hoher Wahrscheinlichkeit mindestens zwei Personen die Tat ausgeführt haben. Und dass Johanna daran mitgewirkt haben könnte, das wiederum kann ich ganz einfach nicht glauben. Bliebe also ein Mittäter aus der Umgebung Grossarths.

»Mit wem sind Sie noch befreundet?«, frage ich.

Wieder blickt er mich an, als würde er sich kaum im Zaum halten können. »Warum fragen Sie das?«

»Ich frage es eben. Und ich möchte Sie bitten, mir zu antworten.«

»Noch so einen Freund wie Jakub habe ich nicht. Er war der einzige wirklich enge Freund. Es gibt welche aus früheren Zeiten. Aber das ist alles fremd geworden.«

Ich schwenke um. Erzähle von dem Zimmer mit den Überwachungsbildschirmen. Frage, ob die beiden irgendetwas davon bemerkt haben. Johanna schüttelt irritiert den Kopf. Grossarth fragt sofort, ob es Aufnahmen gibt von seinem Flur aus jener Nacht. Ich sage ruhig: »Das ist alles noch in der Auswertung. Möglich. Aber ist es nicht sonderbar, dass da jemand das halbe Wohnheim überwacht? Und dass niemand das bemerkt? Und mit welchem Ziel?«

Grossarth zuckt die Schultern. Es soll einige seltsame Figuren in dem Wohnheim geben, berichtet er. Einer wohnt zum Beispiel schon über fünfzehn Jahre da. Ein anderer soll alle zwei Jahre einziehen, dann vier Semester da wohnen, verschwinden und wiederkommen. Aber von jemandem, der sich vorgenommen hat, das ganze Haus zu überwachen, haben weder Johanna Bäumer noch er gehört.

Also gut. Ich beende die Befragung, will aber noch wissen, ob sie noch mit dem Polizeipsychologen in Kontakt stehen. Sie verneinen. Sie wollen das nicht.

»Es ist ein Angebot«, sage ich nur. Als sich die beiden anschicken, den Raum zu verlassen, sage ich: »Ach, Frau

Bäumer, ein, zwei Fragen hätte ich doch noch an Sie. An Sie ganz persönlich.«

Grossarth zögert. Aber dann nickt er der jungen Frau zu und sagt: »Ich warte draußen.«

Johanna Bäumer bleibt an der Tür stehen, so als würde sie die Verbindung zu Niklas Grossarth halten wollen. Oder als habe sie vor zu fliehen, wenn ich ihr mit meinen Fragen zu nahe kommen sollte.

»Wollen Sie da stehen bleiben?«, frage ich und rücke ihr einen Stuhl zurecht.

»Danke«, sagt sie, setzt sich aber nicht.

»Ich möchte Sie noch einmal danach fragen, wie Sie ihr Verhältnis zu Jakub Leleks Freunden und Bekannten bezeichnen würden. Kannten Sie einzelne dieser Personen besser? Wer war Ihnen nahe?«

»Ich verstehe nicht ganz, was Sie meinen.« Johanna Bäumer schaut mich nachdenklich an, so als hätte sie tatsächlich nicht verstanden.

»Nun, zu wem hatten Sie ein gutes Verhältnis? Zu Niklas Grossarth haben Sie doch offenbar eine ausgesprochen gute Beziehung. Gerade jetzt, in dieser schlimmen Zeit, ist er Ihnen eine Stütze. Wer ist für Sie sonst noch wichtig?«

»Ja, ich bin sehr froh, dass Niklas da ist. Vorher hatten wir gar kein so gutes Verhältnis. Aber jetzt ... Und sonst – ich bin mir nicht sicher. Seit Jakubs Tod ist alles verändert. Ich weiß gar nicht mehr, wie es vorher war. Ich hatte kaum etwas mit Jakubs Freunden zu tun. Aber eigentlich, nein Freunde, es waren mehr so Mitstreiter. Die Leute aus seiner Seminargruppe, die vom Puppentheater. Aber das wissen Sie ja alles schon.«

Ich ziehe den Umschlag von Esche aus der Jacke und lege ein Foto vor mir auf den Tisch. »Würden Sie sich das bitte ansehen und mir dann freundlicherweise erklären, wie Sie diese Szene deuten?«

Johanna Bäumer kommt langsam näher. Nun setzt sie sich doch. Schaut auf das Foto. Schweigt einige Sekunden. Und dann bemerke ich, dass ihr Rücken leicht zittert. Sie weint, still und in sich gekehrt. Ich bewege mich nicht. Lasse Zeit vergehen. Schiebe ihr dann schließlich ein Papiertaschentuch hinüber. Sie greift danach, wischt sich die Tränen weg und putzt sich die Nase. Jetzt wirkt sie schmal und zerbrechlich.

»Das ist Galina. Galina Stoffenberg. Sie hat eng mit Jakub zusammengearbeitet. Eine Zeit lang dachte ich, die beiden wären zusammen. Also, dass Jakub mich mit ihr betrügen würde. Aber Galina ist nicht so eine. Obwohl ich mir sicher war, dass sie Jakub sehr mochte. Deshalb hat sie ja auch das Stück aufgeführt.«

»Sie waren also dort und haben sich das Puppenspiel angesehen. Sind Sie deshalb so glücklich auf dem Foto?«

»Ich habe mich gefreut. An dem Stück haben sie beide gearbeitet. Also, gemeinsam. Aber Jakub meinte, es sei ihm zu klein, zu wenig künstlerisch, zu trivial sogar. So nannte er es: trivial. Das hat Galina sehr verletzt, denn sie war der Ansicht, dass es ganz außerordentlich ist. Sie hat es heimlich für ein Festival in Kopenhagen eingereicht. Aber Jakub kam dahinter und verlangte, entweder seinen Namen als Mitautor zu streichen oder das Stück zurückzuziehen. Galina zog es zurück. Danach hörte sie von der Jury, dass es alle Chancen auf einen Preis gehabt hat, dass es zu den besten Stücken gehörte, die der Jury vorlagen. Es hätte sogar ein Preisgeld gegeben. Umgerechnet dreitausend Euro. Das war für Jakub eine Menge Geld.«

»Sie meinen, er hat seine Entscheidung im Nachhinein bereut?«

»Nein. Aber er hat Galina verziehen, dass sie hinter seinem Rücken gehandelt hat.«

»Und das ist das Ende der Geschichte?«

Johanna Bäumer zögert. Schließlich sagt sie: »Nein. Das ist nicht das Ende der Geschichte. Er hat gesagt, dass Galina das Stück aufführen kann, aber nicht bevor er sein neues Theaterstück fertig und aufgeführt haben würde.«

»Und? Hat er es aufgeführt?«

»Nein. Er hat ein neues Stück verfasst. Aber niemand weiß, wo es ist.«

»Sie kennen es nicht?«

»Jakub hat darüber nicht gesprochen. Es war sein Geheimnis. Er wollte, dass ihm so etwas nicht noch einmal passiert. Er wollte bestimmen, wann es fertig ist und wann er es aufführt. Der Einzige, mit dem er wohl ab und zu darüber geredet hat, ist Professor Panzlaff. Sein Mentor.«

»Noch mal zu diesem Foto. Warum hat Ihnen die Aufführung so viel bedeutet?«

»Weil die Geschichte so viel über Jakub erzählt. Über seine Ängste und Träume. Er war ein Träumer, aber er war auch voller Angst. Als Sie vorhin nach seiner Kindheit fragten, da hatte ich das Gefühl, dass man Jakub wirklich nur verstehen kann, wenn man ihn in seiner Kindheit betrachtet. Darüber habe ich vorher noch nie nachgedacht, und das bereue ich jetzt.«

»Deshalb die Frage: Wer war Jakub Lelek?«

»Ja, deshalb die Frage.«

»Und Sie waren so froh, weil Galina nicht gezögert hat, das Stück aufzuführen und die Frage zu stellen?«

»Ja.«

»Denken Sie, das alles könnte mit dem Mord an Lelek im Zusammenhang stehen?«

»Ich weiß es nicht.«

»Danke«, sage ich und reiche ihr die Hand. »Ich danke Ihnen für Ihre Offenheit.«

Als ich aus dem Fenster schaue, sehe ich auf der gegenüberliegenden Straßenseite Niklas Grossarth. Johanna Bäumer geht über die Straße auf ihn zu. Ich frage mich wieder, ob die beiden nicht doch so etwas wie ein Liebespaar sind. Nein, denke ich dann, eher zwei im gemeinsamen Leid zusammengerückte Menschen, die sich jetzt brauchen, bevor sie irgendwann in den nächsten Wochen auf immer voneinander Abschied nehmen, um nicht immer und immer wieder an das erinnert zu werden, was so viel Trauer und Hoffnungslosigkeit ausgelöst hat.

Als ich in unser Büro komme, scheint Franz mich mit neuen Erkenntnissen zu erwarten.

»Die Sache ist wie folgt«, fängt er an, aber da klingelt mein Handy. Es ist Kerstin. Sie hat große Pause. Es ist ewig her, dass sie mich am Vormittag angerufen hat. Wenn sie sich während des Dienstes meldet, macht sie besonders kurze Sätze. Kein Wort zu viel, eben weil es privat ist und sie keine Zeit vergeuden will.

»Hast du morgen Vormittag um neun Zeit?«

Die Frage überrascht mich nun doch. »Morgen um neun, was ist los?«

»Sag nur, ob du für eine Stunde weg kannst.«

»Keine Ahnung. Vielleicht. Ja, warum sollte ich nicht ... Es sei denn, wir kommen hier endlich weiter mit diesem Mordfall und ich kann den oder die Täter festnehmen.«

»Also, dann mach dir ein Ausrufezeichen in deinen Timer. Neun Uhr.«

»Und darf ich wissen, worum es geht?«

Ein Knacken in der Leitung. Kerstin hat aufgelegt. Sofort gehen mir alle möglichen Gedanken durch den Kopf. Hat der Termin etwas mit uns beiden zu tun? Hat sie es sich doch anders überlegt und will sich endgültig von mir trennen? Oder geht es um einen Arztbesuch, bei dem man erfährt, dass irgendwas ist, was besser nicht sein sollte, aber unumkehrbar das gesamte Leben beeinflussen wird? Ich beschließe, nicht weiter über diesen Anruf nachzudenken und alle unangenehmen Gedanken aus meinem Kopf zu verbannen. Manchmal gelingt mir das. Ich habe es sogar trainiert – damals, als sich Kerstin von mir getrennt hatte oder ich mich von ihr oder wie auch immer. Das Training bestand darin, bei jedem noch so geringen Anzeichen irgendwelcher bedrückenden Gedanken sofort den Hebel umzulegen und an etwas anderes, Angenehmeres zu denken, an etwas, das nichts mit Problemen zu tun hatte. Inzwischen bin ich darin recht geübt, und so kann ich jetzt Franz mit einem Lächeln dazu animieren, mit seinen Informationen fortzufahren.

»Also, wir haben das Aufnahmematerial dieses Österreichers Samuel Kaseler so weit durchgesehen, dass wir einige Hinweise herausfiltern können. Aber ehrlich gesagt, ich weiß nicht, ob uns das weiterbringt. Das Problem ist, dass wir zwar diejenigen Personen identifizieren können, die in dem Wohnheim gemeldet sind, aber schon wenn es um deren Bekannte geht, bekommen wir Schwierigkeiten.«

Franz schaltet den Beamer an und zeigt mir das Foto eines jungen Mannes. »Der hier zum Beispiel ist von Kaseler mehrfach aufgenommen worden. Wir haben insgesamt zehn Bewohner befragt, aber niemand kennt ihn. Er wurde auf Etage acht, neun und zwölf fotografiert. Und dieser hier, ich schätze ihn auf um die dreißig, wahrscheinlich arabischer Herkunft, ist auch öfter ins Visier von Kaseler gekommen. Aber es sind nicht nur Männer, die er aufgenommen hat. Auch Frauen. Zum Beispiel diese hier.«

An der Wand erscheint das Bild einer etwa fünfundzwanzigjährigen Blondine. Es sieht aus, als habe sie die Kamera entdeckt und fände es irgendwie witzig, gefilmt zu werden. Dann noch eine Frau im gleichen Alter. Dunkles Haar, ebenmäßige Gesichtszüge. Eine Schönheit geradezu.

»Auf der vierzehnten Etage. Mehrfach aufgenommen. Da gibt es sogar einen Namen: Raffaela Turm. All diese Leute scheinen eines gemein zu haben, sie wohnen nicht in diesem Wohnheim, halten sich aber oft dort auf.«

»Das würde bedeuten, dass unter ihnen der mögliche Einbrecher sein könnte?«

»Möglich. Aber es gibt unter den Fotos kein einziges, das auf Einbruch oder ähnliches hindeutet. Manchmal tragen einzelne Personen etwas, eine Tasche oder einen Rucksack. Aber das muss ja nicht bedeuten, dass sie darin irgendwelches Diebesgut transportieren. Also, ich will sagen, ohne diesen Kaseler direkt zu befragen, kommen wir einfach nicht weiter. Er muss uns erklären, wozu er diese Aufnahmen gemacht hat.«

»Und?«

»Er soll sich in Graz aufhalten.«

»Hast du die Kollegen dort um Amtshilfe ersucht?«

»Hab ich. Und du wirst es nicht glauben, der Mann ist in Österreich kein unbeschriebenes Blatt. Er handelt mit Fotos. Er ist dort als eine Art Paparazzi bekannt und schon zweimal rechtskräftig verurteilt worden. Beide Male allerdings nur zu Geldstrafen. Er fotografiert Leute in delikaten Situationen und bietet ihnen dann die Fotos an, und wenn sie nicht kaufen, bekommt die Presse die Bilder. Oder er droht damit, sie ins Netz zu stellen. Er ist geschickt genug, die Fotos nur in öffentlich zugänglichen Bereichen zu machen. So wie in unserem Fall auch.«

»Das heißt, man kann ihm keine Erpressung vorwerfen.«

»Das liegt im Grenzbereich. Er wird von den Betroffenen wahrscheinlich nicht mal Geld fordern. Die bieten ihm eine Summe oder auch nicht. Keine Ahnung. Auf jeden Fall scheint in diesem Kaseler ein echter Spion zu stecken. Einer, der Spaß daran findet, Leute zu beobachten und im richtigen Augenblick dabei zu sein.«

»Fragt sich nur, warum er Fotos in einem Studentenwohnheim macht. Hat er einen Auftrag? Sucht er nach jemandem? Soll er irgendwelche Beweise sichern? Was genau soll er beobachten?«

»Aus meiner Sicht ist Kaseler ein Kleinkrimineller, der bemerkt hat, dass sein Hobby Geld bringt, mehr nicht«, sagt Franz und wirft ein neues Foto an die Wand. »Das ist er übrigens. Haben uns jedenfalls Mitbewohner bestätigt. Das Foto hatte er auch auf einem seiner Rechner.«

Es ist ein unauffälliger Typ mit etwas schwammigen Wangen, leicht wülstigen Lippen und kleinen Augen. Jedenfalls kein Frauentyp, was vielleicht dazu beiträgt, sich ein derart seltsames Hobby zu suchen. Menschen heimlich zu fotografieren und damit Macht auszuüben.

»Diesen Kaseler befragen ist das eine«, fasse ich zusammen. »Das andere ist, dass wir seine Aufnahmen zumindest dafür nutzen sollten, die Personen, die er mehrfach fotografiert hat, erkennungsdienstlich zu überprüfen. Immerhin könnte es ja sein, dass es Hinweise auf eine Verbindung zum Mord an Lelek gibt.«

»Alles klar. Ich gebe die Dateien an die Kollegen weiter. Übrigens sind inzwischen noch mehr Bewohner aus dem Wohnheim ausgezogen. Und es gibt Abmeldungen von Studenten, die sich angemeldet und auf ein Zimmer gehofft haben. Nachdem das mit der Überwachung bekannt geworden ist, nimmt das sogar noch zu.«

»Wir können es nicht verhindern.« Ich habe keine Lust, mir Sorgen um das wirtschaftliche Wohlergehen eines Wohnheimbetreibers zu machen, auch wenn er noch so lautere Absichten haben sollte.

Da ist ein anderer Gedanke, der mich nicht mehr loslässt. Ich hatte den Hinweis von Johanna Bäumer zwar registriert, aber jetzt gewinnt er für mich an Bedeutung: das neue Theaterstück von Jakub Lelek, von dem weder sie noch sonst jemand bislang gesprochen hat. Warum gibt es ein Geheimnis darum? Liegt das wirklich nur daran, dass Lelek diesmal als alleiniger Autor auftreten und ein Stück zur Aufführung bringen wollte, das seinen hohen künstlerischen Ansprüchen genügte? Oder gibt es in dem Stück irgendwelche Anhaltspunkte, die mit seinem Tod im Zusammenhang stehen? Hat Lelek mit dem Stück einen anderen so sehr verletzt, dass der ihn aus der Welt schaffen musste? Oder das geistige Eigentum eines anderen gestohlen, es benutzt und als eigenes Stück auf die Bühne bringen wollen?

Ich muss noch einmal mit Professor Panzlaff sprechen, dem Mann mit der mechanischen Katze. Ich greife zum Telefon.

Es dauert eine ganze Weile, ehe sich eine Frauenstimme meldet. Der Herr Professor sei leider nicht zugegen, wird mir erklärt, und ich sehe automatisch die Diele mit der Riesenkatze vor mir, in der die Dame steht, die mich bei meinem Besuch empfangen hat.

»Und wo kann ich ihn erreichen?«

Der Herr Professor sei in der Hochschule zu einer Unterredung. Zu einer dringenden Konferenz mit dem Prorektor und dem Kanzler. Er dürfe auf keinen Fall gestört werden. Ich bedanke mich und lege auf.

Zwanzig Minuten später bin ich in der Hochschule. Die Situation, in die ich hier gerate, könnte aufschlussreicher nicht sein: Ich höre durch die geschlossenen Türen einen Vortrag. Offenbar wird hier Kleist gelesen.

»... so verkaufte Kohlhaas das Haus, schickte die Kinder, in einen Wagen gepackt, über die Grenze; rief bei Anbruch der Nacht auch die übrigen Knechte zusammen, sieben an der Zahl, treu ihm jedweder, wie Gold; bewaffnete und beritt sie; und brach nach der Tronkenburg auf.«

Die Stimme ist kraftvoll und voller Zorn, wie es sich für jemanden gehört, der von dem berühmten Michael Kohlhaas berichtet. Jenem Mann, dem übel mitgespielt wurde und der deshalb einen am Ende erbarmungslosen Kampf um sein Recht führt gegen die, die Macht besitzen und nicht bereit sind, sie im Sinne der Gerechtigkeit zu verwenden. Mir hat diese Figur damals im Studium sehr gefallen, auch wenn unser Dozent immer wieder auf das Problem verwies, dass der Kampf um Gerechtigkeit nicht selten in der Rechtlosigkeit endet.

Jetzt stehe ich nur da und lausche, bevor im Saal laut Beifall geklopft wird. Kurz darauf vernehme ich Gesang. Aus einem anderen Raum dringt ein wilder Dialog auf den Flur.

Wenig später stehe ich vor der Tür mit der Aufschrift Sekretariat. Ich klopfe und trete ein. Die Dame am Schreibtisch schaut mich fragend an.

»Kann ich etwas für Sie tun?«

»Ich suche Professor Panzlaff«, sage ich und lege meinen Dienstausweis vor ihr auf den Tisch. Sie beugt sich darüber, als wolle sie sich tatsächlich von der Echtheit überzeugen.

»Aha, ja dann, die Herren sitzen im Nebenraum. Ich sage Herrn Panzlaff rasch Bescheid.«

Sie steht auf, klopft kurz und hart an der Tür und verschwindet dahinter. Zehn Sekunden später ist sie wieder zurück. »Der Herr Professor kommt sofort.«

Panzlaff scheint wenig irritiert von meinem Besuch und er tut erst gar nicht so, als müsse er sich von einer unglaublich wichtigen Sitzung loseisen. Er gibt mir kurz die Hand. »Kommen Sie, Herr Martaler, suchen wir uns ein ruhiges Plätzchen.«

Er eilt mir voraus. An einer Tür, durch die kein Laut dringt, bleibt er stehen und öffnet sie vorsichtig, lugt hinein und schwingt sie schließlich weit auf. »Na bitte, da hätten wir einen ganzen Hörsaal für uns.«

Wir betreten einen Raum, der vollgestellt ist mit Tischen und Stühlen, alles wild durcheinander.

»So sind sie, unsere Studierenden. Da an der Wand hängen die Hinweise des Hausmeisters, wie die Tische und Stühle zu stehen haben. Aber niemand hält sich daran. Und wenn man unterrichtet, dann fängt man zunächst damit an, irgendeine sinnvolle Sitzordnung herzustellen. Aber ich habe das schon lange aufgegeben. Soll jeder glücklich werden, wie er sitzt. Also, was wünschen Sie?«

»Jakub Lelek – was wissen Sie wirklich über ihn? Ich meine, wer war dieser junge Mensch?«

»Habe ich Ihnen das nicht schon gesagt? Ehrgeizig, klug, begabt, munter, ja auch charmant.«

»Mich würde vor allem interessieren, was Ihr Freund, also, Sie verstehen, was ich meine, von Lelek hielt.«

»Mein Freund. Mein Freund ist mein Lebensgefährte. Wenn Sie es genau wissen wollen: Ich habe Glück. Ich habe einen jungen, schönen, attraktiven Lebensgefährten. So wie einige ältere Herren eben junge, schöne, attraktive Frauen haben. Wer weiß, wie so etwas funktioniert. Und ehrlich gesagt, ich will es gar nicht wissen. Ich bin mit ihm einfach nur glücklich. Aber um auf Ihre Frage zu antworten: Alexis und Jakub sind sich aus dem Weg gegangen. Und da Jakub so gar nichts von einem Schwulen hatte, sah mein Freund keinen

Grund, sich mit ihm anzulegen. Haben Sie ihn nicht schon dazu befragt?«

»Ihren Freund? Doch. Ich wollte es auch von Ihnen hören. Aber Sie haben meine Frage noch nicht beantwortet.«

»Ah, was er von ihm hielt! Ich glaube, dass Alexis von Jakub beeindruckt war. Ja, tatsächlich. Allerdings muss ich sagen, dass ich erst jetzt darüber nachdenke. Ich glaube wirklich, dass er Lelek großartig fand. Ein starker Künstler, einer, der vor niemandem kuscht, der zu kämpfen versteht.«

»Interessant. Und Sie sind sicher, dass Jakub Lelek kein bisschen schwul war?«

»Ach, darauf wollen Sie hinaus! Sie meinen, ich könnte Jakub ermordet haben, weil ich Angst davor hatte, dass mein Freund mit ihm ... Ja, das wäre ein Motiv. Allen Ernstes, das wäre ein Motiv. Ein alter schwuler Kerl glaubt, dass sein junger Geliebter mit einem anderen durchbrennt. Das wäre einen Mord wert. Und ich glaube sogar, dass ich dazu in der Lage wäre. Aber es ist nicht so, wie Sie glauben.«

»Das heißt?«

»Das heißt, dass ich Jakub nicht hätte umbringen wollen und auch nicht umbringen können. Er war mir, ich weiß, das klingt pathetisch, aber es ist dennoch wahr, er war mir eher wie ein Sohn. Verzeihen Sie diese Elegie.«

»Das glaube ich Ihnen. Aber haben Sie Jakub Lelek wirklich gekannt? Johanna Bäumer sagt, dass Jakub voller Angst war. Also kein kämpferischer Held.«

»Ich weiß nicht. Angst und Heldentum ... In der Tragödie liegt das dicht beieinander. Und Helden laufen bekanntlich immer Gefahr, auch Opfer zu werden. Es wimmelt in der Sagenwelt davon, in der deutschen vor allem. Ja, man könnte vielleicht sogar sagen, dass erst die Angst das Heldentum hervorbringt, oder? Aber da werde ich ja bei Ihnen offene Türen einrennen. Herr Martaler, was wollten Sie eigentlich wirklich von mir? Lassen Sie mich raten! Es geht um das Stück von Jakub Lelek, liege ich richtig? Sein neues Theaterstück, von dem besonders seine Kommilitonen sprechen, aber auch wir Dozenten und manch einer, der sich einen Skandal oder ein Wunder erwartet. Aber ich muss Sie enttäuschen. Ich habe es nicht und ich weiß, ehrlich gesagt, auch nur winzige Mosaiksteine davon, die nie und nimmer ein Bild ergeben würden. Deshalb fange ich besser erst gar nicht an, darüber zu reden.«

»Was hat Lelek darüber mit Ihnen gesprochen?«

»Über Technik. Methodik. Er hat mit mir nicht über die Katze gesprochen, sondern über die Zahnräder.«

»Sie meinen Ihre Katze, das Spielzeug?«

»Spielzeug? Nun, ich würde es ein Meisterstück nennen. Ein Wunderwerk der Mechanik, ein fantastischer theatralischer Einfall.« Panzlaff scheint jetzt ganz und gar in seinem Element zu sein. »Sagen Sie die Wahrheit, Herr Kommissar, in welchem Moment hatten Sie bei der Begegnung mit der Katze in meiner Wohnung Angst? Bitte … gestatten Sie uns diesen kleinen Ausflug, der uns ja vielleicht dem Theaterstück von Lelek näherbringen kann.«

»Im ersten Moment, als ich sie sah«, antworte ich wahrheitsgemäß.

»Nein! Nicht, als Sie sie sahen. Sie hatten Angst, als sie sich bewegte! Für eine Sekunde spielte Ihnen Ihre Fantasie einen Streich. Die Katze bewegte sich, und obwohl sie rational erkennen konnten, dass es eine rein mechanische Bewegung war, hatten Sie das Gefühl, dass diesem Ding eine Seele innewohnt. Ja, Sie fühlten, dass Ihnen ein unbekanntes, riesiges, gefährliches Wesen gegenüberstand. Unberechenbar. Sehen Sie, das ist die Magie der Puppen. Ein hölzerner Teufel, ein Ding aus Pappmaché oder sogar aus Plastik, gelenkt von einer menschlichen Hand, beseelt von einer menschlichen Stimme, und alle fühlen, dass da ein Teufel ist. Ein Teufel, der über uns kommen, der uns berühren und verzaubern kann. Das ist das Geheimnis der Katze und jeglicher künstlicher Figur, die die Kraft hat, in uns Gefühle zu erzeugen, die in uns schlummern und die nur geweckt werden müssen. Stimmen Sie mir zu, Herr Kommissar?«

»Lelek hat mit Ihnen über Mechanik gesprochen? Über die Bewegung? Über den Moment, der das Gefühl bei den Zuschauern erzeugt?«

»Herr Kommissar, alle Achtung, ich sehe, Sie denken rasch und kreativ. Genau so ist es. Lelek interessierte sich nicht für das Äußere, sondern für das, was innen passiert und was am Ende genau die Emotionen auslöst, die er erzeugen wollte.«

»Das bedeutet? Was ist mit dem Stück, über das er nur mit Ihnen geredet hat?«

»Wer sagt das?«

»Johanna Bäumer.«

»Seine Geliebte.«

»Das klingt sehr schön. Also?«

»Ich muss Sie enttäuschen. Ich kann Ihnen nicht mehr sagen als das, was ich Ihnen gerade erklärt habe. Über den Inhalt des Stücks haben wir nicht gesprochen.«

»Wo bewahrt einer wie Lelek seine Notizen, sein Stück auf? Wir haben bei ihm nicht mal einen Rechner gefunden.«

»Das weiß ich nicht. Wirklich, ich habe keine Ahnung.«

»Er hat Ihnen nie erzählt, um was es bei diesem Theaterstück geht?«

»Wie soll ich sagen … Er war der Meinung, dass Träume unser Handeln bestimmen. Dass wir durch das, was wir in der Nacht bewusst oder unbewusst erlebt haben, gesteuert werden, ohne dass wir es wissen. Dass die Menschen mehr durch die Träume der Nacht bestimmt sind als durch die Rationalität des Tages. Am Tag erscheint alles klar, hat er immer gesagt, aber nachts bekommt alles Flügel oder stürzt zusammen. Wir begegnen Menschen, die wir nie gesehen haben. In der Nacht sind wir näher an unseren Gefühlen und näher an der Kunst. Wie wahr, wie wahr. Jedenfalls war er unzufrieden mit dem ›König der Träume‹. Er wollte weiter gehen. Er wollte es tiefer, genauer.«

»Ich verstehe.«

»Ich verstehe es, ehrlich gesagt, nur bedingt. Aber ich glaube, er hat sich mit dem Stück sehr weit nach vorn gewagt. Bis an die Klippe. Und vielleicht ist er zu weit gegangen.«

Als ich die Hochschule verlasse, fegt draußen ein kühler, frischer Wind durch die Straßen. Ich bin froh, dass dieser Wind nach mir greift.

XV.

Ich habe mich am Ostkreuz mit Natalie und Raphael getroffen. Auf dem Weg in die Wilde Renate haben sie mir ein paar Pillen abgekauft. Im Prinzip hatte ich keine Lust, auszugehen, aber als Natalie angerufen und mich eingeladen hat, mitzukommen, wusste ich gleich, worum es eigentlich geht, und wollte sie nicht hängen lassen. Ich habe an meinen Bruder gedacht und bin los, ein paar Scheine muss ich für seine Mietschulden noch zusammenkratzen. Außerdem sitze ich sonst auf diesen Pillen. Unter den gegebenen Umständen kann ich unmöglich auch noch Drogen nehmen. Ich muss die Kontrolle behalten. Die Vorstellung, jetzt die Kontrolle zu verlieren, macht mir Angst.

Man kennt natürlich seine Leute im Kiez. Man ist mit ihnen aufgewachsen, auch mit denen, die jetzt Drogen verticken, und weiß, wo man was und was man wo bekommt. Und als Student lernst du dann die Zugezogenen kennen: feierwütige Italiener und von der Leine gelassene Franzosen, auf den schnellen Kick getrimmte New Yorker und nichts auslassende Stettiner, nachtaktive Trendsetter aus Sachsen und Spiritualisten aus Westfalen, familienpolitische Flüchtlinge vom Bodensee und radikalisierte Zahnarzttöchter aus Rottweil. Und weil du der erste echte Berliner bist, den sie etwas näher kennenlernen – Applaus, Applaus! –, fragen sie dich irgendwann, ob du nicht wüsstest, wo man was und was man wo bekommt. Zuerst war das reine Nettigkeit von mir, oder vielleicht wollte ich den Leuten auch nur imponieren. Aber dann hat das Ganze eine Eigendynamik bekommen, als ich begriff, wie leicht ich mir durch einen kleinen Preisaufschlag für meine Vermittlungs- und Kurierdienste ein bisschen was dazuverdienen konnte. Ich dachte immer, das Risiko sei überschaubar, es ging ja nie um große Mengen. Seitdem läuft das so mit, ohne dass ich mir darüber groß Gedanken gemacht oder mir viel Mühe dabei gegeben hätte. Es ergab sich immer irgendwie.

In der Renate stehen wir draußen hinter dem blickdichten, hohen Bretterzaun unter der alten Jolle ohne Mast, die in der Baumkrone vertäut ist, während Raphael uns einen Gin Tonic besorgt. Ein paarmal versuche ich, mit Natalie ins Gespräch zu kommen, aber sie bleibt so einsilbig, dass ich es irgendwann aufgebe. Ich zünde mir eine Zigarette an und betrachte die Menschen um mich herum. Eine Gruppe von Erasmusstudenten zwingt uns ihr belangloses Geschwätz auf. Beats und Bässe dringen aus dem Club und stampfen durch den Garten. Im Erdgeschoss des verfallenden Wohnblocks befindet sich die Bar, von der Raphael gerade zurückkommt, in den Wohnungen der ersten Etage sind die beiden Dancefloors. Als Raphael uns die Drinks reicht, sind seine Handrücken nass und die Plastikbecher zu einem Drittel geleert. Wir stoßen an, wobei noch mehr verschüttet wird, und schließlich saugen wir die zwischen dem vielen Eis verbliebene bittersüße Flüssigkeit durch die dicken Plastikhalme in wenigen Zügen ein. Raphael stiert in die Gegend und kaut einen imaginären Kaugummi, wahrscheinlich setzt die Wirkung der Pillen schon ein. Ich erzähle ihm, welche Resident-DJs heute auflegen, und schlage vor, dass wir hochgehen. Dann laufe ich los, ohne eine Antwort abzuwarten.

Der Blick über die Schulter im überfüllten Treppenhaus bestätigt meine Annahme, dass sie mir hinterhertrotten. Durch eine herausgeschlagene Tür, gesäumt von römisch anmutenden Figuren, betreten wir den Tanzraum: über uns das diffuse Licht, gebrochen durch die mit Papier bespannten alten Fensterrahmen, die von der Decke hängen, um uns herum die Tanzenden und Trinkenden, in uns der tiefe Bass des Soundsystems. Mir gefällt, was gespielt wird, und unwillkürlich bewege ich mich mit den anderen zur Musik. Wie auf verwackelten Schnappschüssen sehe ich Raphael und Natalie zuerst unter dem Druck der Droge ganz in sich und die Musik versunken nicht weit von mir am Rand der Tanzfläche, kurze Zeit später von derselben, sich wandelnden Kraft angeschoben, ausgelassen und wie befreit inmitten eines Pulks tanzender Körper.

Ich spüre das nasse T-Shirt auf meiner Haut und mir schießt der Gedanke durch den Kopf, dass ich eben für zehn Minuten alles um mich herum vergessen habe. Ich habe die Kontrolle über meinen Körper abgegeben und mich der Musik überlassen. Während ich darüber nachdenke, falle ich aus dem Rhythmus und komme mir plötzlich albern vor. Versuche ich hier, auf den Gräbern zu tanzen? Ich bleibe inmitten der bewegten Körper stehen und blicke den Menschen in ihre Gesichter. Nirgendwo ein Ausdruck des Zweifels. Das hier bist du nicht, denke ich. Du gehörst nicht mehr hierher.

XVI.

Was hatte Panzlaff gemeint, als er sagte, dass Jakub Lelek zu weit gegangen sein könnte? Wie kann ein Theaterstück, ein Puppenspiel zu weit gehen? So weit, dass der Verfasser Gefahr läuft, ermordet zu werden?

Ich muss dieses Stück finden. Irgendwo muss Lelek es geschrieben und hinterlegt haben.

Ich fahre zum Studentenwohnheim. An der Rezeption erhalte ich erst nach langen Verhandlungen den Schlüssel. Rufe den Aufzug und bin bald in der Etage, in der Lelek gewohnt hat. Das Zimmer ist versiegelt. Ich ziehe meine Karte durch das Papier.

Die Luft im Raum ist stickig und warm. Auf dem Boden sind noch immer die Kreideumrisse zu sehen. Der getrocknete Blutfleck ist dunkel, fast schwarz. Ich schaue mich um. Der Schrank, der Schreibtisch, das Bett. Die große Kiste mit den Puppen. Im Schrank finden sich neben Kleidungsstücken Ordner mit diversen Papieren: Mitschriften von Vorlesungen, Zeichnungen von Bühnenaufbauten und Einstellungen von Scheinwerfern und Lichteffekten. Daneben Bücher über Schauspielkunst, über Kostüme und Puppenspiel. Sie stehen in Reihen oder sind unordentlich hingeworfen. In den meisten stecken Zettel mit oder ohne Erläuterungen. Ich sehe Kostümabbildungen von Königen und Tieren, von Hexen und Fabelwesen, Bilder von Puppen in allen möglichen Größen und Formen. Abstrakt wirkende Figuren aus Plastik und Holz, sogar aus Blech und Papier. Scherenschnittfiguren. Köpfe auf Holzstöcken und Marionetten, Puppen ganz aus Stoffen, die die Körper umwehen, als wäre es Luft und Wind. Schließlich entdecke ich auch mit Fäden zusammengebundene Stückausdrucke, manche auch nur mit Büroklammern oder Tackern zusammengehalten.

Ich lege den Stapel auf den Tisch und setze mich. Arbeit für Arbeit schaue ich mir an. »Der Troll und die Dummheit«, ein Stück von Nadja Brinkmann. »Morgens um vier«, Verfasser: Friedrich Groß, Hochschule für Schauspielkunst, betreut durch Prof. Panzlaff. Und »Zambi Zambel« von Bianka Mollenhauer und Jakub Lelek. Ich blättere die Seiten durch. Es ist offenbar für Kinder und handelt von Kobolden in Autos und Waschmaschinen und deren Problemen mit sich und den Menschen. Das dürfte nicht das Stück sein, von dem Johanna Bäumer und Panzlaff gesprochen haben. Aber es überrascht mich, dass Lelek offenbar auch solche Texte verfasst hat. Kleine, fröhliche Stücke für Kinder.

Ich schiebe den Stapel zurück in den Schrank. Mein Blick fällt auf einen Ordner, der halb verdeckt ist von einem Buch.

Auf dem Rücken des Ordners steht: Lelek – Theater. Ich schiebe das Buch beiseite und ergreife die graue Mappe. Sie ist leicht. In der Bindung sind vielleicht dreißig Blätter festgemacht. Als ich das Deckblatt aufschlage, sehe ich eine Zeichnung. Es ist eine Zeichnung von den aufgehängten Puppen in dem Gebäude, das Lelek und sein Geschäftspartner kaufen wollten. Der Raum und die Figuren sind mit feinem Bleistift skizziert. Es hat den Anschein, als habe der Zeichner diese Szene eher mit Distanz wahrgenommen. Als habe er sich selbst darüber erschrocken, als wäre er überwältigt von der Wirkung einer solchen Situation. Ich blättere um und finde eine weitere Zeichnung, diesmal von einer der Figuren. Doch die Figur hat ein Gesicht: das Gesicht von Jakub Lelek. Er hat sich selbst als erhängte Puppe gemalt. Seine Augen sind weit aufgerissen, aber stumpf. Der Kopf ist nach rechts geneigt, der Hals abgeschnürt von einer erbarmungslosen Schlinge.

Ich bin entsetzt. Lelek, getötet. Eine Vorahnung? Fühlte er sich bedroht? Glaubte er, dass er wie die Puppen erhängt werden könnte?

Die folgenden Zeichnungen zeigen eine Bühne. Vorhänge, Stuhlanordnungen, Scheinwerferkräne an den Wänden eines Raumes. Offenbar hat Lelek sich ein Bild davon machen wollen, was aus dem Theatersaal herauszuholen wäre. Aber auch auf diesen Zeichnungen finde ich keinen Hinweis auf ein Stück oder auf ein Spiel, das die Studierenden gespielt haben könnten und das mit dem Tod von Jakub geendet hat. Nur die Bilder von den aufgehängten Puppen sind irritierend. Aber was sollen sie aussagen? Und warum hat Lelek sie gezeichnet?

Ich sehe mich weiter um. Ich bemerke die Marionette, die an der Wand direkt neben der Tür hängt. Eine Frau, die aussieht wie eine Tänzerin. Seltsam, ich frage mich, ob diese Marionette schon an dem Tag dort hing, als ich dieses Zimmer zum ersten Mal betreten habe. Ich ziehe meine Kamera aus der Tasche. Ich habe den Raum fotografiert, als ich an jenem Morgen am Tatort war. Und wirklich, auf den Bildern ist die Puppe zu sehen. Eindeutig. Aber sie hing ein wenig schräg. Kann sein, dass die Spurensicherung sie abgenommen und sich angeschaut hat. Offenbar habe ich sie damals nicht so recht wahrgenommen. Vielleicht war ich von den vielen Bildern, Fotografien und Zeitungsausschnitten beeindruckt, die überall an den Wänden befestigt sind.

Ich durchsuche den Schreibtisch und eine Ablage, auf der sich weitere Bücher und Zeitschriften befinden. Sämtlich zum Thema Puppenspiel. Ich schaue unter das Bett und unter die Matratze. Nichts. Mein Blick fällt auf die Truhe. Vielleicht, so kommt mir in den Sinn, hat er das Stück bei seinen Puppen aufbewahrt. Doch als ich den Deckel anheben will, stelle ich fest, dass die Truhe verschlossen ist. Nicht einen Millimeter lässt sich der Deckel bewegen. Mir fällt ein, dass ich selbst die Truhe wieder abgeschlossen habe. Aber wo ist der Schlüssel? Ich habe ihn Franz gegeben, und der hat ihn ganz sicher an die Kollegen von der Spurensicherung weitergereicht, die danach den Raum untersucht und dabei sicher auch in die Truhe geschaut haben. Und den Deckel wieder verschlossen. Somit liegt der Schlüssel nun sicher aufbewahrt in der Dienststelle.

Ich könnte die Kollegen anrufen und sie bitten, mir den Schlüssel vorbeizubringen. Oder ich bitte einen Techniker her, der das Schloss wahrscheinlich in Sekundenschnelle öffnen würde. Ratlos stehe ich vor der Kiste. Und plötzlich spüre ich geradezu, dass da die Puppen sind. Sie liegen in der Truhe und lauschen wahrscheinlich meinen Schritten, warten auf, was ich tun werde.

Hinter mir öffnet sich plötzlich mit lautem Ruck die Tür und schlägt, weil sie mit großer Kraft aufgestoßen wurde, gegen die Wand. Das laute Geräusch lässt mich zusammenzucken. Meine Hand greift nach der Pistole. Ein Mann steht im Türrahmen. Wir fixieren uns, versuchen zu ergründen, wer der andere sein mag. Im Blick des Mannes entdecke ich so etwas wie ein Erkennen.

»Sie sind von der Polizei?«, fragt er.

»Martaler, Mordkommission.«

Der Mann zögert. Dann wird seine Haltung weicher. »Ich habe einen Hinweis bekommen, dass das Siegel aufgebrochen wurde«, sagt er. »Mein Name ist Müller, wir sind seit zwei Tagen hier angeheuert von der Leitung des Wohnheims. Wachschutz, Firma Streetcontrol. Ich hoffe, ich habe Sie nicht allzu sehr erschreckt. Aber vielleicht sind Sie so nett und melden sich das nächste Mal an, wir sitzen unten in dieser Eingangsloge. Die Tür hier wird jetzt überwacht. Deshalb bin ich hochgefahren, um nachzusehen, was los ist.«

Erst jetzt nehme ich wahr, dass der Mann eigentlich ein recht freundliches Gesicht hat. Er ist kräftig und etwas größer als ich. Sein Alter ist schwer zu schätzen.

»Kann ich etwas für Sie tun?«, fragt er und meint es offensichtlich sogar so.

»Eigentlich nicht«, sage ich. »Ich bin jetzt auch fertig hier.«

Wir verlassen den Raum. »Schlimme Sache«, sagt der Mann noch, als wir im Flur stehen. »So ein junger Mensch. Wahrscheinlich hat man ihn direkt abgepasst.«

»Abgepasst? Wie meinen Sie das?«

»Ich glaube, dass sein Mörder da drüben auf ihn gewartet hat. Da ist eine Abstellkammer.«

»Ja, und?« Mir gefällt der Mann, er redet wie ein Kollege.

»Ich hab mich da reingestellt. Wollen Sie auch mal?«

Er geht auf eine Tür zu direkt neben der Küche zu. Dass es da eine winzige Abstellkammer für Besen und Reinigungsmittel gibt, weiß ich. Am Morgen nach dem Mord hatte der Hund an dieser Stelle angeschlagen.

Ich tue, was der Wachmann sagt, ich betrete den engen Raum.

»Ich schließe jetzt die Tür, und dann schauen Sie mal.«

Er macht die Tür zu und sofort ist es absolut dunkel. Aber es dauert nicht lange, bis ich mich an das Dunkel gewöhnt habe, und ich sehe, dass da ein kleiner Schlitz ist, durch den

Licht in den Raum fällt. Man kann sogar durch diesen Spalt nach draußen schauen und hat dabei genau die Tür von Leleks Zimmer im Blick. Der Mann vom Sicherheitsdienst tritt vor die Tür. Er schaut in meine Richtung, nickt mir zu.

Ich stoße die Tür auf und atme tief durch. Stickig war es in der Kammer. Verschiedene scharfe Gerüche. Gerüche, die mir beinahe den Atem genommen haben.

»Verstehen Sie, was ich meine?«, sagt der Mann, »es ist natürlich nur so eine Idee, aber es ist ein ideales Versteck, wenn es darum geht, jemanden unbemerkt abzupassen. Wie Sie vielleicht bemerkt haben, sind die Gegenstände in der Kammer so gestapelt worden, dass ein Mensch da drin einigermaßen stehen kann.«

Einen Augenblick lang habe ich Lust, diesem Müller zu sagen, dass an dem Mord an Lelek zwei Menschen beteiligt waren. Aber ich schweige lieber. Lasse ihn in dem Glauben, dass er mich auf eine interessante Spur gebracht hat. Man weiß nie, wofür man die Gunst solcher Leute noch braucht, und es ist mir mehrfach passiert, dass uns solche Hinweise tatsächlich weitergebracht haben. Manchmal war es das fehlende Mosaiksteinchen, das Puzzleteilchen, das noch fehlte, um ein Bild zu vervollständigen. Um einen Fall wirklich klären zu können, muss man ihn verstehen. Es geht nicht darum, eine Spur zu verfolgen oder eine Tat zu rekonstruieren, es geht darum, sich zunächst ein möglichst vollständiges Bild von allem zu machen, was zum Tatgeschehen gehört. So wie ein Foto von einem Tatort vieles erzählen kann, wenn man sich nicht nur auf die Tat konzentriert. Das wirklich Komplizierte ist, herauszufinden, was zum Puzzle gehört und was nicht, was man wirklich braucht und was man unbedingt aus dem Bild herausnehmen muss, weil es sonst die Sicht versperrt, weil es Unklarheiten schafft, die keinen Schritt weiter führen. Die Idee, dass in der Kammer jemand auf Lelek gewartet haben könnte, ist so ein Puzzleteil, von dem ich nicht weiß, ob ich es brauchen kann oder besser vergessen sollte.

Als ich unten am Eingang des Wohnheims stehe, fällt mir der Schlüssel zur Truhe wieder ein. Ich rufe in der Spurensicherung an.

»Der Schüssel, welcher Schlüssel?«, sagt Bernsen nachdenklich. Ich erkläre ihm die Sache mit der Truhe und den Puppen. Er erinnert sich.

»Ach, die Truhe, ja richtig. Der Schlüssel ist im Zimmer verblieben. Er muss in der Truhe stecken.«

»Aber er ist nicht da!«

Der Kollege fragt seinen Mitarbeiter, wenig später sagt er: »Es geht doch um die Truhe mit diesen Theaterfiguren? Wir haben das genauer angesehen und nichts Auffälliges gefunden. Außer natürlich diese unglaublichen Puppen. Wir sind uns ganz sicher, der Schlüssel muss dort sein!«

Ich bedanke mich und schalte das Handy aus. Der Mann von der Sicherheitsfirma ist inzwischen in der Pförtnerloge verschwunden. Dort sitzt er mit einem Kollegen in schwarzer Uniform. Wahrscheinlich hat der Betreiber des Wohnheims den Wachdienst angefordert, damit die Bewohner ein Gefühl der Sicherheit bekommen, und da spielen Uniformen bekanntlich eine gewichtige Rolle. Ich sage noch, dass ich eigentlich einen Schlüssel suche. Einen Schlüssel für die Truhe oben in dem Raum.

Der Mann, der sich mit Müller vorgestellt hat, zuckt mit den Schultern. »Soweit ich das mitbekommen habe, verging eine ganze Weile, bis die Tür mit dem Siegel verschlossen wurde. Die Spurensicherung war da, dann war die Tür zwar verschlossen, aber es war kein Siegel dran. Erst Stunden später kam ein Kollege.«

Ich versuche mir das vorzustellen. Eigentlich versiegelt die Spurensicherung sofort. Eine Unachtsamkeit? Oder hat man noch eine zusätzliche Untersuchung durchgeführt und das nötige Gerät war nicht da? Mir fällt der scharfe Geruch in der Kammer ein. Wurde da Desinfektionsmittel gelagert? Oder warum dieser Geruch? Das sollten die Kollegen von der Spurensicherung untersuchen.

Mein Handy klingelt. Franz sagt, dass es Informationen zu dem Besitzer des im Schacht gefundenen Handys gibt. Es ist ein gewisser Martin Stoll, er arbeitet für eine Immobilienfirma. Man wird ihn in einer halben Stunde in der Dienststelle haben, damit er befragt werden kann. Ich sage Franz, dass er noch mal die Spurensicherung ins Wohnheim schicken soll.

»Geht jetzt nicht«, antwortet Franz wie aus der Pistole geschossen, »die sind an einem anderen Fall dran. Die können frühestens in ein paar Stunden.«

Ich zweifle, ob meine Idee in Bezug auf das winzige Nebengelass und den Geruch wirklich eine Idee sein könnte, und sage: »Das hat Zeit.«

Als ich ankomme, sitzt besagter Martin Stoll bereits im Vernehmungsraum. Er zieht die Augenbrauen hoch, als er mich sieht. Franz schaltet das Aufnahmegerät aus.

»Wir haben schon mal angefangen«, sagt er rasch, »Herr Stoll arbeitet für die Firma Holzhaus. Das klingt niedlich, ist aber, soweit ich das verstehe, eine Art Konsortium. Man kauft große Flächen in der Stadt und investiert in Wohnungen, Restaurants, ganze Anlagen, und verkauft die Wohnungen dann an betuchte Leute, die es mögen, in Wohnensembles zu leben, wo man dann mehr oder weniger unter seinesgleichen ist. Das Konzept stammt aus Amsterdam.« Franz schaut zu Stoll hinüber, der sich mit teilnahmslosem Gesicht zurücklehnt. »Hab ich das korrekt wiedergegeben, Herr Stoll?«

Der Mann zuckt mit den Schultern. »Ja, das ist korrekt.«

»Gut.« Franz drückt die Taste des Aufnahmegeräts. »Dann fahren wir also fort. Die zurzeit nicht genutzte Immobilie, also dieses stillgelegte Restaurant, in dem Sie auf Herrn Martaler trafen, gehört das zu den bereits erworbenen Beständen von Holzhaus?«

»Korrekt.«

»Und das Gebäude daneben?«

»Was ist damit?«

»Darauf hat Ihre Firma spekuliert?«

»Spekuliert? Es steht seit etwa fünfzehn Jahren leer und zum Verkauf.«

»Und warum haben Sie es nicht längst erworben?«

»Wir hatten zunächst vor, dass wir auf der Spreeseite bleiben und dass sich unser Arial vom Ostbahnhof bis zur Jannowitzbrücke erstreckt.«

»Auf beiden Spreeseiten?«

»Zum Teil. Auf der Kreuzberger Seite sind die Flächen bereits wesentlich breiter vermarktet worden. Die Friedrichshainer Uferseite hingegen ist bislang noch weitestgehend frei und ungenutzt.«

»Und das Gebäude, von dem wir gerade sprachen? Krautstraße?«

»Die Geschäftsführer der Firma, für die ich arbeite, hatten entschieden, auch Gelände aufzukaufen, das hinter dem S-Bahnbogen liegt. Mehr kann ich dazu nicht sagen. Im Übrigen wissen Sie ja selbst, wie es dort aussieht. Die Stadt kann sich glücklich schätzen, einen solch potenten Investor gewonnen zu haben. Wir wollen aus dieser Trümmerwüste, in der vor allem Ratten leben, Ratten und Obdachlose, eine urbane Stadtlandschaft machen.«

»Aber es gab bereits einen Interessenten für das besagte Gebäude und das wussten Sie, Sie und diese Firma Holzhaus«, mische ich mich ein.

»Ja, wir wussten davon. Wir haben den Herren auch von unserem Vorhaben berichtet. Aber wir sind bei den beiden auf Ablehnung gestoßen. Wir haben ihnen sogar ein Äquivalent geboten. In Pankow, aber man wollte nicht.«

Nun verschränke ich die Arme vor der Brust. Ich merke, dass ich allmählich eine deutliche Aversion gegen diesen Mann aufbaue. Er tut so, als wäre er der Geschäftsführer dieser Investitionsfirma persönlich, und kriecht durch dreckige Schächte wie ein Maulwurf oder eben wie eine Ratte? Ist er der Mann für alles? Ist er derjenige, der andere unter

Druck setzt und, wenn das nicht klappt, schließlich auch zum Äußersten greift? Ist Stoll jemand, der einen Widersacher auch umbringen würde? Oder einen Killer auf einen unliebsamen Partner ansetzen? Mir sitzt ein Mann gegenüber, der sich kühl und sicher gibt und es vielleicht sogar ist, weil er sich in Sicherheit wiegt.

»Haben Sie Jakub Lelek getroffen?«, frage ich und lehne mich nach vorn. Der Mann soll merken, dass ich ihn angreife.

»Wen?«

»Jakub Jelek und Mario Ramtun?«

»Die Namen sagen mir etwas, aber getroffen habe ich die beiden nicht. Nein.«

»Was haben Sie in dem Gebäude gesucht, als Sie mich dort trafen und ansprachen?«

»Nun, wie bereits gesagt, haben wir Interesse an der Immobilie, und da die Tür offen stand …«

»Reden Sie doch keinen Unsinn, Sie waren bereits in dem Gebäude, als ich es betrat. Außerdem wussten Sie von dem Verbindungsschacht. Oder wollen Sie mir erzählen, dass sie den Eingang zufällig gefunden haben, als Sie versuchten, mich irgendwie loszuwerden.«

»Nein, den Schacht kannte ich. Wir hatten beim Ankauf des Restaurants prüfen lassen, wie es mit den Zuleitungen, also Elektroenergie und so weiter, stand. Von daher.«

»Noch einmal, was haben Sie in dem Gebäude gesucht?«

»Nichts. Ich hatte bemerkt, dass die Tür offen stand, also bin ich rein.«

»Und Sie haben Jakub Lelek nie getroffen?«

»Soviel ich weiß, nein.«

»Aber Sie wissen, dass er tot ist?«

Die Augen des Mannes werden zu schmalen Schlitzen. Er sieht mich scharf an. Jetzt ähnelt sein Gesicht dem eines Raubtiers, das sich auf die Abwehr eines Angriffs vorbereitet.

»Nein.«

»Nicht? Jakub Lelek ist ermordet worden.«

»Das ist bedauerlich.«

»Ja, das ist sehr bedauerlich. Und irgendwie habe ich die Ahnung, dass sein Tod etwas mit Ihren Geschäften zu tun haben könnte.«

»Das ist Unsinn!«

»Meinen Sie? Ich frage mich, weshalb Sie versucht haben, mich loszuwerden. Sie haben sich doch nichts vorzuwerfen. Und fast wäre es Ihnen ja auch geglückt, wenn Sie nicht bei Ihrer Flucht das Handy verloren hätten. Dumme Sache, und noch dümmer, dass es ein Polizist dann auch noch gefunden hat. In diesem Schacht, den zu durchqueren mit Sicherheit keine Freunde gewesen sein dürfte.«

»Sie haben mein Handy? Ich verlange, dass Sie es mir sofort aushändigen!«

»Derzeit prüfen wir alle Daten, die sich darauf befinden.«

»Das dürfen Sie nicht!«

»Herr Stoll, Sie sind ein Tatverdächtiger, falls Sie das noch nicht registriert haben sollten. Ich gehe davon aus, dass Sie in den Mord an Jakub Lelek verwickelt sind.«

»Das ist doch absurd!« Nun gerät der Mann doch in Rage. Es fehlt nicht viel und er würde aufspringen. Aber man merkt ihm an, dass er darin geübt ist, in kritischen Situationen nicht die Fassung zu verlieren. Betont ruhig sagt er: »Also gut, dann möchte ich meinen Anwalt informieren.« Er zieht seine Brieftasche heraus und daraus eine Visitenkarte. »Hier ist die Telefonnummer, er heißt Dr. Fassmann, bitte rufen Sie ihn an, ich möchte mit ihm sprechen.«

Franz nimmt die Karte und verlässt den Raum.

»Sagen Sie, was hat es mit diesen erhängten Puppen auf sich? War das am Ende Ihre Idee?«

Stoll verschränkt die Arme, was heißen soll, dass er nicht mehr bereit ist, weiter mit mir zu reden.

»Vielleicht wollten Sie Lelek und seinem Geschäftspartner zeigen, was ihnen blüht, wenn sie sich weiter unkooperativ verhalten und auf dem Kauf des Gebäudes beharren?

Vielleicht waren die beiden einfach schneller gewesen, hatten ein Vorkaufsrecht erworben. Und Sie hatten nicht aufgepasst und waren ins Hintertreffen geraten. Habe ich recht?«

Stoll verzieht keine Miene. Ich stehe auf und gehe im Raum hin und her. Durch das hohe Fenster sehe ich, dass es draußen inzwischen dunkel geworden ist.

»Wir werden das sowieso bald wissen, wenn wir uns mit dem Liegenschaftsfonds von Berlin in Verbindung gesetzt haben. Sie werden Lelek aufgefordert haben, er soll von dem Kauf ablassen, weil er mit seinem Theater sowieso keine Ruhe an diesem Platz finden würde. Sie haben ihm gedroht. Und er hat sie gereizt. Lelek war ein Mensch, der sich durchzusetzen verstand. Und das hat Ihnen nicht gefallen. Was haben Sie eigentlich geboten für das Grundstück?«

Noch bevor der Mann hätte antworten können, kommt Franz herein. Er nickt mir zu, was so viel bedeutet, wie dass wir jetzt unterbrechen müssen, und zeigt auf das Telefon in der rechten Ecke des Raumes.

Stoll steht langsam auf. Sehr langsam. Er hat seine Fassung wiedergefunden, ist wieder ganz der souveräne Gesprächspartner. Er geht zum Telefon, nimmt ab und sagt: »Hier Martin Stoll, sind Sie es, Herr Dr. Fassmann?«

Ich merke, dass ich mich über dieses alberne Gehabe ärgere, und sage laut: »Außerdem würden wir gerne wissen, wo Sie sich in der Nacht, als der Student ermordet wurde, aufgehalten haben. Es geht um ein Alibi!«

Wir verlassen den Raum. Draußen sagt Franz nachdenklich, dass es immerhin denkbar sei, dass diese Immobilienfirma auch vor irgendwelchen kriminellen Machenschaften nicht zurückschreckt. Aber ein Mord?

Ich schaue ihn nachdenklich an. »Und wenn es einen Auftrag gegeben hat? So nach dem Motto, bringt diese beiden Typen dazu, dass sie sich hier raushalten aus den Geschäften. Und einem von den beauftragten kleinen Ganoven geht eine Sicherung durch, er nimmt den Auftrag zu ernst. Er droht Lelek, der lässt den Typen kalt abblitzen, der gerät in Rage und plant eine Abreibung, die Sache gerät aus den Fugen, und schließlich sticht der Typ zu. Das ist doch immerhin möglich!«

»Du meinst, dass es bei der Tat nicht direkt um ein vermasseltes Geschäft ging, sondern um das Aufeinandertreffen eines beauftragten Kriminellen mit einem unnachgiebigen Studenten, der nicht erkannt hat, in welche Gefahr er sich begibt. Aber unsere Vermutungen werden nicht reichen, um diesen Stoll jetzt in U-Haft zu nehmen.«

»Wir lassen ihn laufen und beobachten, was er tut. Und wir nehmen uns diese Firma vor. Holzhaus. Gleich morgen früh. Gewarnt sind die jetzt sowieso.«

»Gut.« Franz ist zufrieden mit der Entscheidung. »Ich werde mir dann noch die Auswertung von seinem Handy anschauen. Die Kollegen haben die meisten angerufenen Nummern zuordnen können. Wenn dieser Stoll Kontakte zur Unterwelt hat, dann werden wir das bald wissen.«

Er geht noch einmal zurück in den Befragungsraum. Wenig später sehe ich, wie Stoll eilig dem Ausgang zustrebt.

Es ist still in der Dienststelle. Mir fällt auf, dass ich Kiesewetter den ganzen Tag über nicht mehr gesehen habe. Franz zuckt mit den Schultern. Der Chef ist mittags los, sagt er. Franz sieht müde aus und traurig. Ich ahne, dass ihm seine persönliche Lage schwer zu schaffen macht. Aber ich habe das Gefühl, dass er darüber nicht reden will, nicht reden kann. Wie ist das möglich, dass jemand sich so sehr freut, Vater zu werden, und es dann nicht sein kann? Aber er muss allein zu einem Schluss kommen. Wenn er mit mir reden will, kann er das tun.

Ich bin schon an der Tür, da fällt mir die Sache mit der Truhe und dem Schlüssel ein. Ich erzähle Franz, dass der Schlüssel verschwunden ist und es dafür keine Erklärung gibt.

»Fehlen denn Puppen aus der Truhe?«, fragt er.

»Das weiß ich nicht, weil ich sie ja nicht öffnen konnte.«

»Richtig. Aber würden wir denn erkennen, dass da welche fehlen?«

»Wir nicht, aber vielleicht Johanna Bäumer oder Niklas Grossarth.«

Als ich nach Hause komme, schläft Kerstin schon. Obwohl das Licht eingeschaltet ist und das Radio läuft und eigentlich gar nichts wirklich darauf hindeutet, merke ich es sofort, als ich die Wohnung betrete. Kaum habe ich die Tür zur Wohnung geöffnet, umfängt mich eine seltsam angenehme Stille, die mich ruhig werden lässt. Ich bewege mich langsam und leise und habe das angenehme Gefühl, wirklich zu Hause zu sein.

In der Küche liegt ein Zettel. Er stammt von einem dieser dicken Blöcke, die es seit einiger Zeit zu allen möglichen Themen gibt. Dicke, viereckige Stapel, die vorne, schräg zulaufend wie eine Pyramide, irgendein Motiv haben. Kerstin liebt solche Blöcke, und je nach Stimmung nutzt sie den einen oder den anderen, um ihre knappen Mitteilungen weiterzugeben, oder auch, um dringende Einkäufe oder Termine zu vermerken. Die Zettel liegen dann im Korridor oder stecken an meiner Jacke, aufgespießt vom Garderobenhaken, oder auf dem Bett, sodass man beim Schlafengehen auf alle Fälle mit der dringenden Nachricht konfrontiert wird. Heute steht auf dem Zettel, auf den unten am Rand kleine Strichmännchen mit Luftballons in den Händen gemalt sind: »Wir haben morgen um neun Uhr einen Termin. Du musst dich ordentlich anziehen! Kerstin.«

Der Termin, ja natürlich. Ich hätte ihn ganz sicher vergessen. Und nun, da ich die klare Ansage von Kerstin vor mir liegen sehe, taucht wieder die Frage nach dem Grund des Treffens auf. Und warum macht Kerstin ein solches Geheimnis darum?

Ich öffne ein Bier und trinke die Flasche bis zur Hälfte aus. In der Linken halte ich den Zettel. Schaue noch einmal darauf und freue mich. Ja, ich bin froh, dass Kerstin so ein Getue macht, und ich weiß sogar, warum ich mich freue. Ich freue mich, weil ich Vertrauen habe. Zum ersten Mal habe ich zu ihr wieder das Vertrauen, das ich vor unserer Trennung hatte. Ein Vertrauen, das mir sagt, sie wird etwas vorbereitet haben, was gut ist, was mir gefallen wird, was uns beide berührt.

Ich wähle Franz an. Es klingelt einige Male und ich habe schon Sorge, dass gleich der AB angehen wird, aber dann ist er doch am Telefon. »Was ist?«

»Ich wollte nur sagen, dass ich morgen erst später komme. Es ist was Dringendes.«

»Mit Kerstin?«

»Mit ihr, ja, aber keine Probleme, denke ich jedenfalls.«

»Alles klar.«

Ich zögere. »Franz?«

»Ja.«

»Wenn du mich irgendwie brauchst, ich meine, wenn ich was tun kann für dich …«

»Ich werde mich trennen. Am besten, ich ziehe gleich in das Studentenwohnheim. Der Chef hat mir ein Zimmer in der zwölften Etage angeboten. Es ist zurzeit spottbillig, einhundertachtzig warm. Aber vielleicht hab ich auch einen Sonderrabatt, weil ich von der Polizei bin.«

»Und deine Frau und dein Kind?«

»Ich habe keine Ahnung, was werden wird. Ich hätte nie gedacht, dass sich ein Mensch so verändern kann. Es ist, als würde ich neben einer fremden Person aufwachen. Und sie lässt es dabei bewenden. Sie will nicht reden und sagt, ich sei es, der sich verändert hätte.«

»Hast du ja bestimmt auch. Ich hab zwar nicht wirklich Ahnung davon, aber ich glaube, dass jeder Mensch sich verändert, wenn er ein Kind bekommt, egal ob Vater oder Mutter. Niemand weiß vorher, wie es sein wird, wenn man ein Kind hat. Das hört sich zwar an wie irgendeine Großvaterweisheit, aber deshalb muss es ja nicht falsch sein.«

»Mag sein, aber ich komme eben nicht über die Hürde, das zu akzeptieren.«

»Vielleicht braucht es einfach nur Zeit.«

»Ich hab ein ganz beschissenes Gefühl, wenn ich jetzt gehe. Ich lasse sie im Stich. Aber ich weiß keinen anderen Ausweg. Und sie sagt nicht ein einziges Mal, dass sie mich braucht.«

Wir schweigen. Was soll ich dazu sagen? Ich frage mich, wann das mit Franz und seiner Frau in Schieflage geraten ist. War es wirklich die Geburt des Kindes? Hatten sie sich nur vordergründig so darauf gefreut? Manchmal war mir Franz mit seinem ganzen Getue wirklich auf die Nerven gegangen. Er ist zur Schwangerengymnastik und hat die Atemtechniken geübt, er hat monatelang nur irgendwelche ganz besonders naturbelassenen Wasser getrunken, als würde er selbst das Kind im Leib tragen. Er hat seinen Dienst vernachlässigt, war mit den Gedanken nur noch bei der Geburt. Aber schon damals ist mir aufgefallen, dass er nie über das Kind gesprochen hat und schon gar nicht über seine Frau. Schwangerschaft und Geburt, das war es. Er wollte alles richtig machen, alles exakt nach Anleitung. Das hätte mich eigentlich stutzig werden lassen müssen. Hat es aber nicht, weil ich bisweilen den Eindruck habe, dass die ganze Gesellschaft so funktioniert. Alles exakt nach Vorschrift, auf keinen Fall etwas falsch machen. Hatte Franz darüber vielleicht vergessen, dass er dieses Kind mit seiner Frau gemeinsam bekommt, weil sie sich lieben, weil sie eine Familie sein wollen?

»Vielleicht«, sage ich schließlich, »vielleicht bringt es ja wirklich was, wenn ihr erst mal auseinandergeht. Aber eine Garantie dafür, dass es von alleine besser wird, die gibt es nicht.«

»Ich weiß.«

»Und ob das 'ne gute Idee ist, in dieses Wohnheim zu ziehen, das stelle ich auch mal in Frage.«

Franz schweigt. Dann sagt er: »Danke, ich danke dir.«

»Schon gut. Ich leg mich jetzt für paar Stunden hin, und wie gesagt …«

»Ich hab noch was«, unterbricht mich Franz, »wir haben ja das Handy von diesem Stoll ausgewertet. Es gibt tatsächlich Hinweise darauf, dass er Kontakte mit zwei Leuten hat, die von uns erfasst sind. Steffen Billant und Maximilian Rangert. Ich habe gleich mal nachgesehen: Billant hat vor acht Monaten seine letzte Haftstrafe abgesessen. Schwere Körperverletzung, Raub, Erpressung. Und Rangert ist erst seit gut acht Wochen wieder draußen. Die letzte Strafe lautete auf Körperverletzung mit Todesfolge. Acht Jahre, sechs abgesessen. Stoll hat mit beiden telefoniert. Er hat zwar die Nummern wieder gelöscht, aber wir konnten es dennoch nachverfolgen. Ich würde morgen früh einen Antrag stellen, dass die Nummern überwacht und die Gespräche aufgezeichnet werden. Ich gehe davon aus, dass der Richter das genehmigt. Bleibt die Frage, ob wir die beiden aufsuchen und zur Rede stellen. Was meinst du?«

»Erst überwachen lassen, dann greifen wir sie uns. Versuch rauszufinden, wo sie sich aufhalten. Vielleicht über Handyortung. Das wäre natürlich wirklich ein Ding, wenn die Lelek umgebracht haben. Ich werde morgen noch beim Liegenschaftsfonds vorbeisehen.«

»Alles klar. Ich mach hier noch ein bisschen. Kann sowieso nicht schlafen.«

Das Telefon knackt. Franz hat aufgelegt.

Ich gehe hinaus auf den Balkon. Ein paar Minuten noch, um zur Ruhe zu kommen. Ich habe mir ein zweites Bier aufgemacht. Der Platz gegenüber ist schwach beleuchtet. Von irgendwo höre ich Stimmen, ein Pärchen redet und lacht. Angestrengt leise und doch laut genug, bis hier herauf zu schallen. Von rechts kommt eine Gruppe von jungen Leuten, wahrscheinlich Touristen auf dem Weg zum RAW oder zur Modersohnbrücke oder zu irgendeiner Party in der Gegend.

In der Nacht träume ich davon, dass ich in einer Abstellkammer stehe und durch den winzigen Spalt die Tür von Jakub Leleks Apartment beobachte. Ich kann sehr genau sehen, dass diese Tür sich wieder und wieder öffnet, ohne dass irgendjemand in den Flur tritt oder in den Raum hineingeht.

Nur einmal sehe ich eine Gestalt. Sie trägt ein Kleid. Ein weißes Kleid. Es ist eine Frau, die wie eine Tänzerin aussieht. Sie geht auch wie eine Tänzerin. Aber dann bemerke ich, dass sie an Drähten hängt. Sie ist kein Mensch, sondern die Puppe, die ich in Leleks Zimmer gesehen habe. Die Marionette tänzelt den Flur entlang bis zum Fahrstuhl. Die Fahrstuhltür öffnet sich, aber es ist kein Fahrkorb da. Drinnen ist es hell. Gleißend helles Licht, das aus dem Schacht fließt. Die Puppe geht noch einen Schritt. Noch einen. Dann stürzt sie hinunter. Und während sie fällt, fliegt sie an anderen vorbei, die gleichfalls auf dem Weg nach unten sind, in den sicheren Tod. Jakub und Johanna und Stoll, der verzweifelt mit den Armen rudert, und der Mann von der Sicherheitsfirma. Dann höre ich die Körper aufschlagen, einen nach dem anderen.

Ich wache schweißgebadet auf. Kerstin hat sich aufgerichtet, sie hat das kleine Licht eingeschaltet und sieht mich besorgt an. »Was ist los, geht es dir gut?«

Ich schaue um mich. Froh, diesem Alptraum entkommen zu sein.

»Du hast geschrien«, sagt Kerstin, »willst du etwas trinken?«

»Nein. Es ist alles in Ordnung«, sage ich schnell, »ich hab einfach blöd geträumt, schlaf nur.«

Kerstin sieht mir noch einmal prüfend ins Gesicht. Dann schaltet sie das Licht aus und dreht sich zu mir hin. Ihre Hand tastet nach meiner. Sie ergreift sie und hält sie fest.

XVII.

Ich habe Angst. Ich beobachte eine geschlossene Tür. Ich weiß nicht, wovor ich Angst habe, aber ich erwarte etwas. Ich weiß, dass gleich etwas Schlimmes passieren wird. Während ich die Tür anstarre, bemerke ich, dass eine Flüssigkeit langsam, aber stetig unter ihr hindurch über die Schwelle in den Raum sickert, bis sich eine große Lache bildet. Ich hebe und senke meine nackten Füße in der warmen Flüssigkeit und erkenne, dass es Blut ist. Vor Schreck werde ich starr. Ich stehe neben mir, bewegungslos, und beobachte mich selbst, wie ich auf dem Boden knie und mit einem Wischlappen und einem Eimer geschäftig versuche, das Blut aufzuwischen, während die Lache sich immer weiter im Raum ausbreitet. Ich sehe meine mit Blut bedeckte Hand. Ich hebe den Arm, spreize die Finger und das Blut läuft zwischen ihnen durch. Als ein Tropfen direkt in mein Auge fällt, wache ich auf.

Meine Knochen sind schwer wie Blei und ich bleibe eine ganze Weile reglos liegen, wie ein Schwerverletzter, dessen Lebensfunktionen nur noch durch Apparate aufrechterhalten werden. Obwohl ich geschlafen habe, fühle ich mich unendlich müde und erschöpft, aber mein Geist ist hellwach. Die Unruhe vermischt sich mit einem Gefühl tiefer Niedergeschlagenheit. Je matter ich mich fühle, desto mehr Angst bekomme ich und desto schneller rast mein Herz. Ich werfe einen Blick auf die Digitalanzeige des Weckers: 3 Uhr 48.

Es bereitet mir große Mühe, mich aufzurichten. Ein Blinzeln der müden Augen, und unvermittelt fällt mein Blick auf die Tür. Ich habe sofort das Gefühl, dahinter steht jemand. Ich stelle mir vor, dass seine Hand schon auf der Klinke liegt. Vielleicht dreht er sich gerade um und gibt seinem Komplizen stillschweigend zu verstehen, dass er jetzt die Tür öffnen wird. Vielleicht ist er aber auch allein. Weiß er, dass ich wach bin? Zögert er, weil er mich im Schlaf überwältigen wollte?

Geräuschlos stehe ich auf, ergreife die leere grüne Glasflasche, die neben dem Bett steht. Ich schleiche durch den Raum, stelle mich neben die Tür und hebe die Flasche zum Schlag. Es ist nicht leicht, die Kontrolle über meinen Atem zu behalten, aber ich bin mir sicher, dass er mich nicht hören kann. Minutenlang stehe ich wie gebannt neben der Tür und erwarte sein Eintreten. Es ist alles so logisch, denke ich. Wie konntest du so naiv sein, wieso ist dir das noch nicht in den

Sinn gekommen: Du bist ein Sicherheitsrisiko, du weißt zu viel. Und einen ganz kurzen Moment denke ich, dass es wahrscheinlich ohnehin die einzige Konsequenz ist, die sich aus dem Ganzen ergibt: selber auch zu sterben.

Vielleicht sollte ich sie ihren Job einfach machen lassen. Aber mein Arm bleibt erhoben. Ich schaue an ihm hoch und meine Haltung kommt mir vor wie eine Pose in einer Bühneninszenierung. Eine Pose, die Hoffnung und Wehrhaftigkeit symbolisieren soll, aber ich warte nur auf den Regisseur, der mir sagt, dass das so nicht geht, dass es nicht authentisch rüberkommt. Und je länger ich warte, desto mehr wird mir klar, dass sich diese Tür nicht öffnen wird. Ich schaue durchs Schlüsselloch. Nichts. Dann öffne ich die Tür, gehe im Pyjama bis zum Fahrstuhl, aber da ist niemand und es war auch niemand da.

Du bist paranoid, denke ich und schlüpfe in die Jeans, die vorm Bett liegt, ziehe einen Kapuzensweater und die Winterjacke über, steige in die halbhohen Schuhe und los. Raus hier. Du musst dich bewegen.

Ich laufe durch die Häuserschluchten an den endlosen Reihen parkender Wagen vorbei. Über mir die Lichter der Laternen, neben mir die Lichter des Verkehrs auf der Straße und in Reih und Glied kränkliche Bäume, die nicht den Eindruck erwecken, als würden sie irgendwann wieder grün werden. Der Traum schwirrt noch durch meine Gedanken. Ich sehe die geschlossene Tür und die Blutlache und versuche, die Bilder auszublenden. Aber ich komme nicht dagegen an. Ist ja nichts Neues, denke ich, aber irgendwas ist doch anders. Und ich weiß auch, was es ist: Mir sind diese Bilder vertraut geworden. Sie sind schrecklich, ich kann sie nicht ertragen, aber ich habe mich damit abgefunden, dass sie mich jeden Tag heimsuchen werden. Ich ergebe mich ihnen. Was bleibt mir übrig? Ich bin viel zu erschöpft, um mich über sie zu empören.

Dann bemerke ich den schwarzen BMW, der im Schritttempo neben mir her fährt. Durch die getönten Scheiben kann ich nicht erkennen, wer drin sitzt. Sucht der einen Parkplatz? Tatsächlich ist alles zugeparkt. Da vorne kommt eine Lücke. Ich laufe etwas schneller, und als ich an der Parklücke vorbeikomme, kann ich ins vordere Seitenfenster gucken. Ist das Mirco auf dem Beifahrersitz? Sein Gesicht ist abgewandt, als rede er auf den Fahrer ein, und ohne nachzudenken mache ich ein paar schnelle Schritte und biege in einen kleinen Gehweg zwischen den Blöcken ab. Im Schatten der Sträucher und Bäume beginne ich zu rennen, quer über die Parkplätze, vorbei an einem Kindergarten mit großem Außengelände, dann durch eine offene Hofeinfahrt in den nächsten Hinterhof. An einem Spielplatz mache ich Halt. Ich stütze meine Arme auf die Lehne einer Bank und atme schwer. Dann gehe ich in unverdächtigem Tempo weiter, überquere vorsichtig eine schmale Straße und laufe sie hoch, um von der Hauptstraße wegzukommen. Als ich einen Motor höre, verstecke ich mich kurz in einem Hauseingang und beobachte die Straße. Aber es ist nicht der schwarze BMW. Sie werden dich nicht mehr finden, denke ich, du weißt ja selbst nicht genau, wo du gerade bist.

In der Langen Straße finde ich meine Orientierung wieder. Ich erinnere mich an diese absurd riesige, lang gestreckte Wohnfabrik, die vergeblich versucht, ihre Hässlichkeit durch eine aufwändig neu gestaltete Fassade mit bunten Metallstreben zu verdecken. Links geht es in die vom Wildwuchs der Freiflächen gesäumte Krautstraße.

Je näher ich dem Haus komme, in dem Jakubs Theater entstehen sollte, desto schuldiger fühle ich mich. Ich komme mir vor, als würde ich von einem unbestimmten Impuls getrieben zum Tatort zurückkehren, und weiß doch, dass er hier nicht gestorben ist. Dann stehe ich direkt vor dem Zaun unweit des S-Bahnviadukts, hinter dem das Haus im Grau des frühen Morgens daliegt, als wäre es zu nichts zu gebrauchen.

Meine Augen werden feucht. Ich weiß nicht, weshalb ich hergekommen bin, habe keine Ahnung, weshalb ich mich diesen Gefühlen aussetze. Hier, an diesem Ort, spüre ich wie nirgendwo sonst, dass ich nicht ertragen kann, was geschehen ist. Und während mich die Ereignisse noch einmal mit voller Wucht überrollen, kommt mir meine Angst plötzlich so kleinlich und grundlos vor. Ich glaube nicht mehr daran, verfolgt zu werden. Könnte es sein, frage ich mich, dass dein Verstand dir einen Streich spielt? Vielleicht lässt er diese irrationale Angst nur deshalb zu, weil sie etwas anderes überdeckt. Etwas, das du dir nicht bewusst machen willst. Aber was ist das? Gibt es etwas, das du übersiehst?

XVIII.

Kerstin hat nicht verraten, wohin wir am Morgen gegen acht Uhr aufbrechen. Wir haben gefrühstückt, wie selten während der Woche, gemeinsam und in Ruhe. »Lass dich überraschen«, hat sie gesagt und dann jeden weiteren Kommentar abgelehnt. Ich habe ihr die Geschichte mit der Grundstücksfirma erzählt, woraufhin Kerstin verwundert gelacht hat. »Davon redet die halbe Stadt«, hat sie gesagt. »Erst hat Holzhaus eine Kneipe betrieben, dann eine ganze Kette von Kneipen, alle entlang der Spree. Am Anfang war es hip, dort hinzugehen. Das sagen sowohl die Schüler als auch die jüngeren Lehrerinnen und Lehrer. Aber dann haben sie die Kneipen zugemacht. Und aus den Kneipenbetreibern waren Immobilienfirmen geworden. Was alle irritierte.«

Wir fahren mit der U-Bahn und dann mit dem Bus und stehen schließlich vor der Hochschule für Wirtschaft und Recht. Hier werden Polizisten ausgebildet. Im gehobenen Dienst, also vor allem Kriminalpolizisten. Kerstin geht vor. Das helle Hauptgebäude strahlt geradezu in seinem weißen Grundton. Unzählige Menschen streben auf die Eingänge zu, an der Seite stehen einige Mannschaftswagen. Ich habe keine Ahnung, was wir hier wollen. Einen Augenblick lang habe ich die Idee, dass Kerstin nicht mehr Lehrerin sein und hier mit einem Studium anfangen will. Aber das ist mindestens genauso absurd wie mein Erscheinen an dieser Hochschule, in der ich mir vollkommen fremd und deplatziert vorkomme.

Kerstin hingegen scheint sich geradezu wohlzufühlen. Sie liest die Wegweiser aufmerksam, lenkt ihre Schritte mal in die eine, mal in die andere Richtung und hat mich dabei gut im Blick, damit ich nicht noch in letzter Minute abhandenkomme.

Dann stehen wir vor den geöffneten Türen des Audimax. Der Saal ist bereits gut gefüllt. Polizisten in Uniform, aber auch Zivilisten haben Platz genommen oder stehen in den Gängen herum, in Gespräche vertieft oder sich gegenseitig begrüßend. Im Hintergrund sitzen junge Polizisten, die man wahrscheinlich extra herangekarrt hat, damit der Saal voll ist und es an den richtigen Stellen auch ausreichend Applaus gibt. Es geht offenbar um eine feierliche Veranstaltung. Etwas, wozu ich nicht nur keine Lust, sondern etwas, das ich immer, so gut es eben ging, vermieden habe.

Als wir sitzen, schießt mir plötzlich ein Gedanke durch den Kopf, der mich beinahe dazu bringt, wieder aufzuspringen. Könnte es sein, dass mich Kiesewetter zu irgendeiner Auszeichnung vorgeschlagen hat, die ich heute feierlich überreicht bekomme?

Ich liege richtig mit meiner Vermutung, dass es sich um eine Feierstunde handelt. Etwa fünfzehn Musiker nehmen auf der Bühne Platz. Der Dirigent erscheint, nickt dem Publikum zu, bekommt obligatorischen Beifall und hebt den Taktstock. Ein auf modern getrimmtes Stück, wie es nur ein Polizeiorchester spielen kann. Flott und etwas albern und dennoch mit Hingabe. Ich hasse solche Veranstaltungen.

Wenig später tritt der Innensenator ans Mikrofon. Er begrüßt die Anwesenden und kündigt an, worum es in dieser Veranstaltung geht. »Fünfunddreißig Absolventen werden heute ihre Urkunde zur bestandenen Bachelor-Prüfung bekommen und damit in den Polizeidienst eintreten.«

Ich sehe Kerstin von der Seite an und bemerke, dass sie zufrieden lächelt.

Der Polizeipräsident übernimmt. Da sieht man mal, womit unsere Chefs ihre Zeit verbringen. Im Hintergrund steigen junge Leute auf die Bühne und stellen sich auf wie zu einem Appell. Es sind mehr Frauen als Männer. Man merkt ihnen an, dass sie stolz darauf sind, jetzt hier vorne zu stehen und den Abschluss eines anspruchsvollen Studiums zu feiern.

Während mein Blick von einem zum anderen geht, redet der Präsident weiter. Dankt den Dozentinnen und Dozenten und natürlich den Studienabsolventen für ihr Engagement und der Politik dafür, dass sie Wert darauf legt, den Nachwuchs zu fördern. Und dann sagt der Mann etwas, das wie durch einen Wattebausch an meine Ohren dringt und dann doch mein Bewusstsein erreicht: »Als Beste dieses Studiengangs möchte ich nun die Absolventin Sina Haferbeck bitten, das Wort zu übernehmen.«

Und dann sehe ich Sina. Vielleicht hätte ich sie gar nicht erkannt, wenn ihr Name nicht genannt worden wäre. Ich weiß es nicht. Sie sieht verdammt gut aus, keine Frage. Sie geht auf das Pult und das Mikrofon zu, legt ein Blatt Papier vor sich hin, schaut in die Runde.

»Vielen Dank, Herr Präsident, Herr Innensenator, liebe Anwesende, liebe Gäste, liebe Angehörige. Ach so, und liebe Mitstudenten und Studentinnen. Wir hätten jeden von uns auswählen können, hier und heute ein paar Worte an unsere Dozentinnen und Dozenten und alle Anwesenden zu richten. Jeder hätte es verdient und hätte es gut gemacht. Zum Beispiel Alika Tarkan oder Juri Sommit oder Beatrice Babic. Die Wahl ist auf mich gefallen. Mein Name ist Sina Haferbeck, ich bin ein Heimkind. Ich sage das nicht in Trauer oder mit Vorwurf, sondern mit Stolz. Ich bin im Heim groß geworden und hatte nicht die Eltern, die ich mir gewünscht habe. Aber es gab immer gute Freunde und wichtige Menschen, an denen ich mich orientieren, an denen ich mich festhalten konnte und die mich weitergetragen haben. Ich nutze die Gelegenheit, mich bei ihnen zu bedanken. Es ist nicht leicht, ein Heimkind zu sein, aber viel schwieriger ist es, in einer Familie groß zu werden, in der sich der eine nicht um den anderen kümmert. Oder wo geschlagen und geschwiegen wird. Wenn ich jetzt also heute hier stehe, dann habe ich das geschafft, weil ich immer wieder tolle Leute um mich hatte. Meine Erzieherin Christina und meinen Erzieher Martin. Und die ganze Meute. Meine Wohngruppe. Aber ich will auch sagen, weshalb ich mich entschieden habe, bei der Polizei anzufangen.

Da ist als Erste meine Lehrerin Kerstin Martaler. Sie hat uns immer gesagt, dass es nicht nur darum geht, recht zu haben, sondern dass es darum geht, wahrhaftig zu sein. Das klingt jetzt pathetisch, ich weiß, aber es ist doch so: Alles Recht ist eine Erfindung. Wir Menschen sind dafür verantwortlich, dass das Recht ist, was den Schwächsten schützt.«

Kaum hat Sina diesen Satz gesagt, fangen die Leute an zu klatschen. Sie schaut verwundert auf, dann lächelt sie und fährt fort, und zwar ohne weiter auf ihr Blatt zu schauen.

»Und der Zweite ist der Mann meiner Lehrerin. Er heißt Max Martaler und ist ein Kollege von uns. Er ist Hauptkommissar und hat mich als Schülerin in einem sehr ernsten Fall vernommen. Es ging um einen Anschlag am Ostkreuz, Sie haben vielleicht davon gehört. Kommissar Martaler ist korrekt und streng vorgegangen, in jedem einzelnen Schritt. Und als wir beide, der Hauptkommissar und ich als Praktikantin während dieses Studiums, ein Kind retten konnten, ein kleines Kind in einer ausweglosen Lage, als er mich behandelt hat wie seinesgleichen und mir vertraut hat, da habe ich gewusst, ich will Polizistin sein, und zwar mit ganzem Herzen und meinem ganzen Verstand! Weil es sich lohnt, Polizist zu sein, und weil es eine Ehre ist. Ich danke Ihnen fürs Zuhören.«

Einen Augenblick lang ist es still. Dann klatschen alle. Eine kurze Rede, aber sie hat die Anwesenden erreicht. Vielleicht einfach deshalb, weil es Sina ernst gemeint hat mit dem, was sie sagt. Und weil sie der Beweis dafür ist, dass jeder aus sich etwas machen kann. Weil sie stolz auf sich sein kann.

Sina tritt wieder in die Reihen der Absolventinnen und Absolventen.

Kerstin lächelt mich an. Grinst sie? Lacht sie mich aus? Hat sie die Träne gesehen, die ich mir eben unauffällig weggewischt habe? Nein, sie lächelt. Und ich lächle zurück und bin ihr dankbar, weil es wirklich eine Überraschung war heute. Wie konnte ich nur darauf hereinfallen, dass Sina uns erzählt hat, sie habe das Studium geschmissen und arbeite als Kellnerin. Ich hätte laut lachen sollen. Niemals!

Inzwischen verlassen die jungen Kollegen die Bühne. Noch mal Musik. Aber Kerstin wartet nicht, sie drängt sich durch die Reihe und ist schon durch die große Flügeltür verschwunden. Soll ich ihr nach? Was tut sie denn?

Die Menschen erheben sich von ihren Plätzen. Zum Glück entdecke ich niemanden, der mich kennen könnte.

Wenig später trete ich mit vielen anderen in den Hof. Angehörige und Kollegen treffen auf die Absolventen. Man gratuliert, umarmt sich. Dann sehe ich Kerstin. Sie hat einen Blumenstrauß dabei. Wo hat sie den bloß so schnell hergezaubert? Und da ist Sina. Sie steht neben einer Frau um die fünfzig, und ich erinnere mich dunkel, dass ich diese Frau schon einmal getroffen habe. Damals, als ich Sina in ihrer Heimgruppe befragt habe. Sina lacht froh, als sie mich sieht. Und mir wird klar, dass Kerstin schon in der Kneipe wusste, dass Sina Unsinn erzählt. Sie haben mich reingelegt. In diesem Moment geht mir durch den Kopf, dass dieses Spiel noch weitergehen könnte.

»Kann es sein, dass du es hinbekommen hast, in unserer Abteilung eingesetzt zu werden?«

Sina grinst. »Wer weiß. Na, mal im Ernst, ich habe es versucht, aber die Mühlen mahlen langsam. Noch ist nichts klar. Aber in den nächsten Tagen wird eine Entscheidung fallen.«

Sie umarmt mich. Wie eine Tochter ihren Vater. Wie einen Freund. Ich bin gerührt.

Eine halbe Stunde später bin ich im Liegenschaftsfonds Berlin. Ich kenne das Gebäude, es befindet sich ganz in der Nähe des U-Bahnhofs Warschauer Straße. Aber bereits bei der Anmeldung werde ich darauf hingewiesen, dass es den Liegenschaftsfonds nicht mehr gibt, sondern dass er in die Berliner Immobilien-Management Organisation eingegliedert wurde. Eine junge Frau in schwarzem Kostüm erklärt mir, und wahrscheinlich schon zum zehntausendsten Mal, dass der Fonds nicht mehr gebraucht würde, weil es eine andere politisch gewollte Strategie gibt. Man will nicht mehr verkaufen, man will entwickeln, das ist etwas anderes. Und das bedeutet?

»Wie ich schon sagte: Früher hat der Fonds meistbietend verkauft. Jetzt sollen die Immobilien zur Stadtentwicklung genutzt werden. Das heißt nicht, dass nicht auch verkauft wird, aber es kommt vor allem darauf an, was mit der Immobilie passieren soll. Vorrangig geht es um Wohnungen, danach kommen Kultur und Sport. Ganz einfach!« Die junge Frau nennt mir die Nummer des Zimmers, in dem ich genauere Informationen zur Krautstraße bekommen kann.

Der Aufzug bringt mich in die fünfte Etage. Die wenigen Menschen, denen ich auf der Suche nach Raum 512 begegne, sind ähnlich gekleidet wie die Frau am Empfang. Als ich das Zimmer erreiche, ist die Tür verschlossen. Ich probiere es im Nachbarraum. Auch verschlossen. Mittagspause? Es ist kurz nach elf. Die nächste Tür. Ich habe Glück. Ein junger Mann in dunklem Anzug, hellblauem Hemd, grauem Schlips schaut auf. Er hat ein freundliches, aufmerksames Gesicht. Das Haar ist kurz geschnitten und exakt gekämmt. Er könnte auch Pilot sein oder Hotelmitarbeiter in der Chefetage.

Ich zeige ihm meinen Polizeiausweis. Er zieht die Augenbrauen hoch.

»Hui«, sagt er und lacht etwas unsicher. »Es geht ja jetzt nicht um ein Grundstück für die Mordkommission, oder?« Das soll spaßig sein, vor allem aber wohl die Situation auflockern. Ich lächle auch.

»Es geht um ein Gebäude in der Krautstraße«, antworte ich rasch. »Es soll ein Puppentheater darin entstehen.«

»Oh«, sagt der junge Mann und stellt sich als Ulf Dregeler vor. »Das ist Friedrichshain, und den macht Frau Kramp, Zimmer 512.«

Kaum hat er das gesagt, wird mir klar, ich bin in einer öffentlichen Behörde, schwarze Kostüme hin und graue Anzüge her. »Da komme ich her.« Ich lächle noch immer.

»Aha. Ah ja. Ich glaube, Frau Kramp ist krank.«

»Und wer ist die Vertretung?«

»Frau Bernhart, aber die ist im Urlaub.«

»Und Sie, ich meine, können Sie mir nicht weiterhelfen?«

»Oh, das sieht man nicht gern. Ich meine, dass man in den Bereichen der Kollegen herumfuhrwerkt, wenn Sie verstehen.«

»Ich brauche kein Grundstück, sondern eine Auskunft. Sie müssen nicht herumfuhrwerken, es wäre einfach nur schön, wenn Sie mir helfen könnten.«

»In zweieinhalb Wochen ist Frau Bernhart wieder da, spätestens.«

Ich zwinge mich, weiter zu lächeln. »Wer ist denn der oder die Chefin dieser Behörde?«, sage ich dann ganz ruhig.

»Wir haben mehrere. Also, jeweils zuständige Verantwortliche.«

»Ich hätte gerne den obersten, wichtigsten, den, der hier das Sagen hat.«

Der junge Mann schaut mich nachdenklich an, als wäre ihm erst jetzt etwas eingefallen, was ihm zuvor nicht im Entferntesten in den Sinn gekommen ist. Dann holt er tief Luft und steht auf.

»Ach, wissen Sie was, Sie sind von der Mordkommission und Sie ermitteln in einem Fall, das sollte Grund genug sein, die Kompetenzen zu überschreiten.« Er ergreift ein Schlüsselbund, das bislang auf seinem Schreibtisch gelegen hat, und steht auf. »Kommen Sie, wir gehen rüber und ich schaue in der Akte nach.«

Wir verlassen das Büro und gehen über den Flur zu Zimmer 512. Ulf Dregeler schließt auf, schiebt mich hinein und schließt die Tür hinter mir. »Eigentlich haben wir natürlich ein Intranet. Da kann man bestimmte Vorgänge auch von den Kollegen einsehen. Wir haben uns aber angewöhnt, wesentliche Dinge nach wie vor als Papierunterlagen abzuheften. Das mag altbacken klingen und auch sein, aber es erleichtert es dann doch, Wesentliches von bürokratischen Vorgängen abzutrennen. Man arbeitet effektiver und kann sich auch mal eine Notiz machen, die nicht unbedingt im Computer zu sehen sein soll. So, da haben wir die Krautstraße.«

Er zieht einen dünnen Hefter aus einer Hängeregistratur und blättert darin. Bald hat er die nötigen Informationen gefunden. »Ja, hier ist es. Frau Bernhart hat das mal in einer Mittagspause erzählt und ich kann mich auch erinnern. Die Sache ist so: Der Wert des Grundstücks beläuft sich auf knapp eine Million. Aber da die Herren«, er muss in den Unterlagen nachschauen, »Herr Lelek und Herr Ramtun eine kulturelle Institution entwickeln wollten, wurde der Preis auf zehn Prozent dessen festgelegt. Dreiundneunzigtausend. Es wurde eine Vereinbarung getroffen, der die beiden und wir zugestimmt haben. Weitere Interessenten an dem Grundstück sind die Immobilienfirma Holzhaus GmbH und eine Tankstellenkette, die hier eine Werkstatt nebst Waschanlage plant. Beide kamen später und sie hätten die Gesamtsumme zahlen müssen. Aber wir waren uns alle einig: Ein Puppentheater muss ganz klar Vorrang haben!«

»Das heißt, die Sache war klar?«

»Im Prinzip schon. Die beiden potenziellen Theaterbetreiber haben ein Konzept eingereicht und wollten die Summe in drei Raten bezahlen. So war der Plan.«

»Und haben sie bezahlt?«

»Hm, soweit ich weiß, ist die erste Rate eingegangen. Aber das kann ich nachsehen, wenn Sie wollen.«

»Hätten die anderen eine Chance gehabt, wenn die beiden auf die Realisierung des Theaters verzichtet hätten?«

»Sicher. Aber weshalb hätten sie das tun sollen? Das Konzept war stichhaltig, einer Betriebserlaubnis seitens des Tiefbauamtes und anderen Behörden stand nichts entgegen. Das war bereits geprüft worden. Aber Sie haben natürlich recht, auch Holzhaus und die Tankstelle hätten gute Chancen. Die einen wollten auf der Immobilie eine Diskothek eröffnen, die anderen eine Werkstatt. Beides verspricht Arbeitsplätze, beides ist im Sinne der Bauplanung ausdrücklich erwünscht. Doch es sind eben rein kommerziell orientierte Unternehmen. Aber warum fragen Sie?«

»Weil es jetzt wahrscheinlich darauf hinauslaufen wird. Auf eine Diskothek oder Tankstelle.«

Dregeler schaut mich fragend an, er scheint zu ahnen, was passiert ist. Und dann erinnert er sich. Es hat in den Zeitungen gestanden. Mord an einem Puppenspieler.

»Es ist dieser Lelek, nicht wahr? Er ist der, den man ermordet hat.«

Ich nicke. Der Mann lässt die Akte sinken. Er sieht betroffen aus. »Warum denn? Wer bringt denn so einen um?«

»Das ist die Frage, deshalb bin ich hier. Vielleicht haben Leute von Holzhaus oder irgendjemand sonst, der an der Immobilie interessiert war, die Mitbewerber aus dem Weg schaffen wollen.«

»Das ist bitter.« Dregeler steht verloren vor mir. »Was soll ich da noch sagen?«

»Nichts«, entgegne ich ruhig, »Sie haben mir schon sehr geholfen. Und wenn Sie Ärger kriegen sollten, dass Sie hier herumgefuhrwerkt haben, dann können Sie sich gern an mich wenden. Ich hätte sonst ohnehin mit einer Verfügung das ganze Büro räumen lassen können. So hatten wir es doch leichter, oder?«

Ich reiche ihm die Hand. Erstaunlicherweise hat er einen festen, kühlen Händedruck.

Wenige Minuten später stehe ich wieder vor dem Haus. Es ist windig und bauschige Wolken treiben über den sonst blauen Himmel. Gegenüber sehe ich den U-Bahnhof, einen schönen Ziegelbau. Rechts davon die lange Brücke über die Spree, die Oberbaumbrücke, mit ihrer imposanten, einzigartigen Architektur, die täglich unzählige Fotografen anlockt, die vor allem bei Sonnenauf- und Untergang mit ihren Stativen den Fußgängerstrom behindern. Da drüben ist Kreuzberg. Und von hier starten jeden Abend unzählige Menschen, die sich in die eine Richtung zur Kneipenszene in Friedrichshain und in die andere Richtung Kreuzberg aufmachen. Der U- und daneben der S-Bahnhof Warschauer Straße sind sozusagen die Knotenpunkte, von wo aus die Touristen und Amüsierinteressierten aufbrechen. Kein Wunder also, dass die Warschauer jeden Abend von Menschen schier überzuquellen droht. Um diese Zeit herrscht zwar reges Treiben, aber das ist mit dem Leben hier ab zweiundzwanzig Uhr nicht zu vergleichen.

Ich gehe Richtung Friedrichshain und kaufe mir an einem der vielen Kioske, die sämtlich in türkischer Hand sind, einen Börek, die es hier immer frisch und preiswert gibt.

Ich rufe Franz an. Als würde er wissen, was ich ihn fragen will, sagt er: »Ich habe Steffen Billant hier. Ich habe ihn und diesen Rangert beobachten lassen. Wir wissen, wo sie sich in der Nacht aufgehalten haben. Sie haben versucht, Stoll telefonisch zu erreichen. Allerdings ist es Rangert kurz vor dem Zugriff gelungen, zu verschwinden. Die Fahndung ist raus. Billant hat sich widersetzt, wir haben ihn festgenommen. Wenn du willst, kannst du ihn dir vornehmen. Wie war der Besuch im Liegenschaftsfonds?«

Ich erzähle Franz kauend, was ich in Erfahrung gebracht habe, und höre, dass er sich das schon gedacht hat. Wahrscheinlich, resümiert er, sind wir auf dem richtigen Weg. Wenn da nicht dieses Wohnheim wäre und die heimliche Überwachung und dann natürlich die Puppenspieler, die sich ja offenbar nicht in die Karten schauen lassen wollen … Im Übrigen haben die Kollegen aus Österreich mitgeteilt, dass es keinen Hinweis darauf gibt, dass sich Kaseler in seiner Heimatstadt aufhält. Man habe ehemalige Freunde befragt, die der Meinung waren, dass Kaseler in Berlin sei.

Seltsam, dass wir diesen Mann nicht finden. Eigentlich spricht der Umstand, dass er sich offenbar versteckt hält, dafür, dass er in den Mord verstrickt ist. Oder aber er wurde Zeuge des Geschehens und muss sich verstecken, weil ihn die Täter suchen, um ihn aus dem Weg zu räumen. Das wäre immerhin eine einleuchtende Erklärung. Aber wie sollen sie auf ihn gekommen sein? Haben die Täter bemerkt, dass da Kameras waren? Wussten sie es vielleicht sogar und kamen erst später darauf, dass man ihr Kommen und Gehen aufgenommen haben könnte? Warum sind sie dann aber nicht in das Apartment von Kaseler eingedrungen, um die Aufnahmen zu vernichten? Andererseits hatten wir ja bislang in den Dateien von Kaseler auch keine solchen Bilder gefunden. Eine zweite Möglichkeit wäre, dass Kaseler in eine andere Sache verwickelt ist und nun durch unsere Maßnahmen zufällig ins Visier der Polizei geraten ist. Aber was könnte der Mann getan haben? Was führte er im Schilde?

Als ich den Befragungsraum betrete, steht Steffen Billant ruckartig auf. Er hat einige Zeit im Knast verbracht. Man merkt es ihm an.

Billant ist ein Zweimetermann, dünn und schlaksig, und hat eine große, knubbelige Nase. Seine Augen sind groß und tiefbraun. Eigentlich macht er den Eindruck, als wäre er ein grundgütiger Mensch. Vielleicht ist er das sogar und nur seine Naivität bringt ihn immer wieder mit Leuten zusammen, die ihn für irgendwelche kriminellen Aktionen einspannen. Einmal Knasti, immer Knasti. So als habe es irgendwann einmal eine Weiche im Leben gegeben, mit der der Zug unumkehrbar Fahrt in Richtung Unglück aufgenommen hat.

»Sie sind Hauptkommissar Martaler«, sagt er und versucht ein Lächeln, das ihm sogar gelingt. »Ich weiß nicht, warum man mich hierher gebracht und mir mein Handy abgenommen hat, aber sicher werden Sie mir gleich sagen, worum es geht. Und damit das gleich klar ist, ich brauche keinen Rechtsanwalt. Die stecken immer mit den anderen unter einer Decke, da versuche ich lieber, alleine klarzukommen.«

»In Ordnung«, antworte ich und muss mir ein Grinsen verkneifen.

Auch im Sitzen wirkt der Mann riesig, überhaupt scheint er einen besonders lang gestreckten Oberkörper zu haben.

»Also«, fange ich an und schalte das Aufzeichnungsgerät ein, »der Befragte erklärt, dass er vorerst auf rechtlichen Beistand verzichtet. Ist das richtig?«

Billant nickt, besinnt sich dann aber, beugt sich in Richtung Aufnahmegerät und sagt laut: »Jawohl, das ist richtig.« Dann nickt er mir zu, was so viel heißt wie: Sehen Sie, wir verstehen uns.

»Herr Billant, Sie haben Kontakt zu einer Immobilienfirma namens Holzhaus, ist das richtig?«

Billant guckt mich verständnislos an. »Kenn ich nicht.«

»Zu einem Herrn Stoll?«

»Nee, kenn ich auch nicht.«

»Martin Stoll?«

»Hm. Herr Kommissar, Sie wissen doch, wir reden uns meistens nicht mit unseren richtigen Namen an. Vielleicht gibt es einen, der Matte heißt oder Stolle. Also, in dem Fall kenn ich keinen, der so oder so heißt. Aber es gibt ja ganz andere Namen, die sich die Leute zulegen.«

»Gut, fangen wir anders an. Haben Sie gemeinsam mit anderen in einem Gebäude in der Krautstraße, das ist beim Ostbahnhof …«

»Ich weiß, wo die Krautstraße ist.«

»Gut. Haben Sie da Puppen aufgehängt?«

Billant verzieht den Mund. Das scheint eine Schwäche von ihm zu sein, er trägt seine Gefühle förmlich im Gesicht. Es ist völlig klar, dass er jetzt nur noch Ja sagen kann.

»Das sollte ein Witz sein.«

»Ja, natürlich, ein Witz. Was denn sonst. Also waren Sie dabei. Wer noch?«

»Mhm. Das habe ich alleine gemacht. Mit einem, dessen Namen ich nicht kenne.«

»Ja, natürlich. Können Sie mir sagen, wer Ihnen den Auftrag dazu erteilt hat? Und wie lief das Ganze ab?«

»Na ja, wie lief es ab. Die Puppen lagen da im Raum, wir haben ein Seil bekommen, ich hab es zerschnitten und dann hab ich die Dinger angehängt.«

»Ihr Auftraggeber?«

»Ich weiß nicht. Ich hab einen Anruf bekommen, und dann war ich da, wo ich hinkommen sollte, und dann ging's los.«

»Also gut. Waren Sie auch in einem Studentenwohnheim am Franz-Mehring-Platz 2? Das sind zwei nebeneinander stehende Hochhäuser. Hat man Sie da auch angerufen und Sie sind hingegangen und so weiter?«

Billant schüttelt den Kopf. Er überlegt noch. Wahrscheinlich versucht er herauszufinden, wovon ich spreche.

Ich warte eine Weile. Schweige. Er schaut mich mit seinen braunen Augen an. Hat er Angst? Ich bin unsicher. Aber wer hat keine Angst, wenn er, eben aus dem Knast entlassen, wieder in einem Vernehmungszimmer der Kripo sitzt und nicht nur Gefahr läuft, wegen irgendetwas verdächtigt zu werden, sondern außerdem von seinen Kumpels und Bekannten im Nachhinein argwöhnisch befragt zu werden, wen oder was er der Polizei verraten hat. Und das wiederum kann so weit gehen, dass bei irgendeinem Zugriff der Polizei der Verdacht auf denjenigen fällt, der zuvor in Gewahrsam genommen wurde.

Billant versucht ein Lächeln, aber jetzt gelingt es ihm nicht.

Ich warte noch zehn Sekunden. Die Anspannung nimmt zu. Dann öffne ich die Mappe auf dem Tisch und entnehme ihr zwei Fotos. Eins von Jakub Lelek als Puppenspieler mit einer Marionette in der Hand und eins, auf dem er tot am Boden liegt, das Gesicht bleich und wächsern. Ich lege beide Bilder dicht vor Billant hin.

»Kennen Sie diesen Mann?«

Er schaut auf die Fotos. Atmet tief ein und wieder aus. Dann lehnt er sich zurück und verschränkt die Arme vor der Brust. In seinem Gesicht liegt jetzt tiefe Resignation. »Darum geht es also«, sagt er mit rauer Stimme. »Ein Mord. Und ich soll damit was zu tun haben. Ich habe den Mann gesehen. Und nun ist er tot. Ich habe ihn nicht umgebracht, aber das wird mir wieder niemand glauben.«

»Wo haben Sie ihn gesehen? In diesem Wohnheim?«

»Nein. Ich habe ihn in dem Haus gesehen. Da wo wir die Puppen aufgehängt haben. Da war er. Ich habe mich versteckt.«

»Und weiter?«

»Nichts weiter. Ich weiß nicht, worum es eigentlich ging. Ich denk mir, es ging um das Haus. Keine Ahnung.«

»Billant«, sage ich rasch, »ich glaube Ihnen nicht. Sie waren in dem Wohnheim, haben den Mann dort abgepasst und gemeinsam mit einem Komplizen ermordet.«

»Nein. Ich war nicht dort. Und ich habe ihn nicht umgebracht. Ich komme aus dem Knast! Ich hab die Schnauze voll! Ich will nicht mehr! Ich … kann auch nicht mehr. Noch mal gehe ich da nicht rein!«

»Es gibt Kameras«, sage ich ruhig und weiß im gleichen Augenblick, dass das ein Fehler war. Ein Fehler, wie er eigentlich nur Anfängern passiert. Wahrscheinlich traue ich diesem großen Kerl tatsächlich nicht zu, jemanden so grausam umzubringen.

Billant beugt sich vor, legt die Hände auf den Tisch und sagt: »Das wäre ja gut. Denn dann würden Sie ja wissen, dass ich nicht da gewesen bin.«

Noch ehe ich mich auf die veränderte Situation eingestellt habe, betritt Franz den Raum und flüstert mir ins Ohr, dass ich kurz nach draußen kommen möge.

Er führt mich in unser Büro. »Wir haben da was gefunden, was die Sache noch mal in eine andere Richtung wenden könnte. Pass auf. Wir haben das Handy von Billant inzwischen durchgesehen. Da gibt es zwei Fotos, die uns interessieren könnten. Eins ist von Lelek.«

Franz hat die Dateien hochgeladen und wirft das erste Foto an die Wand. Ein Schnappschuss von Jakub Lelek, in der Nähe der Krautstraße aufgenommen. Dann noch ein Foto. Es stammt von dem Abend, als das Stück von Galina Stoffenberg aufgeführt wurde, man sieht eines der Plakate an der Tür: »Wer war Jakub Lelek?« Daneben steht Galina. Sie blickt direkt in das Objektiv der Handykamera.

Meine Gedanken rasen. Ich versuche sie zu ordnen. Und wenn es eine Verbindung zwischen der Puppenspielerszene und Holzhaus gibt? Vielleicht haben beide Interesse daran, dass Lelek von seinem Vorhaben ablässt. Vielleicht haben die kleine Puppenbühne im Friedrichshain und die Puppenspieler dort alles daran gesetzt, dass es nicht zur Eröffnung einer weiteren Bühne kommt? Vielleicht hatten sie Sorge, dass diese Bühne die anderen in den Schatten stellen würde? Aber was würde das bedeuten? Dass die Puppenspieler sich gemein gemacht haben mit potenziellen Verbrechern? Etwas in mir sperrt sich gegen diese Vermutung und doch werde ich den Gedanken nicht los. Jedenfalls muss ich Billant fragen, wie dieses Bild auf sein Handy kommt. Warum hat er es gemacht?

Franz druckt das Foto aus. Ich gehe damit zurück in den Vernehmungsraum.

Billant schaut mir fragend entgegen. Er grinst ein wenig. Scheinbar freut er sich noch immer darüber, dass ich ihm eine gute Vorlage gegeben habe.

»Herr Billant, Sie haben recht, wir verstehen uns nicht übel. Ich möchte Sie noch einmal etwas fragen, und ich erwarte eine konkrete, genaue Antwort. Kennen Sie Jakub Lelek oder Freunde von ihm?«

Billant schüttelt wieder den Kopf. Zu rasch, wie ich finde. »Ich kenne ihn nicht. Und ich kann deshalb auch keinen von seinen Freunden kennen.«

»Das ist nicht logisch. Aber lassen wir das mal beiseite.« Ich schiebe ihm das Foto mit Galina Stoffenberg zu. »Wer ist das?«, frage ich.

»Das weiß ich nicht«, antwortet Billlant. Seinem Gesicht ist anzusehen, dass er angestrengt nachdenkt.

»Worüber denken Sie nach?«

»Sie haben das Foto von meinem Handy, stimmt's?«

»Richtig. Und wer ist diese Frau?«

»Sag ich doch, ich kenne sie nicht.«

»Warum haben Sie sie fotografiert?«

»Zufall.«

»Das ist kein Zufall. Sie sehen doch selbst, dass dieses Foto etwas mit dem Tod von Jakub Lelekt zu tun hat. Es ist kurze Zeit nach dem Mord an ihm aufgenommen worden. Es gab ein Theaterstück für ihn und diese Frau hat es aufgeführt.«

»Ich interessiere mich nicht für solche Theatersachen.«

»Das glaube ich Ihnen sogar. Aber mich interessiert vor allem, weshalb Sie dieses Foto gemacht haben. Und erzählen Sie mir nichts von Zufall.«

»Ich weiß nicht, was Sie von mir wollen.« Billant wirkt plötzlich widerspenstig, wütend. Lässt seine Konzentration nach oder ist er genervt von mir? Oder aber gibt es doch etwas, das er geheim halten muss, und ich mache ihm Angst, weil ich nahe dran bin, ihn zu knacken?«

»Versuchen Sie mir bitte zu folgen.« Ich bemühe mich, so ruhig wie möglich zu bleiben. »Sie haben den Auftrag, Jakub Lelek dazu zu bringen, dass er auf das Gebäude verzichtet, das er für sein Theater ausgewählt hat. Sie nehmen Kontakt auf zu Leuten aus seinem Umfeld.«

»Und warum sollte ich das tun?«

»Weil Sie mehr über ihn erfahren wollen, zum Beispiel. Sie wollen herausfinden, was ihm wirklich weh tut. Wie sie ihn packen können. Die Frau geht darauf ein. Vielleicht, weil sie selbst ein Problem mit Lelek hat.«

»Hat sie das?«

»Das frage ich Sie! Vielleicht hat er sie abgewiesen? Sie liebt ihn und er liebt eine andere. Vielleicht hat er sie verraten?«

»Ich weiß es nicht!«

»Aber Sie kennen diese Frau!«

»Nein.«

»Weshalb fotografieren Sie sie dann?!«

»Ich habe sie nicht fotografiert. Ich habe das Plakat fotografiert. Diese Frage: Wer war Jakub Lelek?«

»Und weshalb?«

»Weil ich mir den Namen gemerkt hatte. Er wollte das Gebäude und wir sollten es ihm abspenstig machen. Da fiel eben der Name Lelek. Ungewöhnlich, finden Sie nicht? Und dann sah ich ihn wieder, diesen Namen. Und da dachte ich mir …«

»Ja?«

»Ich dachte mir … dass er vielleicht tot ist.« Steffen Billant verschränkt die Arme vor der Brust. »Ja, das dachte ich.«

»Das haben Sie dann Ihren Auftraggebern mitgeteilt?«

»Ja.«

Ich bin plötzlich müde. Mir tun die Augen weh und ich merke, dass mein Körper unglaublich angespannt ist. Aber ich sage mir: So kann es wirklich gewesen sein. Er hat sich den Namen gemerkt, findet ihn wieder und sieht, dass es hier ein Puppentheater gibt und den Namen, und zählt eins und eins zusammen. Und Galina Stoffenberg ist wirklich nur zufällig im Bild. Ein seltsamer Zufall, aber es ist möglich.

»Also gut. Lassen wir's dabei. Aber ich sage Ihnen eins, wenn Sie mir nicht die Wahrheit gesagt haben, dann hat das ein Nachspiel. Wo erreichen wir Sie?«

»Die Personalien haben Ihre Kollegen bereits aufgenommen. Kann ich jetzt gehen?«

Ich antworte nicht. Billant steht auf. Seine Schultern hängen noch mehr als am Anfang der Befragung. Er geht, ohne noch etwas zu sagen.

Ich bleibe sitzen. Sekunde um Sekunde vergeht. Ich kann nicht denken, ich merke nur, dass ich müde bin. Müde und leer. Plötzlich wird die Tür mit Kraft aufgestoßen. Franz schaut herein. Er nimmt seine Jacke vom Stuhl und ist schon dabei, wieder zu verschwinden.

»Komm! Es gibt Hinweise darauf, wo sich dieser Österreicher aufhält!«

Ich atme tief ein. Dann sage ich ruhig: »Ich komme. Aber wir müssen uns auch Galina Stoffenberg noch mal vornehmen. Sobald wie möglich.«

Wenig später sitzen wir im Auto. Franz fährt.

»Die Kollegen haben auf einem der Computer von Kaseler dreiundzwanzig Adressen gefunden. Die Adressdatei war mehrfach verschlüsselt, aber es ist ihnen gelungen, dennoch reinzukommen. Die meisten Adressen sind im Ausland, Malaysia, Spanien, Taiwan, Großbritannien, Kuweit. Aber es gibt auch zwei in Berlin. Die eine konnten wir ausschließen, bei der anderen haben die Kollegen nachgeprüft. Nachbarn haben den Mann gesehen.«

Wir fahren in Richtung Grunewald, die Straßen führen uns durch Villenviertel. Schließlich langen wir bei der Adresse an, die Franz eingegeben hat, und stehen vor einem Gebäude, das den Namen Villa mehr als verdient hat. Ein drei Stockwerke hohes Haus mit riesigen Fenstern, die auf ebenso hohe Räume schließen lassen. Da es bereits dunkel wird, kann man in mehreren Fenstern sehen, dass da Kronleuchter hängen, die ein warmes Licht verbreiten. Der Eingang ist mit einem weiten Vordach geschützt, das auf vier Säulen ruht. Darüber eine Balustrade, dahinter ein noch größeres Fenster mit einem weit ausladenden Balkon, der mit einem weißen, verschnörkelten Gitter verziert ist. Vor dem Haus ein parkähnlicher Zugang mit dicht über dem Boden geschnittenem Rasen, gelb und lila blühenden Krokussen und dichten, hohen Rhododendrenbüschen. Der Zaun davor halbhoch und eisern, mit glänzenden kleinen Kugeln obenauf.

Was in aller Welt hat das zu bedeuten, frage ich mich. Was sucht dieser Kaseler hier? Warum versteckt er sich ausgerechnet in diesem protzigen Gebäude? Wen kennt er hier?

»Es hilft nichts«, sagt Franz und öffnet die Autotür, »wir müssen da rein.«

XIX.

Auf der Warschauer Brücke schiebe ich mich durch die Menschenmassen zwischen den Bauzäunen. Dort wo die kleine Rasenfläche hinter der Brücke in Richtung Revaler Straße anfängt, stehen auch am helllichten Tag schon die ersten Dealer. Eine Gruppe junger Leute übt sich auf dem Rasen im Kampf mit rostigen Metallstangen, die sie von der Baustelle geklaut haben. Einer der hier campierenden Obdachlosen mischt sich ein. Sie scheinen nur Spaß zu machen, aber man sieht den Jungs an, dass sie völlig zugedröhnt sind. Die Gegend stinkt nach Pisse und Kotze. Nachts kann man hier den Ratten dabei zusehen, wie sie Coladosen ficken. Und genau hier in der Warschauer Straße, mittendrin im Dickicht der Stadt, wohnt David. Genau genommen sind es von hier noch ein paar Gehminuten die Straße runter bis zu dem Hinterhaus, wo es ganz still ist. Vom Fenster in Davids Zimmer aus sieht man auf eine schöne alte Platane. Im Hinterhof daneben haben sie vor der Sanierung ein paar Szenen für den Film Effi Briest gedreht. Ich kenne das Haus, in dem David jetzt wohnt, schon länger, weil ich mit der Betreiberin des Second-Hand-Ladens im Vorderhaus locker bekannt bin. In dem zweiten Ladengeschäft im Haus gab es bis vor Kurzem einen Bastelladen.

Jetzt wird saniert, die Läden sind weg. Im Hinterhaus sind sie schon fertig. Vor der Sanierung hat die Miete für die Achtzigquadratmeterwohnung mit zwei Zimmern und Kohleofen vielleicht dreihundert Euro alles in allem betragen. Jetzt, nach der Sanierung, mit Zentralheizung, Einbauküche, dreifach isolierten Fenstern und Styropor an der Außenfassade, sind es kalt dreihundertsechzig Euro pro Zimmer. Das mag im Vergleich moderat sein, aber ich fand es von Anfang an übertrieben, dass David sich eine so teure Wohnung leisten wollte. Mit Heiz-, Wasser- und Stromkosten plus Müllabfuhr, Telefon und Internet sind das schnell fünfhundert Euro Fixkosten im Monat – für einen Studenten nicht wenig. Aber ich habe gedacht, er muss das selber wissen. Wenn es ihm so wichtig ist, muss er das machen. Natürlich kann man das bezahlen, wenn man an anderen Dingen spart. Aber David wollte beides: schön wohnen und gut leben. Wer will das nicht? Nur welcher Student kann sich das schon leisten?

Die neue Klingelanlage funktioniert bereits und David öffnet die Tür. Er weiß, dass ich komme, wir haben telefoniert. Sein Mitbewohner Louis ist nicht da. In seinem Zimmer steht muffige, verbrauchte Luft. Auf dem kleinen Holztisch neben dem Sofa liegt eine offene Pizzapappe mit angebissenen Randstücken. David sieht ungepflegt und zerknautscht aus, als wäre er gerade erst aufgestanden.

Ich schwadroniere nicht herum, sondern komme gleich auf den Punkt und übergebe ihm das Geld. Ich nenne es »die Kollekte« und erkläre, woher ich von seinen Schulden weiß und dass unsere Eltern sich auch beteiligt haben. Er wirkt etwas beschämt, aber er freut sich. Er nimmt das Geld und schiebt schnell hinterher, dass er es ja zurückzahlen könne. Ich winke ab und sage, er solle lieber in Zukunft besser auf sein Geld achten.

»Du hast doch eigentlich genug Kohle, um deine Miete zu bezahlen. Wie kommt das überhaupt? Was machst du mit dem Geld?« Davids genervter Blick sagt alles. Trotzdem oder gerade deshalb schiebe ich nach: »Es gibt immer was zu feiern, hm? Oder wie kann ich mir das vorstellen, dass man mal eben einen Tausender zu viel auf den Kopf haut? Und wer weiß, bei wem du sonst noch Schulden hast. Was ist los mit dir, David?«

»Und was ist mit dir los?« Mein Bruder geht gleich zum Gegenangriff über. »Du machst auch nicht grad den besten Eindruck.«

»Was soll das heißen?«

»Na, es gibt Leute, die finden, dass du schräg rüberkommst.«

»Was für Leute?« Jetzt bin ich doch neugierig geworden.

»Mirco zum Beispiel.«

Als der Name fällt, bin ich baff. »Was hast du mit Mirco zu tun?«

»Mirco?« David sieht mich fragend an. »Den kenne ich doch von dir, von früher.«

»Erzähl keinen Quatsch. Was hast du mit ihm zu schaffen?«

David zögert kurz, dann sagt er: »Was alle bei ihm machen, dasselbe, was du auch bei ihm machst.«

Ich wusste nicht, dass David von der Sache weiß. Ich wusste auch nicht, dass David selbst Kontakt zu Mirco hat. Es macht mich fertig. Die Kreise schließen sich, man öffnet unwissentlich seinem eigenen Bruder die Türen zu den Orten, die man eigentlich vor ihm verborgen halten wollte. Ich kann nicht weiterdenken, weil mir schwindelig davon wird.

»Was hat Mirco über mich erzählt?«

»Er hat erzählt, du hättest bei deinem letzten Besuch bei ihm einen völlig verpeilten Eindruck gemacht.«

Ich spüre wie mir das Blut in den Kopf schießt. Hat er mir doch angemerkt, was mit mir los ist? Und ich dachte, alles sei ganz normal gewesen, wie immer.

»Er hat mich total ausgefragt nach dir. Ob ich wüsste, wie es dir geht, was du grad so treibst und all so was.«

Je mehr David mir über sein Gespräch mit Mirco erzählt, desto tauber werde ich. Es kommt mir vor, als würde sich alles um mich herum eintrüben – die Stimmung, das Licht, die Geräusche. Meine ganze Wahrnehmung verdunkelt sich. Ich hatte also recht. Keine Paranoia. Mirco will mich mundtot machen. Er stellt Nachforschungen an. Wahrscheinlich saß er tatsächlich in dem schwarzen BMW, der mich verfolgt hat.

Ich sage David, dass das alles Blödsinn ist und es mir gut geht. Er soll nicht so viel darauf geben, was Leute wie Mirco erzählen. Überhaupt soll er sich von Mirco und seinen Leuten fernhalten. Ich sage ihm das so eindringlich, wie es mir aus meinem schwarzen Angsttunnel heraus möglich ist.

Ein paar Gesten des Abschieds, dann bin ich schon wieder weg. Mirco kennt David und weiß bestimmt, wo er wohnt, es ist also kein guter Ort für mich. Im Treppenhaus kehrt das Schwindelgefühl zurück. Wie kann es sein, dass ich vor jemandem Angst habe, der eigentlich mein Kumpel ist? Ich habe mit dem Kerl schon zusammen im Sandkasten gesessen, und jetzt will er mich umbringen? Bei dem Gedanken dreht sich alles in meinem Kopf noch schneller und ich muss verdammt aufpassen, um die Stufen nicht zu verfehlen.

Auf der Warschauer ziehe ich die Kapuze des Pullis über den Kopf und laufe, den Kopf gesenkt, die Hände in den Hosentaschen, die Straße hoch in Richtung Frankfurter Tor. Ich weiß, wo ich jetzt hin will, und ich habe mich darauf eingestellt, auch dort anzukommen, wenn sich mir jemand in den Weg stellen sollte.

XX.

Ich halte meinen Ausweis hoch. Der Mann, er ist um die sechzig, braun gebranntes Gesicht, gepflegtes Haar, kühler, nichtssagender Blick, mit einem hellblauen Anzug bekleidet, schaut erst zu Franz, dann wieder zu mir.

»Von der Polizei, aha. Und was wollen Sie?«

Mir fällt auf, dass dieser Mann exakt die Figur eines Seglers abgibt. Wahrscheinlich hat er sogar ein Segelboot. Ein großes Boot, das eine Mannschaft braucht. Und er gibt den Kapitän. Wahnsinnig jovial, immer gut gelaunt, immer ein Glas Champagner in Griffweite. Das mag ein Klischee sein, aber ich weiß inzwischen, dass es solche Leute wirklich gibt. Leute, die immer nur Geld ausgeben und am Ende feststellen, dass ihr Konto daraufhin nicht leerer, sondern voller geworden ist.

»Wir hätten gerne Herrn Kaseler gesprochen.«

Der Segeler, der sich als Benjamin Kuhnert vorgestellt hat, zieht die Stirn in Falten. »Herr Kaseler, so. Sie haben recht, Herr Kaseler ist seit einigen Tagen mein Gast. Eigentlich wohnt er im Friedrichshain, aber in dem Studentenwohnheim, in dem er logiert, ist es zu einem Mord gekommen. Sind Sie deshalb hier?«

»Das kann man so sagen.« Franz ist ungeduldig. Er mag solche Typen nicht, das weiß ich, obwohl er selbst auch ein wenig von deren Überheblichkeit hat. Auch er will besondere Beachtung finden, wenn schon nicht als Mann, dann wenigstens als Kriminalpolizist. Kuhnert mustert ihn kurz von oben bis unten. Sicher weiß er, dass so etwas keinen Sinn hat. Er wird uns nicht einschüchtern oder irgendwie beeindrucken. Wir machen unseren Job, und wenn uns einer wie er anmacht, kann es sogar ein Spaß sein, ihn an geeigneter Stelle auflaufen zu lassen. Aber Franz hat recht. Wir haben keine Zeit und wir haben gar nicht vor, mit Herrn Kuhnert zu sprechen. Wir wollen Kaseler.

»Können wir?« Franz nickt auffordernd.

»Ja, bitte treten Sie ein, meine Herren. Ich kann Ihnen ein Glas Wasser anbieten oder einen Orangensaft, frisch.« Wir betreten das, wozu Leute, die in solchen Häusern leben, wohl Halle sagen. Alles in Gelb, nur der Fußboden ist mit rotem Marmor ausgelegt. Marmor in der Farbigkeit, wie man ihn vom Eingang der Humboldtuniversität kennt. An der rechten Seite stehen drei gepolsterte Stühle und eine kleine Bank, ebenfalls gelb. Der runde Tisch, der das Zentrum der Sitzgruppe bildet, ist mit einem üppigen Blumenstrauß geschmückt. Weiße Gerbera. Kuhnert weist mit der Rechten auf die Stühle. »Vielleicht nehmen Sie hier erst einmal Platz. Ich schaue nach, ob Herr Kaseler wirklich zugegen ist und pässlich.«

Er geht durch eine der großen, nur angelehnten Türen. Wir bleiben in der Mitte der Halle stehen. Es ist still. Sehr still. Der rot gemusterte Marmor flirrt mir vor den Augen, wenn ich den Blick senke. Wieso lässt sich jemand einen derartig unruhigen und kalten Boden in sein Haus legen? Minuten vergehen. Franz setzt sich nun doch auf einen der Stühle und wischt sich über die Augen. Genervt schüttelt er den Kopf.

Plötzlich hören wir Schritte. Kuhnert und Kaseler betreten die Halle. Man kann unschwer sehen, dass Kaseler betrunken ist. Er hat einen schleppenden Gang, glasige Augen und ein rotes Gesicht. Er trägt eine schlecht sitzende Strickjacke. Hellblau und ausgewaschen. Es ist später Nachmittag. Er bleibt leicht wankend dicht bei der Tür stehen.

Franz steht auf. »Herr Kaseler?«

Der Mann nickt stumm. Kuhnert übernimmt das Reden und sagt: »Wie Sie sehen, ist Herr Kaseler nicht unbedingt in der Lage, auf Ihre Fragen zu antworten. Aber er hat mir erlaubt, dass ich gegebenenfalls die eine oder andere Sache erläutern darf.«

»Es geht um Ihr Zimmer im Studentenwohnheim, Herr Kaseler. Wir haben dort umfangreiche Überwachungstechnik vorgefunden. Was hat Sie dazu veranlasst, diverse Orte in dem Gebäude zu beobachten?«

Ich verfolge, was zwischen Kuhnert und Kaseler vor sich geht. Merkwürdig, was führt diese beiden zusammen? Sie könnten kaum unterschiedlicher sein. Ein Lebemann, gepflegt frisiert und manikürt, und ein schlampiger Tüftler. Sicher riecht er sogar, wenn man sich ihm nähert. Und wahrscheinlich ist er ein Spinner, so wie er jetzt im Türrahmen steht mit weit aufgerissenen Augen, die mich fragend anstarren.

»Ich habe keine Orte beobachtet«, sagt er schließlich. »Ich habe da nichts beobachtet, gar nichts.«

»Herr Kaseler«, Franz tritt dicht zu ihm, »wir haben keine Zeit, uns hier auf eine Diskussion einzulassen. Entweder Sie reden mit uns, oder wir nehmen Sie fest und bringen Sie in die Dienststelle. Da könnten Sie ausschlafen, und dann reden wir in Ruhe.«

»Wollen Sie mir drohen? Sie wollen mir doch drohen?!«

Kuhnert mischt sich ein. »Ruhig bleiben. Das hat keinen Sinn, dass du dich jetzt mit den Herren von der Polizei anlegst. Machen wir es kurz. Ja, Herr Kaseler hat Räume und Personen beobachtet. Unter anderem meine Tochter. Und etwa zwölf weitere Studierende, wie man ja jetzt neuerdings sagt.«

Kaseler wirkt unruhig. Offenbar gefällt es ihm absolut nicht, was Kuhnert sagt. »Das geht keine Sau etwas an. Das geht nur mich was an!«

»Wie soll man das verstehen?«, fragt Franz nach. »Wieso diese Überwachung? In wessen Auftrag?«

»Können Sie sich das nicht denken?« Kuhnert zieht eine kleine Schachtel aus der Jackentasche. Es ist ein Zigarettenetui, ein altmodisches, silbern funkelndes Ding. »Raucht jemand von Ihnen?« Er reicht die aufgeklappte Schachtel zu uns herüber. Wir lehnen ab. Kuhnert zündet sich ruhig eine Zigarette an.

»Die Eltern. Es sind die Eltern, die wissen wollen, was ihre Schützlinge so treiben. Meine Tochter ist mit neunzehn da eingezogen, gegen meinen Willen natürlich und aus reiner Opposition. Und als ich von ausländischen Freunden hörte, dass es da jemanden gibt, der in diesem Wohnheim gut vernetzt ist und sich mit Übertragungstechnik auskennt, habe ich Herrn Kaseler gebeten, ein Auge auf Natalie zu haben. Soweit ich weiß, ist das weder verboten noch eine Straftat, was ja auf dasselbe hinausläuft.«

Ich merke, dass es mir die Sprache verschlagen hat. Da sitzt also einer von den Bewohnern vor dem Bildschirm und nimmt die Besucher auf, die da ins Zimmer von dieser Natalie Kuhnert schleichen?! Und meldet das wie ein Privatdetektiv an seinen Auftraggeber? Wie ein Geheimdienstler an seiner Dienststelle? Was für ein schmieriges Geschäft! Einen Augenblick lang bin ich nicht sicher, ob es sich nicht vielleicht doch um eine Straftat handelt. Aber andererseits, solange niemand klagt?

»Was haben Sie, meine Herren.« Kuhnert lächelt und stößt eine Rauchwolke aus. »Herr Kaseler tut doch nichts anderes, als was tausendfach in der Stadt und den Gebäuden passiert, in denen wir aus und ein gehen. Überall hängen Kameras. Überall sitzen Leute vor Bildschirmen und schauen, ob wir uns angemessen verhalten. Und wenn etwas passiert, was nicht in die Norm passt, drückt jemand aufs Knöpfchen und zeichnet auf, was er sieht. Was ist also so besorgniserregend?«

Ich will noch einwenden, dass es sich dabei um genehmigte Aufnahmen handelt und dass in Gebäuden darauf hingewiesen werden muss, wenn es Kameras gibt. Aber ich sage nichts. Im Prinzip hat Kuhnert recht.

Während ich überlege, wie wir Kaseler doch noch dazu bringen, mit uns die Details seiner Arbeit zu erörtern, merke ich, dass Franz auf Krawall aus ist.

»Das ist nicht zu vergleichen«, sagt er. »Da nehmen Leute ihr Hausrecht wahr, ansonsten muss so etwas angeordnet werden. Hier werden gegen den Willen der Betroffenen und ohne ihr Wissen Aufnahmen angefertigt und gegen Geld an andere verkauft. So, und Sie kommen jetzt mit, Herr Kaseler. Wir hätten da ein paar Fragen vor Ort. In Ihrem Zimmer im Studentenwohnheim.«

Kuhnert legt die Stirn in Falten. »Nicht dass Sie sich hier verheben, meine Herren.«

»Wir passen auf«, sagt Franz abweisend und macht zwei Schritte auf Kaseler zu.

Der nickt plötzlich. »Ja, gut. Ich komme mit. Ich hole nur rasch meine Sachen. Eine Minute!«

Er wendet sich ab und verschwindet durch die Tür, neben der er gelehnt hat. Kuhnert lächelt. Drückt seine Zigarette in einem kristallenen Aschenbecher aus.

Ich sage: »Und warum Ihre Tochter? Hatten Sie Angst, dass sie mit dem falschen Partner schläft?«

»Weniger. Ich fühle mich verantwortlich. Sie studiert Kunstgeschichte. Das siebte Semester. Ich will einfach nur, dass es ihr gut geht. Mehr nicht.«

»Da könnten Sie sie doch fragen?« Franz ist heute einfach nicht gut drauf.

»Das setzt voraus, dass sie bereit ist, mit mir zu reden. Aber das ist nicht der Fall. Ganz unter uns: Ich möchte nicht, dass meine Tochter noch mal in einer Klinik landet, bloß weil irgendwelche Dealer ihr hochgradig gefährliches Zeug verkaufen.«

»Danke für Ihre Offenheit«, schneide ich Franz' Entgegnung ab.

Franz ist unruhig geworden. Er geht hinüber zu der Tür, durch die Kaseler vor einer Minute verschwunden ist. Er schiebt sie auf und schaut in den Nebenraum. »Herr Kaseler!?«

Ich weiß sofort, was passiert ist. Selbst Kuhnert wirkt verunsichert. Wir sehen eine Gardine, die sich im Wind bläht. Die Sache ist klar, Kaseler ist abgehauen.

Als wir wieder im Auto sitzen, fängt Franz plötzlich an zu lachen. Glucksend und unterdrückt, aber dann platzt es förmlich aus ihm heraus. »Wie konnten wir so blöd sein und uns von diesem Lackaffen ablenken lassen«, sagt er schließlich.

»Wieso meinst du, dass er uns abgelenkt hat?«

»Es ist so sinnlos, was wir hier machen, so absolut sinnlos.« Franz beruhigt sich allmählich wieder. Er wischt sich die Tränen aus den Augen. »Das muss man sich mal vorstellen, da schicken die reichen Papis und Mamis ihre Brut nach Berlin und bezahlen wahrscheinlich ein Vermögen dafür, und dann lassen sie sie überwachen, damit sie sicher sein können, dass das Geld auch gut angelegt ist und die lieben Kleinen keinen Fehltritt machen. Das ist doch krank!«

Ich will eben etwas erwidern, als mein Handy anfängt zu vibrieren. Es ist die Pathologie. Die Kollegin sagt, die Eltern von Jakub Lelek seien da und drängten auf die Freigabe der Leiche, weil sie sie nach Pilsen bringen lassen wollen. Die Staatsanwaltschaft sei einverstanden. Ich überlege und sage dann kurz entschlossen, dass ich vorbeikommen werde, um mit den Eltern zu reden.

Franz fährt mich hin. Er sieht müde aus.

»Dann gibt es jetzt auch eine Fahndung nach unserem Österreicher? Und der Zweite von Holzhaus ist ja auch noch nicht aufgetaucht.«

Als ich aus dem Auto steige, bemerke ich einen lauen Luftzug. Die Tage sind alle anders jetzt. Mal kühl und regnerisch, mal angenehm warm, mal windig, mal still und mild. Ist das ein schöner März? Es ist eben Frühling. Und bald wird es wieder grün sein in der Stadt und die Straßen werden voll sein und bunt. Ich bleibe stehen, während Franz mit unserem Auto davonfährt. Ich weiß nicht, warum, aber ich habe plötzlich das Gefühl, dass es mir gut geht. Das ist umso absurder, als ich vor einem Totenhaus stehe, einem Haus, in dem Leichen aufgeschnitten, zerlegt und wieder zusammengesetzt werden, um herauszufinden, wie sie gestorben sind.

Leleks Vater ist ein großer, stattlicher Mann. Die Frau neben ihm ist zart und klein und wirkt zerbrechlich. Ihr Gesicht ist zerfurcht und blass. Sie schaut mich fragend an. Der Mann hält den Blick gesenkt.

Die Kollegin hat uns in einen der beiden Sitzungsräume gebracht. Da stehen wir nun. Ich stelle mich vor als Kriminalpolizeikommissar, der mit der Aufklärung des Mordes an Jakub Lelek beauftragt ist, und reiche beiden die Hand. Bitte sie, sich zu setzen. Sie tun es eher widerwillig. Der große, kräftige Mann rückt ein wenig weg von mir. Die Frau schaut mir noch immer in die Augen, gerade so als erwarte sie darin etwas, ein Zeichen, einen Hinweis, vielleicht sogar etwas

Hoffnung. Sie sagt: »Jakub ist Sohn und war guter Sohn.« Sie spricht offenbar gut Deutsch. »Sie machen Untersuchung. Und was ist Ergebnis?«

»Wir haben noch kein Ergebnis, aber meine Kollegen und ich sind Tag und Nacht unterwegs, um herauszufinden, wer Ihren Sohn umgebracht hat.«

Die Frau wirkt resigniert. »Noch nicht. So, noch nicht Ergebnis.« Sie wendet sich ihrem Mann zu und redet tschechisch mit ihm. Wahrscheinlich übersetzt sie ihm, was sie von mir gehört und verstanden hat. Der Mann nickt, ohne den Blick zu heben.

»Er nicht sprechen Deutsch, deshalb«, sagt sie. »Wir wollen mitnehmen Jakub, nach Hause. Deshalb hier.«

»Ja. Ich wollte aber noch mit Ihnen reden. Deshalb bin ich hergekommen.«

»Reden? Warum?«

»Vielleicht können Sie uns noch Hinweise geben. Zum Beispiel, ob Jakub Ihnen irgendetwas gesagt hat.«

»Was gesagt?«

»Hatte er Angst vor jemandem? War er in einer schwierigen Situation?«

»Nein. Ist nicht so. Jakub hat studiert in Berlin. Wir haben gefreut. Haben noch ein Tochter. Jakub ist Student geworden. Und er ist Künstler.«

»Ja, Jakub war ein Künstler, keine Frage. Er war wohl einer der besonders begabten Puppenspieler. Er war sehr anerkannt unter den Studenten und bei den Professoren und Professorinnen.«

»Ja, Puppenspieler, wie sein Onkel. Ein berühmter Mann.«

»Und er hatte diese schönen Puppen?«

Die Frau blickt erschrocken auf. Sie schaut zu ihrem Mann hinüber und sagt etwas in ihrer Muttersprache. »Pátra po loutkách.«

Der Mann richtet zum ersten Mal den Blick auf mich. Er antwortet ihr: »Nechci nic slyset o nich, prinsely nestêsti strejdovi a te´d jemu.«

»Die Puppen stammen von ihm, von dem Onkel. Er wohnte im Riesengebirge«, sagt die Frau.

»Was hat es mit den Puppen auf sich?«

Sie zögert, dann sagt sie mit dünner Stimme: »Haben Sie gesehen die Puppen?«

»Ja. Sie sind sehr schön.«

»Ja, schön. Sehr schön. Haben schon viel erlebt. Haben kein Glück gebracht. Niemand haben sie Glück gebracht.«

»Was meinen Sie damit?«

Die Frau will sprechen, aber ihr Mann legt ihr plötzlich die Hand auf die Schulter. Sie schauen sich wortlos an. »Ist nicht gut,« sagt die Frau nur. Dann winkt sie ab.

Also doch ein Geheimnis? Bestimmt handelt es sich um irgendeinen Aberglauben. Vielleicht ist der Hersteller der Puppen, bald nachdem er mit den Figuren fertig war, an einer Krankheit gestorben. Oder gar einem Verbrechen zum Opfer gefallen. Bestimmt gibt es im Riesengebirge ebenso viele Sagen und Geschichten wie im Schwarzwald oder im Harz. Aber könnte es nicht doch sein, dass ein Zusammenhang zwischen Leleks Tod und dieser Geschichte mit den Puppen besteht?

Die Frau gibt sich einen Ruck und steht auf. »Wir müssen gehen nun. Es ist Zeit.«

»Einen Augenblick!« Ich muss den beiden deutlich machen, dass es sich bei unserem Gespräch nicht nur um ein zufälliges Zusammentreffen handelt. »Wann hatten Sie mit Jakub das letzte Mal Kontakt?«

Der Mann spricht betont ruhig. »Uû nic nechi Slyset. Pojd`, jedme«, sagt er.

Sie erklärt: »Jakub ist bei uns gekommen vor zwei Wochen.«

»Er war auf Besuch? Was wollte er?«

»Nichts.«

»Und er hat nichts erzählt? Von hier, von seinem Studium?«

»Ja, er hat.«

»Hat er mit Ihnen über sein Theater gesprochen? Er wollte doch ein Theater eröffnen.«

»Ja. Das hat Jakub gesagt.«

»Und was weiter?«

»Er hat gesagt, es gibt Plan. Aber er weiß nicht.«

»Ich habe noch eine Frage. Jakub, was war er für ein Mensch?«

»Ein guter Mensch. Er hat viele Ideen und geträumt viel. Er ist nicht so gut in Schule, aber er hat viel geträumt. Lauter Geschichte. Verrückte Geschichte. Schon als Kind. Immer.«

»Hatte er Freunde?«

Herr Lelek erhebt sich langsam. Die Frau antwortet nicht. Sie öffnet die Tür und geht hinaus, der Mann folgt ihr. Soll ich den beiden sagen, dass es so nicht geht, dass sie meine Fragen beantworten müssen? Ich bringe es nicht übers Herz. Ich lasse sie gehen, damit sie ihren toten Sohn abholen und nach Hause bringen können.

Franz ruft an. Galina Stoffenberg ist in der Dienststelle.

Galina schaut mich mit schmalen Augen an. Ihr Mund ist verkniffen.

»Dachte ja eigentlich, Sie wollen mich früher sprechen«, sagt sie kühl.

»Ich dachte, ich hätte Sie verstanden, als ich das Theaterstück gesehen habe.«

»Und? Haben Sie?«

»Es gibt immer wieder Zweifel. Hat sich noch etwas wegen Ihres Alibis ergeben?«

»Es wäre ein Leichtes, einen oder alle meine Mitbewohner zu bitten, dass sie mir bestätigen, dass ich gegen eins in der Nacht zu Hause war. Aber ich habe das nicht nötig.«

Ich ziehe das Foto hervor, das wir von Billants Handy haben, und schiebe es Galina zu. »Das hat ein gewisser Steffen Billant gemacht. Der Name sagt Ihnen ja sicher etwas. Woher kennen Sie den Mann?«

»Ich kenne keinen Mann mit dem Namen. Und ich weiß auch nicht, wie es zu dem Foto gekommen ist. Es sieht so aus, als wäre es nach unserer Aufführung gemacht worden.«

»Wenn ich das richtig sehe, schauen Sie doch direkt in die Kamera.«

Galina nimmt das Foto in beide Hände. »Das stimmt. Da war ein Mann, der meinte, er sei von der Zeitung, Morgenpost oder Tagesspiegel, was weiß ich.«

»Es kann sein, dass dieser Mann etwas mit Leleks Tod zu tun hat.«

»Hm. Aber warum fotografiert der mich?«

»Ja, warum?«

»Keine Ahnung.« Sie schiebt das Foto zurück zu mir.

»Frau Stoffenberg, Ihre Ahnungslosigkeit hilft uns leider nicht weiter. Sie haben sich mit Jakub Lelek gestritten. Er hat Sie beleidigt.«

»Wer sagt das?«

»Ihre Dozentin und auch Herr Panzlaff.«

»Passen Sie auf, Herr Martaler, jetzt sage ich Ihnen mal was! Lelek war ein Arschloch! Wir haben zusammengearbeitet, und er hat mich in der entscheidenden Situation hängen lassen, weil er sich für was Besseres hielt. Aber wir haben uns wenig später wieder versöhnt. Hat nur keiner mitbekommen. Ich hab viel von ihm gelernt und er hat von mir gelernt. Wir haben uns besser verstanden, als alle anderen miteinander. Er hat mir geholfen beim König der Träume, das werde ich ihm nie vergessen. Er war ein toller Typ.«

»Das klingt widersprüchlich.«

»Ach?! Aber wenn ich mir das so richtig überlege, haben Sie recht. Wir haben uns geschlagen und uns vertragen. Alles klar!?«

Ich kann nichts dafür, ich muss lächeln. Sie schaut mich verwundert an. Dann grinst sie auch. Offenbar gehört sie zu den Menschen, die verstehen, ohne dass man etwas erklären muss.

Dann aber sieht sie wieder ernst aus. Sie sagt: »Der Typ mit der Kamera, wer ist das?«

»Ein Krimineller.«

»Das macht mir Angst. Vielleicht hat er mich fotografiert, um seinen Auftraggebern von der Theateraufführung zu berichten. Vielleicht hat Jakubs Tod gar nichts mit uns zu tun. Vielleicht gibt es da etwas ganz anderes im Hintergrund. Und wissen Sie, was ich denke? Jakub hat doch an einem neuen Stück gearbeitet. Wenn wir das finden, dann haben wir vielleicht einen Hinweis darauf, worum es gehen könnte. Ist nur so eine Idee von mir, aber verstehen Sie, was ich meine?!«

Es ist längst dunkel, als ich nach Hause komme. Kerstin sitzt in der Küche. Auf dem Tisch steht ein Glas Rotwein, ihre Unterrichtsmaterialien liegen ausgebreitet vor ihr. Sie ist eine Lehrerin, die sich auf ihren nächsten Tag vorbereitet. Gründlich vorbereitet. Sie ist sich sicher, dass es ein absolut blöder Tag werden würde, wenn sie nicht mit mindestens einer neuen und für die Schülerinnen und Schüler wirklich wesentlichen Idee in den Unterricht kommt. Und sie mag es, mir von diesen Ideen zu erzählen. Ganz nebenbei natürlich, so als wären ihr da so ein paar Gedanken gekommen, die sie eben mal loswerden muss, ganz locker dahingeredet.

»Warum lieben sich Menschen? Was ist der Sinn dahinter?«

Ich hole mir ein Bier aus dem Kühlschrank. Will Kerstin über uns reden? Mir ist nicht klar, wie das ausgehen würde, gut oder schlecht für mich und für uns. Aber in der nächsten Sekunde ist mir klar, dass sie morgen so eine ihrer Stunden anfangen wird.

»Es hat keinen Sinn, diese Frage zu stellen«, antworte ich. »Man liebt oder man liebt nicht.«

»Das mag sein. Aber wer hat es uns beigebracht zu lieben? Woher kommt das?«

»Sex?« Kaum habe ich es ausgesprochen, schon bereue ich, was ich gesagt habe.

»Liebt eine Tochter nicht ihren Vater? Zwei alte Menschen? Können sich nicht Freunde lieben, die nicht die Bohne daran denken, Sex zu wollen? Nein, es ist etwas anderes, aber was?«

Das Bier ist kühl und ich merke erst jetzt, wie groß mein Durst war. Die alte Leier, man trinkt zu wenig und wenn, dann Kaffee. »Ein Rätsel der Menschheit. Warum liebt ein Mensch seine Puppen?«

Kerstin schaut mich nachdenklich an. »Du meinst diesen Jakub Lelek. Ja, gute Frage, warum liebt jemand seine Puppen? Liebe, das interessiert meine Jugendlichen nicht nur, sie machen sich fertig deshalb. Sie verlieben sich und tun so, als sei es nicht wahr, und leiden und spielen die Coolen. Aber warum lieben wir? Warum tun wir uns das an?«

»Na ja, dass es schmerzvoll sein kann, das weiß wahrscheinlich jeder. Vielleicht sind die Menschen heute auch immer weniger bereit, sich wirklich zueinander zu bekennen? Lieber allein bleiben, das ist weniger gefährlich.«

»Zum Beispiel. Ein großes Thema. Glaub mir.«

»Und dünnes Eis. Es gibt keine Antwort. Auch wenn Verhaltens- und Hirnforscher irgendwelche Zusammenhänge herstellen, die etwas zu erklären scheinen. Aber das Gefühl selber und das, was da passiert, wird ein Rätsel bleiben … Ich habe eben Eltern getroffen, die ihren toten Sohn abholen wollen.«

»Entschuldige, das wusste ich nicht.«

Wahrscheinlich denkt Kerstin, dass es eine der vielen traurigen Erfahrungen war, die man als Mitarbeiter der Mordkommission macht. Aber mir wird im selben Augenblick klar, dass es gar nicht so schwierig war mit Leleks Eltern. Sie waren nicht so betroffen, wie man es erwarten könnte. Haben sie den größten Schmerz schon überwunden in den vergangenen Tagen? Vielleicht haben sie sich einfach gut in der Gewalt und wirken deshalb so ruhig und besonnen. Mir fällt Johanna Bäumer ein, die ja ebenfalls so wenig Emotionen zugelassen hat. Beinahe kühl hat sie gewirkt. Und was war mit der Frage nach Leleks Freunden? War er ein solcher Einzelgänger als Kind und Jugendlicher, dass es ganz einfach keine alten Freunde gibt?

»Und worauf willst du hinaus in deinem Unterricht mit der Frage, warum wir uns lieben?« Ich lenke ab, weil ich jetzt nicht mit Kerstin meinen Fall diskutieren will. Ich will sie jetzt einfach in die Arme nehmen und ihr sagen, dass das mit der Liebe wirklich ein Rätsel ist und dass ich froh darüber bin, dass es ein Rätsel bleibt, denn wie wäre es sonst möglich gewesen, dass sie zu mir zurückgekehrt ist, obwohl ich ihr so weh getan, sie verraten habe.

XXI.

Seit Stunden wälze ich dieselben Gedanken. Ich versuche mir klarzumachen, wer Mirco ist und was er in dieser Situation tun wird. Ich habe Angst vor ihm, aber ich versuche mich trotzdem in ihn hineinzuversetzen. Was wird er tun? Wird er hierher kommen? Traut er sich das?

Ich finde keine Antworten, also noch mal von vorn. Was ist Mirco für ein Typ? Schwer zu sagen. Mutig ist er. Er war immer ein Anführertyp, einer, der die Dinge in die Hand nimmt, die anderen zu heiß sind. Aber natürlich auch nur die wirklich heißen Dinge. Angefangen hat alles mit den Zigaretten, die wir uns nicht leisten konnten. Wir haben zusammengelegt, einer ist in den Supermarkt – das war am Anfang immer Mirco –, hat eine Schachtel gekauft und sich in der kurzen Spanne zwischen dem von der Kassiererin mit Argusaugen beobachteten Öffnen und Schließen des Zigarettenständers zwei Schachteln in den Ärmel geschoben. Keiner konnte das so gut wie Mirco. Aber er hat es zu einer Art Mutprobe erklärt, und irgendwann haben die Jungs sich darum gestritten, wer es heute machen darf. Ich hab mich davor gedrückt, ohne dass es aufgefallen wäre.

Mirco hat nicht schlecht von den Idioten gelebt. Er war eben immer ein bisschen schlauer als sie. Die haben alles geschluckt, was er ihnen vorgesetzt hat, eine brave Konsumentenherde. Vor seiner Gerissenheit musst du dich in Acht nehmen, denke ich. Aber seine Schwäche ist die Ungeduld. Ein System wie Schule, das über einen mehrjährigen Zeitraum angelegt ist – so etwas hat er nie verstanden. Er wollte den Erfolg immer gleich. Etwas tun und sofort dafür belohnt werden, das war sein Ding. Aufgrund seiner Ungeduld hätte er keine Ausbildung, geschweige denn ein Studium überstanden. Wahrscheinlich hätte er nicht mal die Geduld aufgebracht, Formulare beim Arbeitsamt auszufüllen. Eigentlich blieb ihm kaum etwas anderes übrig, als das zu tun, was er jetzt macht. Wirt hätte er noch werden können, seine Gefolgschaft hätte sich sicher auch zum Saufen überreden lassen. Ja, er ist ein Rattenfänger, denke ich. Mutig und ungeduldig. Er wird hier bald auftauchen, stell dich darauf ein.

Und während ich das denke, spüre ich, dass ich ganz nah bei ihm bin. Es kommt mir vor, als würde ich ihn direkt vor mir sehen, als könnte ich beobachten, was er gerade tut. Er sitzt wie ich in einem dunklen Raum. Auch er denkt über uns nach. Ich bin fest davon überzeugt, dass ich eine telepathische Verbindung zu ihm hergestellt habe. Ich bin in seinem Kopf und kann seine Gedanken lesen. Er hat sich entschlossen, mich hier aufzusuchen. Er weiß, dass ich umfallen und reden könnte. Ich weiß es, aber er weiß es auch. Er hat es mir angesehen. Auf dem Tisch vor ihm liegt ein Spiegel. Darauf ein Häufchen Koks und ein zusammengerollter Zwanziger. Daneben liegt die Pistole. Ich kann sehen, wie er sie in die Hände nimmt und betrachtet. Ich schüttele den Kopf, als könnte ich ihn so daraus vertreiben. Ich will nicht mehr an Mirco denken, weil ich plötzlich den erschreckenden Einfall habe, dass auch er die gedankliche Verbindung nutzen könnte. Ich will diesem Menschen nicht mehr nahe sein. Was habe ich schon mit ihm zu tun? Meinetwegen könnte er tot sein, ich will nur mein eigenes Leben retten. Und in dieser Sekunde wird mir klar, dass ich laufen muss.

Noch im Fahrstuhl habe ich das Gefühl, etwas Wichtiges übersehen zu haben. Die Angst drückt mich auf die Straße, aber ich denke die ganze Zeit, du solltest innehalten und nachdenken. Als ich in die fahle Nacht hinaustrete, wird mir bewusst, dass ich keinen vernünftigen Gedanken fassen kann. Also laufe ich, die Richtung ist egal, ein Ziel gibt es nicht. Die Verbindung zu Mirco ist abgebrochen. Er ist nichts weiter mehr als eine diabolische Figur, die mich verfolgt.

Auf der Straße der Pariser Kommune biege ich rechts ab und laufe über die Weberwiese. Ich grüble und grüble. Was habe ich übersehen? Bestimmt etwas, wo du nachher denkst, ja klar, wusste ich doch eigentlich. Aber was? Ich muss es wissen, aber es fällt mir nicht ein. Es muss etwas sein, das die ganze Zeit da war, aber du hast nicht daran gedacht. Etwas, das vollständig aus deinem Blick gefallen ist. Warum kommst du nicht darauf? Nicht müde werden, sage ich mir, du darfst jetzt nicht aufhören, nachzudenken. Einen Moment lang spüre ich die Schwere meines Körpers, die Last der Lider auf meinen Augen. Ich möchte sie so gerne schließen, aber ich muss nachdenken. Was hast du übersehen? Versuch dich zu erinnern!

Wieder drängt sich Mirco in meine Gedanken. Ich weiß noch, wie es war, als ich gerade mein Abitur gemacht hatte und Mirco wieder begegnet bin. Ich hatte ihn eine Weile nicht gesehen. Er hat zu Hause seinen achtzehnten Geburtstag gefeiert. Wir waren viel zu viele Leute in dem kleinen Zimmer und alle waren auf Drogen. Eine Nase nach der anderen und obendrauf noch ein paar Pillen. Es hat mich schockiert, so viele kranke Leute auf einem Haufen. Aber Mirco strahlte eine Selbstsicherheit und Zufriedenheit aus, die ich noch nie an ihm bemerkt hatte. Das war mir unheimlich. Da stand ein neuer Mensch vor mir, befreit von jedem Selbstzweifel. Einer, der so wirkte, als habe er sich gefunden. Ich habe gedacht: Jetzt ist es so weit, jetzt ist er völlig durchgeknallt. Und ich hatte recht. Wieso habe ich das damals nicht ernst genommen? Wieso bin ich trotzdem immer wieder zu ihm gegangen?

Meine Gedanken brechen jäh ab. Das ist Jakub. Dort auf dem Plakat. Er ist es, keine Frage. Darunter steht: Wer war Jakub Lelek?

Es schnürt mir die Luft ab. Das ist der Schlag, der dich zu Boden wirft, denke ich, und plötzlich wird mir klar: Es war dein Freund Jakub, den du übersehen hast, den du die ganze Zeit über ausgeblendet hast. Da war das Blut, da war die Leiche, aber wo war Jakub?

Und dann sind da wieder die Gefühle, mit denen ich in dieser Nacht zu ihm gegangen bin. Enttäuschung und Wut. Er hatte mein Vertrauen missbraucht. Wir wollten ihm eine Abreibung verpassen, und ich fand, er hatte sie verdient.

Das ist meine letzte Erinnerung an Jakub. Weiter habe ich seitdem nicht über ihn nachgedacht. Nicht eine Sekunde habe ich seit seinem Tod an den lebendigen Jakub gedacht. Ich habe es nicht zugelassen, dass ich ihn vermisse. Nur der Schrecken über das, was geschehen ist, ist wieder und wieder in mich gefahren.

Er war dein Freund. Er wird nie zurückkommen, und du hast ihn auf dem Gewissen.

Ich fange an zu schluchzen. Die Tränen schießen aus meinen Augen und ich schreie vor Verzweiflung. Wie konnte das geschehen? Und wie könnte ich es mir je verzeihen?

Ich starre noch immer das Plakat an, dann werde ich gewahr, wo ich bin. Ich stehe vor dem Haus in der Gubener Straße, in dem sich das Theater der kleinen Form befindet. Ich gehe weiter durch die Nacht und denke an Jakub. So lange habe ich es mir verwehrt, aber jetzt lasse ich es zu. Die Erinnerungen und Gefühle überwältigen mich. Da ist so viel. Welch ein Reichtum. Wo ist das alles hin? Wie konnte es so schnell verloren gehen?

Wir waren uns in vielerlei Hinsicht sehr ähnlich. Er kam wie ich aus Verhältnissen, die man einfach nennt. Mit meinen Proletenkumpeln konnte ich Jakub nicht beeindrucken, da war er aus Pilsen ganz andere Kaliber gewöhnt. Und wir hatten beide schon früh eine Idee davon, was wir mit unseren Leben anfangen wollten. Überhaupt waren wir beide dem Leben sehr zugewandt, wir hatten Spaß zusammen. Ich habe Jakubs Anerkennung genossen. Solche Freunde wollte ich haben, nicht diese Kiezgestalten, mit denen Mirco sich umgibt. Ich wollte Freunde, die mich weiterbringen, mit denen ich mich austauschen kann. Das war mit Jakub immer das Wichtigste, der Gedankenaustausch. Wir sind uns nie in die Quere gekommen. Jeder hat seins gemacht, aber ich konnte mit niemandem so gut reden wie mit ihm.

Ich fange wieder an zu weinen. Wie kann ich damit leben, es nicht rückgängig machen zu können? Wie soll das gehen? Jakub muss leben!

Als ich den roten Blechvorbau von Kaisers an der Warschauer erblicke, fällt der Groschen. Es ist völlig klar, denke ich und bleibe stehen. Es ist ein Ding unter Freunden. Also handle wie ein Freund. Geh nach Hause und stell dich Mirco. Red mit ihm. Ich atme tief ein und schmecke die Frische des Frühlings in der Luft. Die Beklemmung löst sich, der Druck weicht von meiner Brust. Und was ist, wenn er nicht reden will? Dann ist es so, denke ich. Es wird sowieso geschehen, was geschehen soll.

Der Gedanke macht mich frei. Ich habe keine Angst mehr, nicht vor Mirco, nicht vor dem Gefängnis und nicht einmal davor, zu sterben. Du musst mit ihm reden, denke ich, und du brauchst nur in deinem Zimmer auf ihn zu warten. Er wird bald dort auftauchen.

XXII.

Als ich am nächsten Morgen in die Dienststelle komme, stehen Franz und Kiesewetter und weitere zwei Kollegen im Flur und schauen zu Boden. Sie stehen im Kreis und niemand nimmt mich wahr. Als ich näher trete, sehe ich, dass sich da etwas bewegt. Es ist grau und weiß und springt und legt sich hin und taumelt weiter. Ein Hündchen. Keine acht Wochen alt, schätze ich. Hat sich Kiesewetter also tatsächlich nach Polen aufgemacht, um sich seinen Köter abzuholen.

Als mich der Chef bemerkt, schaut er beseelt lächelnd auf und zieht mich in die Runde. »Denken Sie nur, Martaler, der Züchter hat mir gedroht, dass er ihn verkauft, wenn ich noch weiter zögere, was sollte ich da machen. Und ist es nicht ein wirkliches Prachtstück?«

Ich sehe auf das Wollknäuel und frage mich, ob es eigentlich rechtens ist, Hunde so früh von der Mutter wegzunehmen. »Und wie füttern Sie ihn, mit der Nuckelflasche?«

»Ja. Das läuft perfekt. Und ich nehme ihn tagsüber mit her, weil mir der Züchter gesagt hat, dass ich als Ersatz fungiere für seine Hundemutter.«

Ich schaue Kiesewetter ins Gesicht und erwarte irgendein Zeichen von Humor. Da ist aber keiner. Er meint das ernst. Er ist jetzt Hundemutter und findet das gut.

Ich weiß nicht, was ich tun soll. Lachen ist scheinbar nicht angesagt. »Wie heißt er denn?«, frage ich.

»Rafael von Dardejew«, sagt Kiesewetter mit leichtem Stolz in der Stimme, als hätte er seinen eigenen Namen genannt.

»Von Dardejew?!« Franz kann sich kaum beherrschen. Aber ich merke, dass er sich eher ärgert, als dass er sich amüsiert.

»Ja, das ist ein altes Rittergut in Polen. Und der Züchter hat den Titel gekauft. Die Hunde stammen von einer Züchtung des damaligen Grafen.«

»Sagt der Züchter!« Franz zieht mich mit sich. »Wir müssen dann mal wieder.« Ich folge ihm eilig, um aus dieser Situation herauszukommen.

»Da fährt dieser Mann ernsthaft einen Tag nach Polen, um seinen Dackel abzuholen, und lässt uns hier die Arbeit machen. Und dann bringt der das Viech auch noch mit, damit es uns die Büros vollpinkelt!«

Ich murre nur: »Lass ihn doch.« Und schalte meinen Computer an.

Während der hochfährt, scheint sich Franz wieder zu beruhigen. Er sagt: »Ich habe mit diesem Typen vom Wachschutz gesprochen. Gestern Abend noch. Der hat ein gutes Auge und denkt mit. Er hat mich gefragt, wie weit wir mit unseren Recherchen sind bezüglich des Eindringens in das Apartment von Lelek. Jemand hat das Siegel erbrochen und war in dem Zimmer.«

»Richtig. Und der Schlüssel für die Truhe ist verschwunden.« Ich fühle Ärger in mir aufsteigen, weil ich diese Spur noch nicht weiterverfolgt habe. Und weil ich auch dieses Stück nicht gefunden habe, das vielleicht wie ein Schlüssel wirken könnte, ein Schlüssel, der uns den Fall verständlich macht. »Und, ist ihm dazu etwas eingefallen?«

»Nein. Aber er sagte, dass er die Etage genau im Blick hat. Vorgestern sei eine junge Frau da gewesen und habe gefragt, ob die Sachen von Lelek schon abgeholt worden seien. Eine Frau um die sechsundzwanzig, siebenundzwanzig Jahre alt. Er hat mir aufgezeichnet, wie sie aussieht. Eine Art Phantombild.« Franz zieht ein weißes A4-Blatt aus seiner Tasche und legt es vor mir auf den Schreibtisch. Man kann es genau erkennen: Es ist Galina Stoffenberg.

»Du erkennst sie?«, fragt Franz. Ich nicke nur. »Übrigens haben sich Leleks Eltern für heute Morgen angemeldet, um die Sachen mitzunehmen, die ihm gehören.«

»Hat die Staatsanwaltschaft die denn freigegeben?«

»Ja, auch die Leiche. Die Spurensicherung hat die Untersuchungen abgeschlossen. Es gibt keinen Grund mehr, die Übergabe hinauszuzögern.«

»Mist«, entfährt es mir. »Ich wollte noch einmal in die Truhe schauen. Wegen dieses Theaterstücks.«

»Das es vielleicht gar nicht gibt.«

»Der Schlüssel war weg.«

»Ja richtig, der Schlüssel. Niemand hat ihn. Wir nicht und die Spusi auch nicht. Aber wahrscheinlich ist die Kiste inzwischen eh unterwegs nach Pilsen.«

»Ruf mal bei dem Wachschutz an und frag, ob die Eltern schon da waren oder noch sind.«

Franz greift sofort zum Hörer. Zehn Sekunden später wissen wir, dass Leleks Eltern tatsächlich da waren. Aber sie haben die Kiste stehen lassen.

Seltsam. Warum lassen sie die Puppen zurück? Ich rufe bei den Kollegen von der Technik an und erbitte mir ein Set zum Öffnen von Bartschlössern.

Zwanzig Minuten später eile ich durch das Foyer des Wohnheims. In der Loge sitzt ein mir unbekannter Mann in der Uniform der Wachschutzfirma. Er schaut kurz auf, scheint sich aber nicht für mich zu interessieren.

Die Tür von Leleks Apartment ist verschlossen, der Streifen zur Verplombung entfernt. Ich öffne die Tür mit einem Dietrich und betrete den Raum. Er ist fast unverändert. Das Bett, der Schrank, Stühle und Tisch, alles steht an seinem Platz. Es gehört zur Ausstattung der Räume. Aber die Bücher und Kleidungsstücke sind verschwunden. Auch die Bilder und Plakate an den Wänden sind weg. Alles ist kahl. Nur die Puppe, die weiße Tänzerin, hängt noch da. Diese Marionette, die mich mit ihren seltsamen Augen eindringlich anstarrt, die mich bei jedem Schritt tonlos beobachtet. Und da steht die Truhe. Scheinbar unberührt. Warum haben Leleks Eltern dieses schöne Stück nicht mitgenommen? Und vor allem die Puppen, von denen sie doch selbst gesagt haben, dass sie sehr wertvoll sind. Ist der Aberglaube wirklich so stark, dass sie das zurücklassen, was ihr Sohn so gehütet hat? Woran er gehangen hat wie an sonst kaum etwas? Außer vielleicht an einigen wenigen Menschen und an seiner Idee, ein eigenes Theater zu haben und seine Stücke aufzuführen?

Ich mache mich daran, die Truhe zu öffnen. Und es dauert nicht lange, bis ich den richtigen Dietrich gefunden habe. Das Schloss bewegt sich schwer, so wie es auch mit dem Schlüssel einige Kraft brauchte, um die Mechanik in Gang zu setzen. Dann knackt es und die Verriegelung löst sich. Ich hebe den Deckel hoch. Als das Licht in die Truhe fällt, sehe ich, dass sie leer ist. Keine Puppen. Nichts. Gar nichts. Der Anblick macht auf mich größeren Eindruck, als wenn ich in die Gesichter der Figuren geschaut hätte; mir läuft es eiskalt über den Rücken. Ich lasse den Deckel der Truhe vorsichtig herunter und frage mich, was in aller Welt das zu bedeuten hat. Waren die Puppen schon verschwunden, als ich das letzte Mal in diesem Zimmer war? Habe ich vor einer leeren Truhe gestanden? Oder haben Leleks Eltern sie doch mitgenommen, eingepackt in Taschen und Koffer? Oder waren es Jakubs Kommilitonen, die hier eingedrungen sind, um sie zu holen? Gibt es noch jemanden, den ich bislang nicht auf dem Zettel habe, der sich den Inhalt der Truhe angeeignet oder auch zurückgeholt haben könnte?

Ratlos lasse ich mich auf den Boden sinken. Sitze da, den Rücken an die Truhe gelehnt, und versuche mich zu konzentrieren. Schließlich fällt mein Blick erneut auf die Marionette, die mich immer noch anzuschauen scheint, mir direkt in die Augen sieht. Ganz ohne Zweifel könnte sie mir Antworten auf meine Fragen geben. Sie war dabei, als Lelek ermordet wurde, sie kennt die Täter, und sie weiß, was in diesem Zimmer geschehen ist. Davor und danach. Und wer die Puppen aus der Truhe geholt hat. Aber natürlich schweigt sie. Ihr mechanisch zu bewegender Mund ist verschlossen. Das heißt, er ist nicht ganz verschlossen. Einige Millimeter trennen Ober- und Unterlippe. Und dieser Umstand verleiht dem starren Gesicht etwas Fröhliches, fast Freches. Gerade so, als würde mich die Marionette verhöhnen oder mir etwas sagen wollen. Etwas, das ich wissen sollte.

Ich stehe auf und trete dicht an die Puppe heran. Zum ersten Mal bemerke ich, dass mich die Figur an zweierlei erinnert. Zum einen an eine Skulptur des gekreuzigten Jesus, zum anderen an die Puppenköpfe in der Wohnung von Professor Panzlaff. Ich berühre vorsichtig den Körper, hebe ihn schließlich mitsamt seinen Drähten und Führhölzern herunter. Die Figur ist schwerer als gedacht. Und sie ist auch größer, als es den Anschein hatte, als sie noch hing. Vorsichtig lege ich die Puppe auf den Tisch. Der Mund ist nun noch weiter geöffnet. Die Augen schauen mich noch immer durchdringend und fragend an.

»Also, was willst du mir sagen?«, murmele ich und berühre ihren Körper. Der Stoff, der ihn umgibt, ist derb und kratzig, er ist weiß und hat die Konsistenz einer gestärkten Gardine: weitmaschig, an Spitze erinnernd. Darunter ist aus gleichfalls weißem Stoff der Leib geformt. Und dieser Leib fühlt sich hart an, nicht wie Holz, eher wie dicht gestopftes Papier. Ich drehe die Puppe um, taste den Körper ab und bemerke ein Loch, einen Zugang zu ihrem Leib. Dort steckt, dicht zusammengepresst, eine Rolle Papier.

Ich greife fest zu und ziehe das Papier heraus. Es sind an die dreißig Seiten, eng zusammengerollt. Als ich die Rolle öffne, lese ich in großen Buchstaben: »Kalt so kalt«. Ein Theaterstück von Jakub Lelek. Für Galina Stoffenberg.

Ich habe es gefunden. Und es war die ganze Zeit greifbar nahe, direkt vor meinen Augen.

Was soll ich jetzt tun? Den Text lesen? Oder erst einmal zurück in die Dienststelle? Ich überfliege die ersten Seiten.

»Die Tänzerin: Schnee war über die Stadt gekommen, weißer, kalter Schnee. Und nicht, wie man es aus Märchen kennt, war der Schnee, wenn er niedersank, nicht wie eine Decke wärmend, sondern er fiel und alles, was unter ihm versank, erfror. Wurde zu kristallklarem Wasser, zu Eis. Das war zu unserer Zeit: So gleißend hell, so kalt der Quell, so wild die Nacht, wirst umgebracht, gib Acht, mein Kind, gib Acht!«

Es sind schöne Zeilen, aber die Botschaft erschließt sich mir nicht. Ich versuche mir vorzustellen, dass die Marionette die Worte spricht. Ich lese, dass eine blaue Sonne in den Zuschauerraum leuchten soll, dass silbern funkelnde Sterne an die Wände projiziert werden sollen, die dann blau überstrahlt werden, bis alles im Raum blau erscheint, auch die Gesichter der Zuschauer. Aber was soll das bedeuten? Ich werde den Text Galina Stoffenberg zeigen. Soll sie ihn lesen oder wir gemeinsam, und dann können wir immer noch versuchen, uns den Inhalt zu erklären. Oder ich befrage Professor Panzlaff oder Professorin Restein. Irgendwer wird mir weiterhelfen.

Ich will mich gerade aufmachen, als mein Handy klingelt. Franz sagt, dass sich eben Kuhnert gemeldet und erklärt hat, der gesuchte Kaseler sei auf seinem Schiff. Derzeit versuche er ihn zu überreden, mit uns zu sprechen. Aber Kaseler sagt, er habe Angst. Das Schiff liegt in der Rummelsburger Bucht.

Ich habe absolut keine Lust, jetzt dort hinzufahren. Ich will jetzt mit jemandem über den Text reden.

»Heißt das, er hat ihn so weit, dass er bereit ist, eine Aussage zu machen?«

»Keine Ahnung. Kuhnert sagt, er will ihn überzeugen. Angeblich, weil er doch irgendetwas weiß, das uns interessiert, aber wie gesagt, bisher hat er nicht ausgepackt.«

»Dann warten wir eben, bis er bereit ist. Zwingen können wir ihn sowieso auch nicht.«

Franz ist über meine barsche Antwort verwundert. »Soll ich ihm das so sagen?«

»Nein. Sag ihm, wir sind sofort da, wenn er Kaseler so weit hat.«

»Wo steckst du eigentlich?«

»Ich habe gerade die Bekanntschaft mit einer Tänzerin gemacht, die mir eine wichtige Botschaft mitgeteilt hat. Ich bin in spätestens zwei Stunden da.«

Wenig später bin ich unterwegs zur Hochschule. Ich habe Glück, Frau Professorin Restein kommt mir bereits auf dem Flur entgegen.

»Herr Kommissar, kann ich etwas für Sie tun? Sie sehen angespannt aus.«

»Ich hätte gern Ihren Rat und den von Galina Stoffenberg. Vielleicht auch von Ihrem Kollegen Panzlaff. Wen könnte ich sprechen?«

»Galina ist heute auf jeden Fall da. Kommen Sie.«

Wir gehen auf eine der großen Türen zu. Als Frau Restein sie öffnet, sehen wir mitten im Raum eine Person. Vier Studierende hocken auf ihren Stühlen und beobachten sie. Die Schauspielerin ist geschminkt und trägt ein Kostüm. Soll das Mephisto sein? Ein weißes Gesicht, dünne schwarze Lippen, ein Barett auf dem Kopf, ein weiter schwarzer Umhang und eine knallrote enge Hose. Und richtig, der Pferdefuß, das eindeutige Mal des Teufels.

»Die Frage scheint mir klein für einen, der das Wort so sehr verachtet. Der weit entfernt von allem Schein, nur in der Wesen Tiefe trachtet.«

Wir stehen und lauschen und schauen auf die Bewegungen der Schauspielerin, und jetzt erkenne ich, dass es sich um Galina Stoffenberg handelt. Sie hält plötzlich inne und schaut herüber.

»Wir proben«, sagt sie halb abweisend, halb unsicher.

»Könnte ich Sie bitte sprechen«, entgegne ich, und meine Frage hallt in dem großen Raum wider. Die anderen rutschen unruhig auf ihren Stühlen herum. Einer sagt: »Was ist denn nun, Probe, oder was?!«

Galina steht noch immer mitten im Raum. Dann aber kommt sie zu uns herüber. Mit hängenden Schultern und kleinen Schritten.

Durch die großen Fenster im Büro von Professorin Restein dringen fahle Sonnenstrahlen. Ich bitte Galina, sich zu setzen.

»Ich habe einen Text von Jakub Lelek«, sage ich und nehme ihr gegenüber Platz.

Statt Galina macht sich Frau Restein bemerkbar, die eben noch gezögert hat, im Raum zu bleiben, vielleicht weil sie angenommen hat, dass ich allein mit der Studentin sprechen will. »Darf ich fragen, um welchen Text es sich handelt?«

»Es ist das neue Stück. Ganz ohne Zweifel. Neunundzwanzig Seiten. Es ist nicht fertig, so scheint es mir, es sind eher Gedanken oder Fragmente, manchmal sind es aber auch die Texte der jeweiligen Figuren.«

Ich lege den dünnen Stapel Papier vor Galina Stoffenberg hin. Die schaut mit großen Augen darauf. Plötzlich fängt sie an zu weinen. Erst leise und sacht, dann immer stärker und schließlich ganz hemmungslos. Frau Restein kommt ihr zu Hilfe. Berührt ihre Schultern, nimmt sie schließlich in die Arme. Nebenbei wirft sie einen Blick auf das Papier und entdeckt dabei wahrscheinlich Leleks Hinweis: Für Galina Stoffenberg. Sie schaut mich mit vorwurfsvollem Blick an. Gut, denke ich, das war vielleicht ein wenig unsensibel. Andererseits haben emotionale Reaktionen in solchen Situationen große Bedeutung. Vor allem, wenn sie entweder gespielt sind oder so ehrlich wirken, wie das, was eben passiert ist.

Es dauert, bis sich Galina wieder beruhigt hat. Sie beginnt in den Seiten zu blättern. Schlägt Blatt für Blatt um, nickt manchmal, lächelt, wischt sich die Tränen weg. Schließlich halte ich es nicht mehr aus.

»Was halten Sie davon? Ich meine, ich suche nach einer Botschaft, nach irgendeinem Hinweis, Sie verstehen ...«

»Sie erhoffen sich, dass Sie in dem Text Hinweise finden, wer Jakub ermordet hat?«

»Ja, so in etwa. Jedenfalls gehe ich davon aus, dass ich mit dem Text in den Ermittlungen irgendwie weiterkomme.«

Galina lehnt sich zurück. Sie scheint mit sich zu kämpfen. Sie wirkt wieder stark und konsequent, extrem konzentriert. »Die Botschaft steht auf der ersten Seite«, sagt sie schließlich klar und sicher.

Ich blicke auf das Blatt. »Kalt so kalt. Hm.«

»Es geht um Schnee. Es geht darum, dass die Menschen nicht merken, dass sie erfrieren. Sie wollen immer mehr erleben, in immer weniger Zeit. Deshalb brauchen sie den Schnee, der ihnen Zeit gibt und wilde Abenteuer. Sie wollen nicht normal leben, sie wollen abheben, fremd sein, verwirrt, und sie wollen nicht mehr schlafen, denn Schlaf bedeutet Zeit. Zeit, in der man nichts erlebt. Verstehen Sie?!« Galina schlägt eine Seite auf und liest: »Komm, tanz mit mir, ich bin die Lust, komm, tanz mir, vergiss den Frust. Das ist das Licht, ich leuchte dir, folge dem Licht, bleibe bei mir! Ich bin bei dir, ich bin bei dir, ich bin der Tod.«

»Es geht um Rauschgift«, sage ich langsam. Und weiß nicht, was das stärkere der Gefühle ist, die ich in mir spüre: die gekränkte Eitelkeit, dass ich nicht längst selbst darauf gekommen bin, und die Freude darüber, endlich zu verstehen, worum es die ganze Zeit gegangen ist.

»Es geht um Crystal Meth, nicht einfach um Rauschgift. Es geht um die Droge, die den Menschen suggeriert, sie sind unsterblich, unverletzlich, die sie glauben macht, sie hätten die Zeit überwunden. Dabei haben sie nur ein Bündnis geschlossen, ein Bündnis mit dem Teufel. Das war jedenfalls Jakubs Philosophie. Ein Bündnis mit dem Teufel, der die Seelen holt und die Wärme der Menschen, weil er sie für das Feuer braucht, in dem alles versinken wird. Sein Feuer. Das kalte Feuer der Hölle.«

»Warum haben Sie mir das nicht schon früher gesagt?«

»Weil Jakub auch diesen Pakt eingegangen war. Er hat das Stück ›Der König der Träume‹ geschrieben, das Sie ja gesehen haben, und dieses hier. Und beide wollen deutlich machen, was Crystal bedeutet. Kein anderer konnte das besser erklären, weil Jakub das Zeug vor Jahren selbst genommen hat und weil er aus dem Kreis der Dealer nie wirklich herausgekommen ist. Er wollte sich befreien. Aber sie ließen ihn nicht. Deshalb hoffte er auf einen großen Befreiungsschlag, mit dem er endlich unabhängig sein könnte und frei.«

»Ich verstehe nicht.«

»Das verstehen Sie nicht? Ich habe genug davon mitbekommen, als wir damals zusammen waren. Jakub hat gedealt, um sich über Wasser zu halten. Seine Eltern hätten ihm nie das Studium und den Aufenthalt hier finanzieren können. Johanna wusste von nichts. Jedenfalls glaubt sie, dass Jakub mit solchen Sachen nichts weiter zu tun hat. Nur so wie alle eben. Aber Jakubs Freund Niklas, der wusste es.«

»Also ist er wegen der Drogen ermordet worden?«

»Es muss einen Zusammenhang geben, davon gehen wir alle aus. Wir Puppenspieler. Aber vielleicht fragen Sie Leleks Geschäftspartner, diesen Mario Ramtun.«

»Warum sollte ich das tun?«

»Fragen Sie ihn, mit uns redet er nicht.«

»Das heißt, Sie haben versucht, mit ihm zu sprechen? Sie stellen eigene Nachforschungen an?«

»Wir sind nicht die Polizei, aber Jakub war unser Freund. Er war einer von uns. Verstehen Sie das denn nicht?!«

Ich stehe auf. Reiche Galina Stoffenberg die Hand. »Danke«, sage ich. Frau Restein nickt mir mit blassem Gesicht zu. Sie hat die ganze Zeit geschwiegen. Vermutlich wusste sie, was hier unter der Decke vor sich ging. Vielleicht hat sie weggeschaut. Vielleicht hat sie es toleriert. So wie es mit großer Wahrscheinlichkeit auch ihr Kollege Panzlaff getan hat, der vielleicht sogar mit seinen Partys dazu beigetragen hat, dass irgendwelches Zeug den Besitzer wechselte. Ich weiß es nicht und will es auch nicht wissen.

Mario Ramtum empfängt mich in seinem Luxusapartment, als wäre nichts passiert. Mit verschlafenem Blick führt er mich in das Zimmer mit den vielen Bildschirmen. Bunte Diagramme und Berichte aus der Börse in Frankfurt am Main und Hongkong flimmern über die Monitore. An den Wänden sind einige Papiere hinzugekommen, auf denen wilde Kurven und Zickzacklinien Verläufe und Trends widerspiegeln.

»Wie geht es weiter mit dem Theater in der Krautstraße?«, frage ich ihn.

»Ich habe der Nachfolgeorganisation vom Liegenschaftsfonds unseren Verzicht bereits mitgeteilt. Dummerweise hatte ich die erste Rate schon überwiesen und es wird eine Menge Arbeit machen, das Geld zurückzubekommen. Und was führt Sie zu mir? Es geht doch nicht um das Theater?«

Ich suche nach einem freien Platz, und da ich keinen finde, räume ich von einem Bürostuhl einen Stapel Bücher herunter, was Ramtun mit deutlichem Unmut beobachtet.

»Mir geht es genau um diese Frage. Wie wollten Sie die aus Ihrer Sicht geringe, aus dem Blickwinkel von Lelek erhebliche Summe zusammenbringen? Sie haben mir gesagt, dass einen Teil Lelek und einen Teil Sie zahlen wollten. Aber Lelek hätte die Summe doch gar nicht aufbringen können.«

»Wieso? Er hat mir gesagt, dass ihm seine Eltern das Geld borgen würden. Vierzigtausend. Ich bitte Sie!«

»Leleks Eltern sind, nun, sagen wir, nicht gerade vermögende Leute.«

»Also, ich kenne die nicht. Ich musste mich auf Jakubs Aussage verlassen. Er wollte die Summe in diesen Tagen bereitstellen. Tja, vorbei. Aber so ist das eben.«

»Das heißt, Jakub Lelek hat Ihnen versprochen, das Geld zu besorgen.«

»Ja, er ist ja erst vor Kurzem nach Pilsen zu seinen Eltern gefahren. Und die wollten die Summe dann überweisen.«

»Wussten Sie, dass Lelek gedealt hat?«

»Unsinn. Na, vielleicht so ein bisschen im Freundeskreis, in kleinem Rahmen. Unter den Studenten. Keine Ahnung. Was hat das mit der Sache zu tun? Mit Dealen kriegt man nicht mal schnell vierzigtausend zusammen. Und Jakub schon gar nicht. Der hatte doch nichts anderes als seine Puppen im Kopf. Dealen, na wie gesagt, Tütchen da, Tütchen dort.«

»Wie gut kannten Sie Lelek?«

»Ich fand ihn witzig. Originell. Er war ganz anders. Kam wie aus 'ner anderen Welt.«

»Und er hat Ihnen Crystal verkauft, damit sie wach bleiben, wenn in New York die Börse öffnet und dann in Tokio und dann in Moskau. Richtig?«

»Dazu kann ich Ihnen leider nichts sagen. Ich brauche generell wenig Schlaf. Sind wir fertig?«

Ich erhebe mich. »Wir werden sehen«, sage ich und verlasse den Raum.

Ein leichter Nieselregen hat eingesetzt. Ich ziehe mir die Kapuze meiner Jacke über den Kopf. Die Luft ist mild und riecht nach Frühling.

Allmählich fügen sich die Bilder zusammen. Jakub Lelek war in Pilsen, bei seinen Eltern. Er wusste vermutlich, dass er von ihnen kein Geld bekommen würde, jedenfalls nicht eine solche Summe. Aber er hatte etwas anderes vor. Er wollte zu seinen ehemaligen Freunden, über die seine Eltern nicht reden mochten.

Ich wähle die Nummer von Franz. Der ist sofort auf Empfang. »Hör mal, versuch doch mal bei den Kollegen in Pilsen herauszubekommen, ob Lelek dort in Jugendzeiten aufgefallen ist im Zusammenhang mit Rauschgiftdelikten. Ob er zum Beispiel einer Gruppe oder Gang angehört hat.«

»Der Lelek hatte was mit Drogen zu tun?«

»Red jetzt nicht. Mach es bitte und ruf mich wieder an. Nimm den kurzen Dienstweg. Irgendwer wird da Deutsch sprechen. Versuch es.«

Lelek muss das Gefühl gehabt haben, dass sein Traum vom eigenen Theater im Friedrichshain ausgeträumt wäre, wenn er nicht rasch die fällige Summe organisiert. Holzhaus, die Immobilienfirma, steht in den Startlöchern, sie kann die weitaus größere Summe ohne Probleme aufbringen. Der Liegenschaftsfonds drängt und steht wegen des Angebots von Holzhaus selbst unter Druck. Wenn Lelek und Ramtun nicht zahlen und damit die Bedingungen für den Vertrag nicht erfüllen, wird dem Fonds nichts übrig bleiben, als mit Holzhaus in Verhandlungen zu treten. Der Senat drängt, er braucht das Geld, und lieber ein Investor, der Kneipen schafft, als gar kein Investor.

Lelek ist nach Pilsen gefahren, um einen größeren Deal mit Drogen durchzuziehen. Er bringt den Stoff nach Berlin und gibt ihn hier weiter. Verteilt das Ganze. Das bringt entsprechend Geld. Aber vierzigtausend? Ich kenne mich im Drogenschmuggel zu wenig aus, um beurteilen zu können, was jemand tun muss, damit er zu einer größeren Summe kommt. Reicht es, mit einer sehr großen Menge von Pilsen nach Berlin zu fahren und den Stoff bei den entsprechenden Zwischenhändlern abzuliefern? Ich werde die Kollegen vom Drogendezernat fragen.

Vor der Dienststelle steht Kiesewetter mit seinem Hund auf der Wiese und redet auf den Winzling ein, der eben versucht, an seinem Hosenbein hinaufzukrabbeln. Ich kann auf die Entfernung nicht erkennen, ob Kiesewetter das freut. Aber es ist anzunehmen, dass er wohlig grinst.

Ich mache einen Umweg und betrete das Gebäude von hinten. Franz hat mich schon durchs Fenster gesehen. »Du hattest recht«, sagt er, als er mich im Flur abfängt. »Es stimmt: Lelek ist kein unbeschriebenes Blatt. Die Kollegen in Pilsen haben vor Jahren gegen ihn ermittelt. Es gibt dort eine Gang, der er vor einigen Jahren angehört haben soll, und dieser Gang wird nachgesagt, dass sie mit drei Laboren kooperiert, die sich auf Crystal Meth spezialisiert haben.«

»Und warum erfahren wir das erst jetzt?«

»Sie meinten, wir hätten ja nicht direkt nachgefragt.

Wir haben die entscheidende Spur, denke ich. Aber weshalb ist die Sache schiefgegangen? Warum wurde Lelek ermordet? Und wer hat die Tat begangen? »Nehmen wir an, Lelek hatte die Drogen in seinem Zimmer. Er musste sie umpacken und die entsprechenden Mengen dann an die Zwischenhändler liefern ...«

Franz schüttelt den Kopf. »Wenn er Rauschmittel in seinem Zimmer gehabt hat, dann hätte unsere Spurensicherung das bemerkt, und selbst wenn die Pakete noch so sicher verpackt gewesen sind. Er muss sie außerhalb des Zimmers aufbewahrt und umgepackt haben.«

Mir fällt die Kammer ein, in der ich vor Kurzem gestanden habe. Und mir fällt auch ein, dass ich die Spurensicherung dorthin geschickt, aber das Ergebnis der Untersuchung nicht abgefragt habe.

»Außerdem«, fährt Franz fort, »wissen wir noch nicht, wie Lelek das Zeug überhaupt transportiert haben soll. Er brauchte ein Auto!«

»Das kann er sich geborgt haben. Vielleicht von Mario Ramtun, irgendwer wird ihm eins geliehen haben. Das finden wir raus. Aber du hast recht, er muss den Stoff in einem anderen Raum versteckt haben.«

»Nehmen wir an, Lelek versteckt das Zeug in dieser Kammer auf dem Wohnheimflur. Holt die entsprechenden Mengen einzeln verpackt heraus. Gibt sie weiter, kassiert. Aber wie will er am Ende auf die Summe von vierzigtausend kommen?«

Franz geht im Büro auf und ab. Dann bleibt er abrupt stehen. »Die einzige Möglichkeit ist, dass er das Zeug streckt. Also mehr verkauft, als er eigentlich mitgebracht hat. Jemand kommt dahinter und stellt ihn zur Rede. Und schon schwebt Lelek in höchster Gefahr. Wer sich mit solchen Leuten einlässt, ist geliefert, wenn er etwas tut, was andere in Gefahr bringt. Gestreckter Stoff ist ganz sicher ein Grund, jemanden umzubringen.«

In diesem Moment weiß ich, warum dieser Kaseler vor uns geflohen ist, warum er sich versteckt hält und Angst davor hat, entdeckt zu werden. Ich versuche ruhig zu bleiben. »Die Sache ist ganz einfach. Kaseler weiß, wer es war. Er hat gesehen, wer da mit Lelek Geschäfte gemacht und wer ihn ermordet hat. Und er weiß, wenn das bekannt wird, ist er selber dran. Deshalb ist er in Panik und verkriecht sich bei diesem Kuhnert.«

»Los, wir fahren zur Rummelsburger Bucht.«
»Gut,« Franz hat schon seine Jacke ergriffen.
»Und unterwegs fordern wir die Wasserpolizei an.«

Eine halbe Stunde später sind drei Boote da. Das Segelboot von Kuhnert liegt sicher vertäut in der Nähe des Ufers, aber weit genug entfernt, dass Kaseler die Strecke nicht ohne Weiteres schwimmend überwinden kann. Als wir am Segelboot anlangen, erwartet uns Kuhnert. Er lehnt an der Reling und schaut uns unsicher entgegen.

»Ich hab ihn unten mehr oder weniger eingesperrt. Er hat wieder ganz schön getrunken. Er wirkt ziemlich fertig. Keine Ahnung, warum.«

»Ist er bewaffnet?«, fragt Franz und zieht seine Pistole aus dem Holster.

»Nein, soviel ich weiß, nicht. Also, ich habe ihn nicht durchsucht, wenn Sie das meinen.«

»Warum ist er geflüchtet? Wovor hat er Angst?«, mische ich mich ein.

Kuhnert überlegt. »Ich glaube, er hat tatsächlich panische Angst. Er hat Aufnahmen, die Ihren Fall betreffen. Und nun glaubt er, dass es ihm an den Kragen geht, wenn die Täter das herausbekommen.«

Kaseler liegt in einer Koje. Er schläft. Als ich ihn wecke, schaut er mich an und lächelt. Zunächst glaube ich, dass es am Alkohol liegt, der die ganze Kajüte einnebelt. Aber dann richtet sich Kaseler auf und sagt: »Ich hab die Schnauze voll. Ich kann nicht mehr. Macht mit mir, was ihr wollt.«

Wir haben in einem unserer Befragungsräume sämtliche beschlagnahmte Technik aus dem Zimmer im Wohnheim aufgebaut. Kaseler hat sich bereit erklärt, uns alle Zugänge zu den Aufzeichnungen zu ermöglichen. Am meisten beruhigt hat ihn das Argument, dass bislang noch niemand in sein Zimmer eingestiegen ist. Es dauert fast eine Stunde, ehe er uns jenes Bildmaterial vorführen kann, wonach wir suchen.

Eigentlich, so hat er gesagt, hat er es auf dem Rechner vernichtet. Aber bekanntlich kann man alles wieder hervorzaubern, wenn man es kann.

Wir sehen zwei Personen, die nacheinander und ohne dass sie sich begegnen an Leleks Tür klopfen, in dessen Apartment verschwinden, nach kurzer Zeit wieder herauskommen. Es ist nicht erkennbar, was sie bei sich haben. Wir sehen Johanna und Niklas und Galina kommen und gehen. Aber sehen auch, dass Lelek zur Kammer hinübergeht, die offenbar verschlossen ist. Lelek hat einen Schlüssel. Er öffnet die Tür, geht in die Kammer, kommt heraus, hat einen schwarzen Beutel in der Hand. Es ist also genauso, wie wir gedacht haben.

Dann kommt die Aufzeichnung von jenem Abend, an dem Lelek ermordet wurde. Niklas Grossarth taucht auf. Er schaut sich um. Er hat einen Schlüssel dabei, schließt auf, verschwindet in Jakub Leleks Zimmer. Eine Weile geschieht nichts. Dann kommt Lelek ins Bild. Auch er schließt seine Tür auf. Weiß er, dass sein Freund vor ihm den Raum betreten hat? Lelek verschwindet. Da kommt noch eine Person ins Bild. Ein junger Mann. Man kann sein Gesicht gut sehen, ich kenne diesen Menschen nicht. Er klopft, will auch in den Raum. Aber Lelek versucht, das zu verhindern. Ein kurzes Gerangel, dann ist der Mann im Apartment.

Minutenlang geschieht nichts. Dann verlassen erst der unbekannte Besucher und kurz danach Grossarth die Wohnung. Grossarth scheint vor der Tür auf den anderen einzureden. Er stößt ihn vor die Brust. Der schlägt zurück, hält Grossarth am Kragen fest. Kommt mit seinem Gesicht dem von Grossarth ganz nahe. Beide verschwinden aus dem Bild.

Kaseler sitzt vor seinem Computer. Franz und ich starren auf den schwarzen Bildschirm.

Ich merke, wie leer ich mich fühle. Ich bin einfach nur müde. Ich könnte weinen und würde gerne vergessen. Ich bin fassungslos, traurig und empört. Aber ich weiß auch, dass Niklas Grossart die ganze Zeit Signale gesendet hat, die ich nicht empfangen habe.

Wir fahren los. Ich gebe die Fahndung nach Grossarth an alle Streifenwagen durch, und als wir vor dem Studentenwohnheim ankommen, stoßen schon zwei Einsatzfahrzeuge dazu. Wir parken hinter einem schwarzen BMW mit getönten Scheiben, der vor dem Gebäude im Halteverbot steht. Getönte Scheiben und tiefer gelegt, ein absolutes Angeberauto. Es ist später Nachmittag, Hochbetrieb. Die Polizeipräsenz wird sofort wahrgenommen; die Bewohner mustern uns mit Skepsis, Abwehr oder auch mit Sorge. Wir eilen durch die Eingangshalle. Vor den Fahrstühlen steht ein junger Mann mit Lederjacke und Kapuzensweatshirt. Er dreht sich zu uns um, dann läuft er uns entgegen. Sein Gesicht kommt mir bekannt vor. Als wir fast auf einer Höhe mit ihm sind, will ich ihn ansprechen, doch bevor ich etwas sagen kann, spüre ich einen Stoß an meiner Schulter und er ist an uns vorbei.

»Stehen bleiben!«, rufe ich.

Er rennt über den schmalen Flur Richtung Eingangshalle, den Kollegen direkt in die Arme. Franz und ich haben denselben Gedanken: Das ist der Typ aus Kaselers Video. Ganz plötzlich holt er eine Pistole unter seiner Jacke hervor und zielt auf eine junge Kollegin. Die Beamten weichen zurück. Der Typ schwenkt die Pistole mit ausgestreckten Armen hin und her. Studenten knien sich Schutz suchend hin oder bleiben wie erstarrt stehen. Das Ganze wirkt wie eine Szene aus einem Hollywoodstreifen. Der Hauptdarsteller läuft nach draußen, springt in den BMW und rast mit quietschenden Reifen davon. Die Kollegen nehmen die Verfolgung auf. Franz gibt schon die Fahndung nach dem Fahrzeug raus.

Wir fahren mit dem Aufzug nach oben. Zwei Kollegen nehmen den Weg über die Treppe, ein anderer den durchs Nachbarhaus nach oben bis zum Übergang zwischen den Gebäuden.

Ich klopfe. Niemand öffnet. Franz tritt gegen die Tür, die augenblicklich nachgibt. Wir betreten den Raum. Vor uns sitzt Niklas Grossarth auf seinem Bett und blickt uns verblüfft entgegen.

»Ach, Sie sind es«, sagt er. Seine Stimme offenbart, wie überrascht er ist. Und irgendwie wirkt er erleichtert.

Kurze Zeit später sitzt Grossarth im Verhörraum vor uns. Er leugnet nicht. Er schweigt. Als Franz ihm anbietet, einen Rechtsanwalt hinzuzuziehen, lehnt er kategorisch ab. Schließlich sagt er leise: »Ich wollte ihn nicht umbringen. Ich hab das nicht gewollt.«

Franz ist wie immer in solch einer Situation ungehalten. Er kann Täter nicht ertragen, die nachher behaupten, dass sie das alles nicht gewollt hätten. Das können Kinder sagen, findet er, aber keine erwachsenen Menschen.

»Was ist geschehen, Herr Grossarth?« Ich versuche, beruhigend zu wirken, denn ich will ja selber verstehen, was passiert ist.

»Es fing damit an, dass Jakub von dieser Idee mit dem Theater erzählte. Er war ganz besessen davon. Ein eigenes Theater. Er brauchte Geld. Er fragte mich, ob ich ihm nicht mehr von dem Zeug verschaffen könnte, das er dann weiterverkaufen würde. Er wusste, dass ich die nötigen Kontakte habe. Er hatte Mirco sogar einmal selbst kennengelernt, ein alter Kumpel aus meiner Kindheit. Es ging um Pillen und Speed, ein Tütchen Gras hier und da, immer nur kleine Mengen. Manchmal wollte jemand auch Crystal Meth. Das ist hier nicht so verbreitet und es ist auch nicht so einfach, welches zu bekommen, es sei denn, man kennt jemanden, der es direkt über die tschechisch-deutsche Grenze schmuggelt.

Und dann rückte der Tag näher, an dem eine große Summe fällig wurde. Jakub hat an nichts anderes mehr gedacht, nur noch daran, wie er das viele Geld auftreiben könnte für dieses Haus in der Krautstraße. Ich habe ihm gesagt, Jakub, lass es doch sein. Es gibt doch große Puppenbühnen. Die haben ja alles, was er für seine anspruchsvollen Inszenierungen gebraucht hätte, und die hätten ihn bestimmt mit Kusshand genommen. Aber er wollte unbedingt weitermachen und sein Ziel erreichen. Und dann hatte er die Idee, dass ich einen großen Deal einfädeln könnte. Er habe die richtigen Kontakte in Pilsen. Er könnte zehn Kilo Crystal auf einmal besorgen. Ich hab das weitergegeben und … und es gab Interesse. Mein alter Kumpel Mirco hat das Geld aufgetrieben und Jakub brachte das Zeug in meinem Auto nach Berlin. Es war absoluter Wahnsinn. Aber wenn sich Jakub etwas in den Kopf setzt, dann klappt das auch.

Sein Fehler war, dass er das Zeug gestreckt hat. Einfach deshalb, weil er sich bei seiner Provision für den Transport von Mirco runterhandeln lassen hat. Am Ende fehlten ihm noch zwei, drei Tausender. Er ist eben kein Geschäftsmann, er hatte keinen Puffer als Verhandlungsspielraum. Ich kannte das Problem. Aber ich habe nicht damit gerechnet, dass er das Zeug streckt, damit er etwas übrig hat, um es auf eigene Faust zu verkaufen und den Fehlbetrag auszugleichen.«

Niklas Grossarth vergräbt sein Gesicht in den Händen und schüttelt den Kopf. Dann blickt er wieder auf und sagt: »Das Ganze ist wegen ein paar tausend Euro passiert. Verstehen Sie das?«

»Nein, noch nicht ganz«, sage ich, »aber ich fange gerade an, es zu verstehen.« Grossarth fasst es als Aufforderung auf, weiterzureden.

»Mirco ist nicht doof. Plötzlich gab es dasselbe Crystal auch woanders. Leute, denen Jakub Drogen für mehrere tausend Euro verkaufen konnte, kannte er in Berlin nur über mich. Und letztlich waren das Leute, die irgendwie auch Berührungspunkte mit Mircos Dunstkreis hatten. So viel stand also fest: Entweder war der Deal doch nicht so exklusiv gewesen und Jakub hatte mehr Stoff besorgt, als er behauptete, oder er hatte das Zeug gestreckt und selbst weiterverkauft. Ich war enttäuscht von Jakub, ich hatte ihm ja schließlich geholfen und das Geschäft zwischen ihm und Mirco vermittelt. Das war ein reiner Freundschaftsdienst, ich hab selbst nichts davon gehabt. Und ich hatte Mirco gesagt, dass man Jakub unbedingt vertrauen könnte. Nun stand ich natürlich vor Mirco total bescheuert da. Jakubs linke Tour färbte auf mich ab.

Mir war klar, dass Mirco das Geld für den Deal von Hintermännern bekommen hat, die man lieber nicht kennenlernen will und die sicher keinen Spaß verstehen, wenn sie betrogen werden. Ich dachte aber auch, bevor irgendwelche Mafiosis Jakub aufsuchen, machen wir das lieber selbst. Und ich war wirklich sauer auf Jakub. Ja, wirklich, ich selbst bin auf die Idee gekommen, zu ihm zu gehen und ihn zur Rede zu stellen. Wir wollten ihm das Geld abnehmen und es zurückgeben, um die Lage zu beruhigen. Mirco meinte, dass wir Jakub dann aber auch eine Abreibung verpassen müssten. Das sei das Mindeste. Eine in die Fresse wollte er ihm hauen, damit Jakub der Ernst der Lage bewusst wird. Ich fand das angemessen in dem Moment, eine gerechte Sache irgendwie.

Dann gab es gleich eine Rangelei, weil er Mirco nicht ins Zimmer lassen wollte. Ich habe Jakub festgehalten. Ich dachte, wir stellen ihn hier und jetzt wegen seines Betrugs zur Rede und Mirco haut ihm halt eine rein. Aber auf einmal zieht der ein Messer. Und sticht zu. Das ging alles blitzschnell. Es war wie in einem Alptraum. Ich dachte, ich würde selber getötet … Ich hab Jakub festgehalten und Mirco sticht wie ein Irrer zu … Ich habe geschrien, er soll aufhören. Aber der war wie von Sinnen. Jakub ist zusammengesackt. Als ich ihn losgelassen habe, war er schon tot … Und Mirco greift Jakub in die Taschen, fingert das Geld raus und rennt weg. Ich ihm nach. Auf dem Flur hab ich ihn angeschrien, aber er hat mich bedroht und gesagt, dass ich still sein soll, dass mir das Gleiche blüht, wenn ich irgendjemandem davon erzähle.«

Grossarth sinkt in sich zusammen, als würde man aus einem Ballon die Luft herauslassen. Schlaff und dürr hockt er da. Bewegungslos.

Das war es also, das Ende einer Freundschaft.

In der Wohnung von Mirco Scholz stellen wir wenig später neben den erwarteten zweihundertfünfzig Gramm Crystal

Meth nicht unerhebliche Mengen Kokain und Ecstasy sicher und finden rund zehntausend Euro in bar.

Keine Stunde später wird uns Scholz vorgeführt. Die Kollegen vom SEK haben ihn gestellt. Einer der Polizisten erzählt, dass Scholz nicht so dumm gewesen sei, die Gefahr zu unterschätzen, und sich schließlich widerstandslos ergeben habe.

Ich sitze am Schreibtisch im Büro über die Vernehmungsprotokolle gebeugt, und als ich sie durchgelesen habe, frage ich mich, wie die Strafverfahren gegen Grossarth und Scholz ausgehen werden. Wie wird der Richter ihre Schuld bemessen? Ich bin heilfroh, dass ich Polizist bin und es nicht zu meinen Aufgaben gehört, die Schuld eines Menschen zu beurteilen und über ihn zu richten.

Sina hat es im Übrigen tatsächlich geschafft. Eines Tages stand sie im Büro. Erzählte, dass man sie entgegen ihren Wünschen in Steglitz eingeteilt hätte. Nun ja, Steglitz. Und nachdem wir eine Weile über die Vor- und Nachteile von Steglitz nachgedacht hatten, sagte sie: »Friedrichshain gefällt mir irgendwie aber doch besser. Viel besser. Deshalb habe ich nicht locker gelassen. Und seit heute bin ich hier. Hier im Friedrichshain und deine Kollegin.«

Als ich vier Wochen später gemeinsam mit Kerstin im Internet von einer Theateraufführung in jenem Club lese, einer Aufführung mit Puppen, entschließen wir uns spontan hinzugehen. Gezeigt wird das Stück »Kalt so kalt«. Und gleich am Anfang des Stücks wird mir klar, dass diese Puppen, mit denen hier gespielt wird, Leleks Puppen sind. Galina Stoffenberg hat sie geholt. Sie hat sie gestohlen. Sie hat sie gerettet.

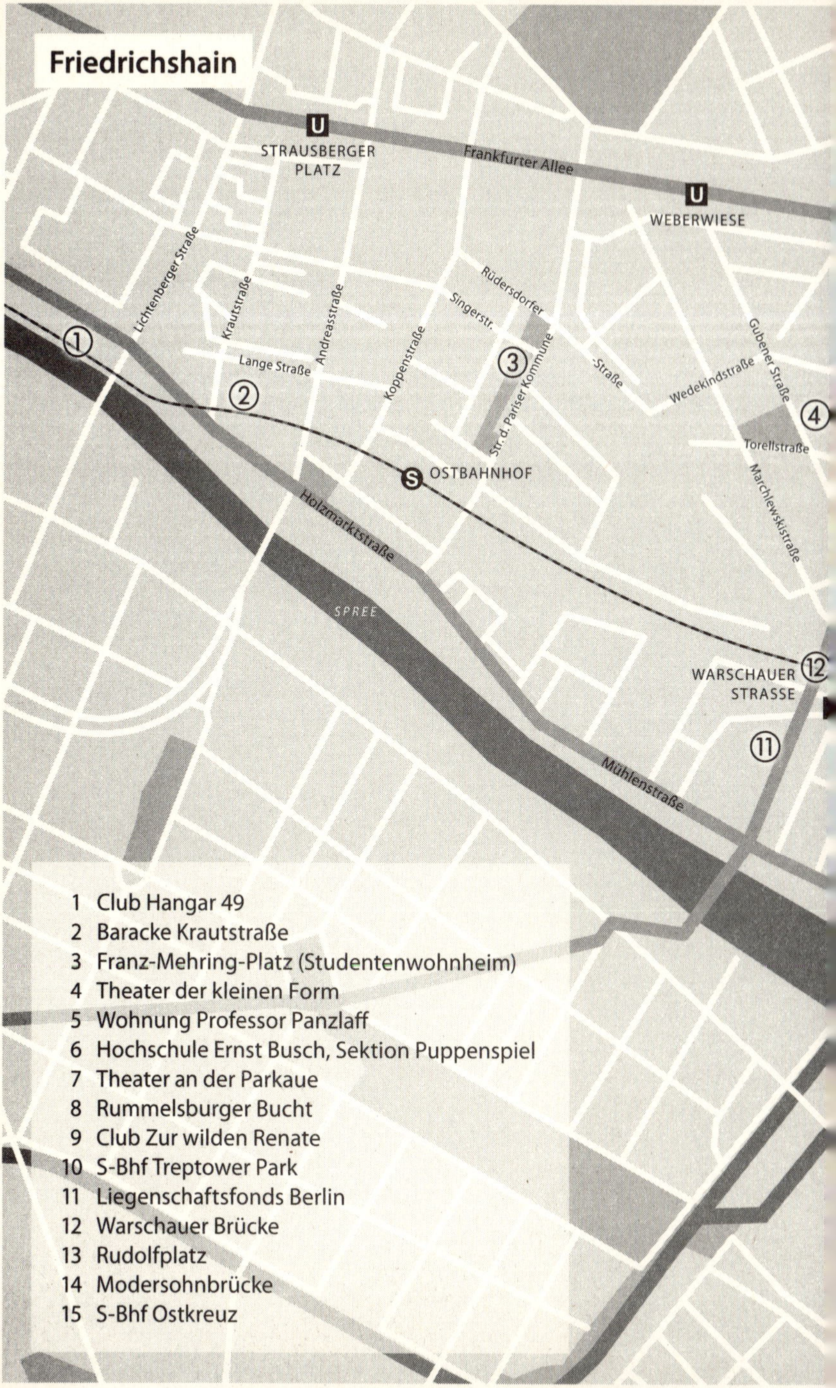
Friedrichshain
STRAUSBERGER PLATZ
Frankfurter Allee
WEBERWIESE
Lichtenberger Straße
Krautstraße
Andreasstraße
Lange Straße
Koppenstraße
Rüdersdorfer
Singerstr.
-Straße
Str. d. Pariser Kommune
Wedekindstraße
Gubener Straße
Torellstraße
Marchlewskistraße
OSTBAHNHOF
Holzmarktstraße
SPREE
WARSCHAUER STRASSE
Mühlenstraße
1
2
3
4
11
12
1 Club Hangar 49
2 Baracke Krautstraße
3 Franz-Mehring-Platz (Studentenwohnheim)
4 Theater der kleinen Form
5 Wohnung Professor Panzlaff
6 Hochschule Ernst Busch, Sektion Puppenspiel
7 Theater an der Parkaue
8 Rummelsburger Bucht
9 Club Zur wilden Renate
10 S-Bhf Treptower Park
11 Liegenschaftsfonds Berlin
12 Warschauer Brücke
13 Rudolfplatz
14 Modersohnbrücke
15 S-Bhf Ostkreuz

Bänschstraße
5
Zellestraße
Rigaer Straße
Proskauer Straße
Liebigstraße
U
FRANKFURTER TOR
U
SAMARITERSTRASSE
Frankfurter Allee
6
7
Parkaue
Möllendorffstraße
FRANKFURTER ALLEE
S
U
FRANKFURTER ALLEE
Boxhagener Straße
Grünberger Straße
Kopernikusstraße
Gürtelstraße
Boxhagener Straße
Revaler Straße
Simplonstraße
Sonntagstraße
Neue Bahnhofstraße
14
Modersohnstraße
13
OSTKREUZ
15
S
Kynaststraße
Hauptstraße
S
RUMMELSBURG
Markgrafendamm
Kynaststraße
Stralauer Allee
RUMMELSBURGER SEE
Hauptstraße
8
An der Bucht
SPREE
9
Alt-Stralau
Martin- Hoffmann-Str.
10
TREPTOWER PARK
S

Vita Krause & Winckelkopf

Hans-Ullrich Krause, geboren 1954 in Leipzig, studierte von 1983 bis 1986 am Leipziger Literaturinstitut und anschließend Pädagogik an der Humboldt-Universität zu Berlin. Neben seiner sozialpädagogischen Arbeit schreibt er Drehbücher (u.a. für »Polizeiruf 110«), Hörspiele, sowie Romane. Hans-Ullrich Krause lebt in Berlin.

M. Pa. Winckelkopf, geboren 1972, lebt in Berlin, wo er Prosatexte und Songtexte (u.a. für die Punkband »Dampfmaschine«) schreibt. »Holzmarkt« ist der dritte Roman, den er gemeinsam mit Hans-Ullrich Krause verfasst hat.